KB162844

"케나는 보조! 쿠올케는 잡몹을
"알았어!"
"어? 그, 그래!"
케나는 【상위 물리 방어 마
전자가 모두의 방어력을 대폭 성 위력을 추가하는 마법이다.
제각기 하얗게 빛나는 무기는 .
『엑시즈』

“아, 네가 여
“아, 네에~.
“그, 그래…
괜한 참견일
네 본래의

리아데일의 대지에서

WORLD OF LEADALE

【글】 Ceez

【일러스트】 텐마소

WORLD OF LEADALE **CONTENTS**

ILLUST. 텐마소

지금까지의 줄거리

카가미 케이나는 정전으로 인해 생명 유지 장치가 이상을 일으켜, VRMMO 게임 〈리아데일〉을 플레이하던 중에 목숨을 잃고 만다.

하지만 그 후 그녀가 정신을 차린 곳은 어느 낯선 방이었다.

그리고 자기 모습이 게임 속 아바타로 변한 것을 인식하게 된다.

나아가 여관 여주인인 말레르에게 게임 시절에는 일곱 개였던 나라가 멸망하고 세 개의 나라가 새로 세워져 대륙을 다스리고 있다는 이야기를 듣고 놀란다.

그 이야기를 통해 케이나가 있는 현재가 게임이었던 시절에서 200년이나 지난 시대라는 사실을 알 수 있었다.

아바타인 케나로서 살아가자고 막연하게 다짐한 그녀는 마을에 공헌하며 살길을 모색하기 시작한다.

그때 근처 숲속에서 자신이 스킬 마스터로서 관리했던 탑을 발견한다.

탑의 수호자에게서 현재 다른 모든 탑이 마력 부족으로 정지한 것 같다는 보고를 받은 케나는, 그곳을 찾아가면 사라진 플레이어들에 관한 정보를 얻을 수 있지 않을까 하는 생각에 여행을 떠나기로 결심한다.

상단을 이끄는 에리네라는 코볼트(견인족)와 그를 호위하는 용병단 단장 아비타와 친분을 맺은 케나는 그들과 동행해 상식을 배우며 왕도(王都) 펠스케이로를 향한다.

그곳에서 모험가 길드에 등록하러 갔다가 탈주한 왕자님을 포획하는 임무를 맡게 되어, 재상인 아가이드와 그 손녀인 론티를 알게 된다.

과거 게임이었던 시절에 양자로 보냈던 서브캐릭터들과도 재회했지만, 그 관계는 부모와 자식으로 설정되어 있었다.

미청년 엘프 대사제 스카르고는 어째서인지 나라의 세 번째 권력자 지위에 올라 있었다. 기혼자 미녀 엘프인 마이마이는 국립 학원장을 맡고 있었다. 양자로 들였던 드워프 상식인 카타츠도 거대한 조선소의 소장이라는 자리를 꿰차고 있었다.

연애는 물론이고 결혼한 적도 없었던 케나는 느닷없이 나타난 다 큰 아들&딸과의 관계에 당황할 따름이었다.

우연히 왕도에 있던 투기장이 스킬 마스터 No.9의 탑이라는 사실이 판명되어 각성시키는 데 성공한다. 그 전까지 우여곡절이 있기는 했지만, 케나는 수호자를 통해 리아데일의 서비스가 종료되었다는 사실을 알게 된다.

다른 플레이어와 만날 확률이 절망적이라는 사실을 알게 된 케나는 심통이 나서 결계에 틀어박혀 버리지만, 자식들의 위로로 다시금 앞으로 나아가기로 한다.

에리네에게서 북쪽 나라인 헬슈펠까지 경호해 달라는 의뢰를 받은 케나. 여행 도중 들렀던 변경 마을에서, 우물 아래서 수상한 소리가 들려오는 사건을 해결한다.

범인은 어디인지 모를 바닷속에서 알 수 없는 사고를 당해 이동된 인어, 미미리였다.

케나는 마을에 만든 공중목욕탕을 개조해서 미미리가 살 수 있는 환경을 만들어 내고, 사건 해결 보수를 그녀의 의식주를 충당하는 데 쓰고 만다.

케나의 힘으로 다리가 무너진 에지드 대하(大河)의 문제를 해결하고 국경에 접어든 상단은, 서쪽에서 흘러든 도적에게 습격받는다. 하지만 케나가 사전에 다른 일로 불렀던 소환수의 힘도 빌려 이를 물리친다.

도적들의 두목은 케나의 마법으로 얼음꽃이 되어 산산이 조각났다.

헬슈펠에 들어선 케나는 온 대륙으로 뻗어나가고 있는 대상단 '사카이 상회'의 창립자 케이릭에게 딸이 부탁한 편지를 전달하러 갔다가 충격적인 사실을 알게 된다.

놀랍게도 케이릭은 마이마이가 전 남편과의 사이에서 낳은 아들—— 다시 말해서 케나의 손자였다. 게다가 케이릭에게는 아들이 있다는 것이 판명되었는데, 그 덕분에 가만히 있다가 증손자까지 존재한다는 사실과 직면해야만 했다.

하지만 아주 사소한 오해로 인해 그런 손자와 할머니의 관계에 금이 간다. 그 후, 기사단에 소속되었다는 케이릭의 쌍둥이 누이인 케이리나가 사과하는 바람에 케나는 더더욱 당황하고 말았다.

하지만 목적지였던 수호자의 탑(추정)이, 대륙 서쪽에서 활개를 치는 도적의 세력권에 있다는 사실을 알게 된 케나는 케이릭의 힘을 빌려 그곳에 쳐들어갈 준비를 한다.

케이리나까지 끌어들여 막무가내로 도적의 세력권으로 돌격한 결과, 그 도적을 이끌고 있는 것이 마인족 플레이어임을 알게 된다.

너무도 자기중심적인 사고방식과 오만방자한 행동거지에 격노한 케나는 전투에 나선다.

모든 것에 통달한 스킬 마스터를 당할 수 있을 리가 없어서 마인족 플레이어는 목숨을 잃을 뻔했지만, 중간에 끼어든 헬슈펠 기사단에게 포획된다.

마인족 플레이어는 GM에 필적하는 권한을 지닌 케나의 특수능력으로 능력치가 10분의 1로 감소하여 원망으로 가득한 고함을 지르며 기사단에게 연행되었다.

그리고 목적지였던 수호자의 탑을 기동시킨 케나는 그 탑이 원수 같은 옛 친구이자 길드 멤버인 오페케텐슐트하이머 크로스테트봄버, 줄여서 오푸스의 것이라는 사실을 알게 된다.

그 이후로 수호자에게 양도받은 책에서 작은 요청이 나타나 케나를 따르기 시작했다.

케나는 도적을 토벌해 얻은 보수와 에리네가 불상을 팔아치워 얻은 이익을 미미리에게 투자하려 한다.

하지만 변경 마을로 돌아온 케나는 리트의 제안으로 세탁업에 힘쓰는 미미리의 모습을 보게 된다.

펠스케이로로 돌아온 케나는 모험가 길드에서 고기를 획득해 달라는 고급 요리점의 의뢰를 받는다.

그리고 어쩌다가 보니 길거리에서 딱 마주친 론티, 그리고 그 친구인 왕녀 마이의 호위를 맡아 임무 도중에 동행하게 되었다.

같은 시기, 펠스케이로에서는 케나가 지닌 【고대의 기술】, 스킬을 동경한 마이마이의 남편 로프스가 금단의 실패작을 게임이었던 시절 전쟁의 탈취 포인트에 버리는 바람에 돌고래 머리를 지닌 거대한 펭귄 괴수를 출현시키고 만다.

기사단장인 드래고이드(용인족) 샤이닝세이버와 모험가 코랄이 이에 맞선다. 놀랍게도 두 사람은 과거 같은 길드에서 어깨를 나란히 했던 플레이어였다.

플레이어 두 사람의 힘과 기사단, 마법사단의 노력으로 발을 묶는 데 성공한 참에 케나의 대마법이 펭귄 괴수의 숨통을 끊는다.

예기치 못한 두 플레이어와의 해후 덕에 케나는 원수 같은 친구도 있을지도 모른다는 작은 희망을 품게 된다.

더불어 케나는 다음으로 향할 탑의 정보도 얻어, 그야말로 일석이조의 성과를 거두었다.

일단 변경 마을로 돌아간 케나는 남쪽의 오우타로퀘스에서 조사단이 왔다는 사실을 알게 된다.

하지만 그 조사는 위장에 불과했고, 조사단에 섞여 있던 오우타로퀘스의 밀정에게 어떤 권유를 받는다.

그 나라의 여왕은 사하라셰드라고 하는데, 놀랍게도 게임이었던 시절 하이엘프 동료이자 동생처럼 여기던 여자애, 사하나의 양자였다.

케나는 느닷없이 여왕의 큰어머니라는 지위를 얻어 크게 당황한다.

지인들이 몽땅 나라의 요직에 앉아 있으니 저주라도 걸린 게 아닐까 푸념하고 싶어질 따름이다.

녹초가 된 케나는 수호자의 탑을 찾는 일이 일단락되면 리트를 데리고 하늘을 날아 주겠다는 약속을 한다.

리아데일의 대지에서

WORLD OF LEADALE

프롤로그

리아데일이라는 대륙은 삼면이 바다로 둘러싸여 있다.

동쪽에는 유일하다고 할 수 있는, 인간의 침공을 막아내고 있는 듯한 험준한 산맥이 펼쳐져 있다.

그 산맥 건너편을 본 이는 물론이고 그곳으로 넘어간 자가 있다는 소문도 없었다.

그 건너편에는 리아데일 대륙보다 커다란 나라가 펼쳐져 있고, 자신들이 있는 대지는 그 대륙의 반도에 불과할 것이라고 주창하는 학자도 있는 듯했다.

그런 일설조차도 실제로 확인한 자가 없는지라 망상에 불과할 것이라고 무시당하고 있었다.

기록에 의하면 과거에 동쪽 산맥을 넘으려 한 이가 제법 있기는 했다는 모양이다.

하지만 도전하러 떠난 자들이 모두 돌아오지 않은 탓에 당연히 성공할 가망이 희박한 계획을 실행에 옮기는 사람은 줄어들 수밖에 없었다.

산맥에 터를 잡고 사는 마물은 하나같이 강해서, 돌아오지 않는 도전자들은 그것들에게 잡아먹혔을 것이라며 체념하는 지원자도 적지 않았다.

어쩌면 운 좋게 저쪽으로 넘어간 사람이 있을지도 모른다.
돌아오지 않는 것은 그곳까지의 여정이 너무도 험난하기 때문일까, 아니면 저쪽에서의 생활이 만족스럽기 때문일까.
진상은 불분명하기에 산맥에 대한 경외심은 절망적일 정도로 커질 따름이었다.

그리고 산맥을 수원(水源)으로 하는 에지드 대하는 대륙을 횡단하며 사람들의 생활을 지탱하고 있다.
주로 덕을 보고 있는 것은 펠스케이로와 오우타로퀘스의 국민들이었는데, 수산 자원이 교통과 교역의 중심이 될 정도였다.
대하로 흘러드는 지류 중 일부는 헬슈펠의 고지대를 수원으로 하는 호수 등과 이어져 있기도 해서, 수로를 통한 운송에도 쓰였다.
하지만 그것과는 대조적으로 해양 산업의 발전은 늦어지고 있는 듯했다.
애초에 헬슈펠의 국토 중 대부분은 북쪽으로 바다에 면해 있지만, 바닷가라 부를 수 있는 장소 중 대부분이 깎아지는 듯한 절벽이었다.
산양이 아닌 이상은 오갈 수 없을 듯한 가파른 절벽이 인간의 침입을 막고 있는 것이다.
때때로 목숨 아까운 줄 모르는 모험가가 마조(魔鳥)의 알을 채취하는 의뢰를 받고 서성거리는 것이 전부다.

그러한 자들도 무사히 의뢰를 마칠 확률은 기껏해야 50퍼센트 정도일 것이다.

오우타로퀘스는 헬슈펠과 반대로 남서쪽만 얕은 바다에 면해 있다.

국토는 주로 삼림으로 이루어졌는데, 해안선까지 나무들에게 침식되어 있을 정도였다.

바다는 맹그로브(mangrove) 비슷한 식물들로 가득하다.

리아데일 대륙의 맹그로브와 비슷한 식물은, 지구의 아열대 지역 해변에 서식하는 나무와 달리 담수와 바닷물을 가리지 않고 번성했다.

덕분에 뿌리를 은신처 삼는 작은 물고기가 모여들고, 그것을 잡아먹는 포식자들도 모여들었다.

그리고 최종적으로는 그것들을 포식하는 마물들이 몰려들어서 일반인은 선뜻 접근할 수 없는 위험지대가 완성되어 있었다.

게임이었던 시절처럼 도시에서 한 걸음만 나가도 위험한 마물이 활보하는 평원은 없다지만, 그 역시 이 세계의 주민들에게는 매우 위협적인 지역이라 할 수 있으리라.

남북에 자리한 두 나라의 끔찍한 해안선 상황 탓에 정상적인 어업이 가능한 것은 펠스케이로의 서해안 전역, 그리고 헬슈펠의 남쪽과 같은 한정된 지역 정도다.

그리고 그 한정된 지역의 어촌을 한 불행한 현상이 덮쳤다.

가장 먼저 그 어촌을 뒤덮은 것은 안개였다.

어촌의 아침은 일찍 시작된다.

해도 채 뜨기 전에 움직이기 시작한 마을 사람들은 그 안개를 보고 놀라움을 금치 못했다.

계절과 바람, 온도 등을 살피며 오랜 세월 바다에서 생활해 온 경험을 돌이켜 보아도 안개가 발생할 조건이 아니었기 때문이다.

의아함을 느낀 마을 사람들이 모여서 의논하고자 하던 바로 그때.

아직은 간신히 마을 전체를 둘러볼 수 있을 정도였던 안개가 갑자기 짙어졌다.

옆에 있던 동료의 얼굴조차 보이지 않게 된 예상치 못한 사태에 어부들은 혼란 상태에 빠졌다.

그리고 큰 소리로 비명을 지르며 방향을 돌려 각자의 집으로 도망쳤다.

그러느라 동료였던 자들을 떠밀고, 당황해서 다른 사람의 집으로 뛰어 들어가거나 하는 해프닝이 발생하기도 했지만, 어부들은 어찌어찌 본인의 집으로 돌아갔다.

퍼렇게 질린 얼굴로 돌아온 남편을, 아내와 아이는 당황한 얼굴로 맞았다.

허겁지겁 집의 문과 창문을 다 닫는 남편의 경직된 얼굴을 본 가족들은 그제야 마을에 만연한 위화감을 깨달았다.

◆

그리고 이 사건이 발각된 것은 짙은 안개가 끼고서 며칠이 지난 뒤였다.

어촌과 왕도를 왕래하는 행상인이 건어물 등을 매입하고자 이곳을 찾은 것이다.

마을에 발을 들인 행상인은 그 적막함을 이상하게 느꼈다.

그는 마을에 있는 모든 집의 문이 활짝 열린 것을 보고 뭔가 이변이 일어났음을 알아챘다.

조심조심 온 마을을 돌아다닌 끝에 그는, 마을 사람이 아무도 없다는 사실을 깨달았다.

그리고 각 집에서 바닷가까지 다수의 발자국이 너저분하게 찍힌 것을 발견했다.

하지만 물가까지 발자국을 따라가 보아도 마을 사람들의 모습은 찾을 수 없었다.

그러한 이야기가 나라에 전달되기까지는 며칠이 더 소요되었고, 모험가가 움직이기 시작했을 때는 그곳에서 남쪽에 있던 어촌에도 같은 피해가 발생한 뒤였다.

제1장

시스템과 기사단과 오해와 안개

말레르의 여관에서 기력을 충전한 케나는 다음 날 이른 아침에 변경 마을에서 펠스케이로로 날아갔다.

동문을 통해 왕도로 들어가, 콧노래를 흥얼거리고 산책하며 서문으로 향했다.

가슴속은 이미 변경 마을에서 자신의 집을 지으면 어떻게 살까 하는 설렘으로 가득했다.

살림을 차리기로 했으니 일용품도 필요하지 않을까 싶어서 시장에서 가구며 식기를 취급하는 가게까지 구경하고 다녔다.

요정도 자잘한 소품에 관심이 있는지, 케나의 어깨에서 떨어져 나무로 된 컵 등을 들여다보고 있었다.

물건을 고르는 데 정신이 팔린 나머지 본래의 용건을 깜박할 뻔한 참에, 머릿속에 키의 경고가 울렸다.

『케나! 먼저 처리해야 할 일이 있습니다.』

"아차, 큰일 날 뻔했네. 일단 용궁성을 찾아야 했지……."

시장을 벗어나 서문으로 향하려면 모험가 길드 옆을 지나야 했다.

그리고 마침 길드에서 나온 〈개선의 갑옷〉 멤버와 마주쳤다.

"여어, 케나."

"안녕."

코랄이 손을 들어 인사하자 케나가 가볍게 고개를 숙였다.

그 후, 다른 네 사람과도 인사를 나눈 참에 코랄이 동료들에게 먼저 가 달라고 부탁했다.

"문 있는 데서 기다릴게요."

"너무 오래 있지는 마라, 코랄."

"알았다니까. 금방 끝나."

그의 동료들은 케나 앞에서 멈춰 선 코랄을 두고 동문을 향해 걸어갔다.

코랄은 사람들 지나가는 데 방해된다며 케나를 길 가장자리로 끌고 갔다.

"나한테 무슨 볼일 있어?"

"그래, 뭣 좀 물어보려고. 시스템에 관한 거야."

"시스템이라니, 게임 시스템?"

"맞아. 신경 쓰이는 게 있어서."

그 말에 케나도 정신을 차린 날에 변경 마을에서 확인한 이후, 스테이터스와 스킬 이외의 문제는 방치하고 있었다는 사실이 떠올랐다.

"아……."

"'아'는 무슨 '아'야. 너 보아하니 그쪽은 아무것도 모르는 것 같다?"

"음. 아니~. 그게~ 하하하."

메마른 웃음소리로 얼버무려 보려 했지만, 코랄이 뚱한 눈으로 쳐다보는 바람에 케나는 순순히 "깜박했어요, 죄송합니다."라고 사과했다.

코랄이 언급한 게임 시스템이라는 것은 스테이터스, 스킬, 아이템 박스 이외의 약간 편리한 부속품을 말한다.

단, 몇 가지 기능은 전혀 반응하지 않았다.

예를 들어 '로그아웃'은 항목 자체가 그 어디에도 없다.

그리고 '길드 채팅'은, 길드 멤버끼리는 어디에 있어도 대화가 가능한 기능이다.

길드 멤버는 물론이고 그 중계 지점이 되었던 길드하우스가 사라진 탓에 쓸모없는 기능이 되고 말았지만.

"내가 궁금한 건 프렌드 표시에 관한 건데."

"프렌드?"

케나도 스테이터스 화면에서 프렌드 등록된 멤버 일람을 표시해 보았지만 제일 위쪽에 코랄과 샤이닝세이버의 이름이 흰색으로 표시되어 있을 뿐, 나머지는 모두 회색이었다.

게임이었던 시절에는 회색 이름이 로그아웃 상태를 나타냈고, 흰색 이름이 로그인 중이라는 표시였다.

과거의 길드 멤버는 고사하고, 어쩌면 있을지도 모르는 오푸스의 이름도 케나의 프렌드 리스트에는 회색으로 표시되어서 허무한 마음으로 한숨을 내쉴 수밖에 없었다.

"감상적인 기분이 드는 건 이해하지만, 그것과 관련해서 하나 알아낸 게 있어.”

“응.”

“내 리스트에는 원래부터 샤이닝세이버의 이름이 있었지만, 요전에 재회할 때까지 계~속 회색이었어. 이 사실로 미루어 볼 때, 만나면 프렌드 리스트에 표시되는 게 아닐까 싶은데.”

“만나면 표시된다라…….”

케나가 등록한 프렌드는 별로 많지 않다.

길드 멤버를 제외하면 스킬 마스터 열세 명과 하이엘프 커뮤니티의 친구들뿐이다.

여기서 스킬 마스터 한 명은 게임을 접었으니 영원히 회색 표시로 남을 것이다.

“그런데 프렌드 리스트에서 만난 적이 없는 사람의 이름도 흰색 글씨가 되어 있더라고.”

“무슨 소리인지 잘 모르겠는데?”

“음~. 나도 놀랐지만 메시지를 보내 보고서야 알았어. 저쪽도 놀라더라.”

길드 멤버 같은 집단에서는 그룹 채팅을 쓸 수 있었지만 개인 프렌드끼리는 문자 메시지 같은 것으로만 대화가 가능했다.

이 부분은 게임이었던 시절과 달라지지 않은 듯했다.

“자세히 설명하자면, 만나기는 했지만, 나도 저쪽도 나이를 먹어서 못 알아본 것뿐이지만.”

“응~? 그러면 코랄은 이쪽에 온 지 10년 정도가 지났다고 했는데, 그 친구는 그 이상 나이를 먹었다는 거야?"

"맞아. 저쪽은 뭐라고 해야 할지, 관록 있는 아저씨가 되었더라고. 그딴 걸 어떻게 알아보냐고!"

코랄이 분한 듯 주먹을 움켜쥐며 말했지만, 케나는 메마른 웃음소리를 흘릴 수밖에 없었다.

동생쯤으로 여기고 있었는데 상대가 연상이 되어 있었더라. 그렇게 생각하면 될까.

이대로 가면 하이엘프인 케나가 코랄과 샤이닝세이버의 임종을 봐야 할 테지만——.

이 시점에서는 거기까지 생각이 미치지 못했다.

"문제는 만났던 게 2년 정도 전이었는데, 프렌드 리스트에 표시된 건 최근 일이라는 말이지. 그래, 대충 너랑 만났을 때쯤이었어."

"뭐?! 나랑 상관있는 게 아닐까 의심하고 있다는 거야?"

"아니 왜, 넌 한계돌파자에 GM 권한까지 가진 스킬 마스터잖아?"

"그렇다고 게임 시스템에까지 간섭할 수 있는 특전 같은 건 없어! GM 권한도 목걸이를 채워야 행사할 수 있는걸."

사실 친척의 회사가 게임 리아데일을 운영하기는 했지만, 일개 유저였던 케나에게 특수한 권한을 넘기거나 하지는 않았다.

케나 본인도 그런 것을 들이민다 한들 거부했을 것이다.

"어라? ……가만. 으음~?"

숙부가 있던 회사의 기술을 결집한 물건이라 생각하니 케나도 짚이는 바가 없지는 않았다.

"키는 뭣 좀 알아?"

『아니요, 전혀.』

당사자도 짚이는 바는 없는 모양이다.

그렇다면 괜히 덤터기만 쓴 꼴이다. 실제로 피해를 본 것은 아니지만.

그것을 제외하고 코랄 일행과 만나기 전에 있었던 변화라 하면 요정밖에 없다. 하지만 케나의 머리카락 속에 숨어 코랄을 보려 하지 않는 모습을 보니, 그런 의심도 싹 가셨다.

"어쨌든 난 짚이는 거 없어!"

"그으으으래애? 난 아무리 생각해도 네가 수상한데 말이지."

코랄이 계속해서 의심하는 눈으로 보자 케나는 훠이훠이, 손을 흔들어 쫓아내려 했다.

"그것보다 왜, 동료들이 기다리잖아. 얼른 가기나 해."

너무 꾸물거리다가는 (일방적으로) 동행할 예정인 기사단이 출발할지도 모르는지라 케나는 코랄에게 등을 돌렸다.

코랄은 아직도 미련이 남았는지 케나의 등에 대고 "뭐라도 알아내면 꼭 알려줘야 한다?"라고 말하고서 동료들에게 갔다.

"저렇게까지 집착할 이유가 있나?"

『그가 집착하는 방향성은, 케나가 이해할 수 있는 것이 아닐 겁니다.』

"그건 그래. 프렌드 리스트의 존재 자체를 잊고 있었던 나는 이해하지 못할 집착일지도 모르겠네."

케나는 자조하듯 웃은 후, 서문을 향해 걸음을 옮겼다.

서문 근처의 분위기가 어쩐지 어수선한 듯했는데, 그 이유는 금방 판명되었다.

문을 사이에 두고 안팎으로 사람이 많이 모여 있었기 때문이다.

문 바깥에는 마차가 잔뜩 세워져 있었다.

말을 돌보는 이들이 뛰어다니고 그 주인으로 보이는 상인들이 의미심장한 표정으로 담소를 나누고 있었다.

안쪽에는 기대로 가득한 눈을 한 아이들이 많았다.

물론 어른들도 그럭저럭 있었지만, 일반 시민들은 이렇게 이른 아침 시간에 그다지 여유가 없다.

사람들은 대로 끝을 살피며 기사단이 지나가기를 이제나저제나 하고 기다리고 있는 듯했다.

"왜 저러지?"

"그야 기사님이 줄줄이 행차하는 모습은 흔히 볼 수 있는 게 아니니까 말이지! 우리에게는 몇 안 되는 오락이거든."

희한하다는 듯 고개를 갸웃하는 케나의 모습이 어지간히도 별나 보였는지, 의문을 들은 아줌마는 별걸 다 묻는다는 듯 웃었다.

참고로 문밖에 있는 마차는 몇 개의 상단이 모여 있는 것이라고 한다.

문지기 역할을 맡은 병사는 계속해서 말했다.

"큰 소리로 말하기는 좀 그렇지만, 기사단을 호위처럼 쓰며 기생하려 드는 무례한 놈들입니다. 도중에 산적이나 마물이 습격했을 때, 기사님들이 구해 주지 않으면 추문을 흘릴 속셈일걸요. 조금이라도 호위에 드는 비용을 아낄 궁리만 하는 좀스러운 자식들이죠."

얄미워 죽겠다는 투로 말하는 것을 보니 같은 짓을 몇 번이나 저지른 사람들인 듯했다.

약한 자들이 강한 집단에 빌붙으려고 하는 것은 게임에서도 흔한 일이었던지라 케나는 거꾸로 '어느 세계에나 기생하려는 사람들은 있구나.' 하고 감탄했다.

그런 케나도 기생……은 아니지만, 무단 동행이 목적인 것은 부정할 수 없는 사실인지라 살짝 기분이 우울해지기도 했다.

상단 관계자로 오해받지 않도록 서문밖에서 거리를 둔 채 기다리던 케나의 귀가 그 소리를 포착한 것은 오전 9시가 되었을 즈음이었다.

이 세계에는 명확한 시계 같은 것이 없는지라 스테이터스 화면에 표시된 시간을 기준으로 한 것이지만.

"이런이런. 드디어 왔네."

케나는 시간을 죽이려고 보고 있던 스테이터스 화면을 닫고 기대어 있던 성벽에서 떨어졌다.

문 안쪽을 들여다보자 말에 탄 기사—— 샤이닝세이버가 입고 있던 하얀 갑옷을 맞춰 입은 자들이 길가에 몰려든 시민들에게 손을 흔들어 주며 다가오는 것이 보였다.

아닌 게 아니라 말을 탄 기사단의 선두에 있는 것이 바로 샤이닝세이버 본인이었다.

기사단장이라는 이야기를 듣기는 했지만, 케나는 여기서 얼굴을 마주치게 될 줄은 꿈에도 몰랐다.

어색함에 허둥지둥 문기둥 뒤에 숨어 보지만, 거꾸로 수상해 보였을까.

샤이닝세이버를 비롯한 일부 기사들이 수상한 녀석이라 생각해 주목했다.

시민들의 성원과 환호성 속에서 배웅을 받고 있는 기사단에는 당연히 기사만 있는 것이 아니었다.

우선 펠스케이로 기사단의 깃발을 든 병사가 선두에 섰고, 말 탄 기사 스무 명 정도가 그 뒤를 따랐다.

이어서 여덟 대의 마차가 뒤따랐고, 여든 명의 병사가 그 주변을 에워싼 채 행진했다.

그리고 최후미에는 천막이 씌워진 짐마차가 열 대 정도 따라붙었다. 이쪽은 행군 중에 소비할 식량과 비품 등을 운반하고 있는 듯했다.

다 합쳐서 대충 백 명 남짓한 인원이다.

목적이 도적 퇴치라는 사실을 감안하면 미묘한 인원수라 할 수 있었지만, 장소가 이웃 나라인지라 상대를 너무 자극하지 않기 위한 배려인 듯하다.

——적어도 문지기의 말에 의하면 그렇다는 모양이다.

적은 인원으로 잽싸게 임무를 마치기 위해 정예 부대를 선발한 것일까.

케나는 최후미에 붙어서 따라가고자 기사단 전체가 지나가기를 기다렸는데, 의아하다는 듯 노려보고 있던 샤이닝세이버와 눈이 마주쳐서 흠칫했다.

물론 샤이닝세이버도 비슷한 반응을 보였지만, 그쪽은 수상한 녀석이라 생각했던 인물이 케나였다는 사실을 알게 되어 놀란 것이었다.

무슨 꿍꿍이속이 있지 않을까 하는 의심이 싹튼 것은 샤이닝세이버의 서글픈 직업병이라 할 수 있으리라.

기사가 선두에 서고 병사가 그 뒤를 따르고, 마차 행렬과 짐마차가 잇따라 출발한다.

뭉쳐 있던 상단 마차가 거리를 둔 채 그 뒤를 따랐다.

그리고 그들을 미행이라도 하듯 케나도 이동을 개시했다.

선두에 있는 기사단이 말을 타고 있는지라 종종걸음에 가까운 속도였지만, 보병이 함께 있으니 그렇게까지 속도를 높이지는 않을 것이라고 케나는 생각했다.

너무 뒤처지면 소환수 중에서 탈것을 소환하면 그만이다.

왕도에서 상당히 멀리 떨어졌을 즈음, 선두 집단에서 떨어져 나온 말이 케나에게 다가왔다.

느린 걸음으로 나란히 서서, 말 위에 걸터앉은 채 말을 붙여온 것은 샤이닝세이버였다.

"뭐 하냐, 너? 우릴 따라오다가 미덥잖다 싶으면 뒤에서 날려 버리려는 거냐?"

"내가 왜 그런 감시자 같은 짓을 하는데! 난 용궁성을 찾으러 그 마을까지 동행하려는 것뿐이야."

"아아, 코랄이 말했던 그것 말인가……. 그건 그렇다 치고, 걸어서? 시민들을 위한 행진도 끝났으니 병사들도 마차에 태워 속도를 좀 높이려 하는데."

"아아, 그래서 마차가 저만큼이나 있었던 거구나~."

마차가 왜 필요한 것일까 싶었지만 샤이닝세이버의 말을 듣고서 납득했다.

이야기를 하는 동안 속도가 빨라졌는지, 케나 일행은 상단의 마차에서도 조금 뒤처져 있었다.

케나가 낙오되었을 때 따라잡을 수단을 이것저것 생각하던 그때, 샤이닝세이버가 "흠." 하고 고개를 끄덕이더니 그녀의 손을 잡아 말 위로 끌어올렸다.

물론 자신의 정면에서 고삐를 잡은 팔 사이로 공주님 안기를 하듯이.

"꺅?!"

"특별히 내가 태워 주지. 뭐 신경 쓰지 마라, 이벤트 몬스터 공방전 때의 답례다. 아아, 가만히 있어, 그러다 떨어진……다?"

케나는 의사와 아버지를 제외하면 이성의 품에 안겨 본 경험이 없었다.

그런 탓에 순식간에 얼굴이 빨개져서 입을 한일자로 다문 채 뻣뻣하게 굳어 버렸다.

샤이닝세이버도 드래고이드라는 이종족이기는 하지만 실체는 플레이어다.

케나의 미모(가벼운 매료 효과 첨부)를 뒤늦게 알아보고서 자신이 무슨 짓을 했는지 깨달은 그는 퍼뜩 정신이 들었다.

꼭 이야기 속 왕자님 같은 행동이 아닌가.

그는 마음속에서 갈등과 쑥스러움이 뒤섞여 '태운다 해도 다른 방법이 있었을 텐데. 어째서 공주님 안기를 택한 거냐, 나느으으은?!' 하고 자신을 꾸짖었다.

두 사람은 나란히 입을 다문 채, 누가 먼저랄 것 없이 시선을 피했다.

이윽고 샤이닝세이버가 나직한 목소리로 사과의 말을 입에 담았다.

"아~ 미안하다. 생각이 부족했군……."

"응. 날 챙겨 주려고 그런 거잖아. 알아……."

평소의 표표한 케나의 분위기는 조금도 찾아볼 수 없는, 모기만 한 목소리였다.

품 안에 있는 케나를 귀중품 다루듯 하고 있는 샤이닝세이버도 내려 준다는 선택지는 떠오르지 않았던 모양이다.

그도 나름대로 당황한 것이다.

하지만 상황은 본인들을 내버려 둔 채 굴러갔다.

속도를 높인 샤이닝세이버의 말은 이미 선두 집단에 접어들고 있었고, 후미를 맡았던 기사와 부단장은 돌아온 기사단장의 요상한 행각을 눈이 휘둥그레져서 바라보고 있었다.

처음 느껴보는 호기심 어린 시선에 케나는 더더욱 몸을 움츠릴 수밖에 없었다.

수치심으로 즉사하지는 않을까 싶을 정도로 얼굴이 빨갰다.

"우으…… 샤이닝세이버 이 바보오……."

"그게, 미안하다. 이럴 생각은 없었지만, 어쨌든 미안하다."

품에 안은 미인 엘프에게 굽실굽실 고개를 숙이는 기사단장을 본 부하들의 시선이 뜨뜻미지근하게 변하는 데는 그리 많은 시간이 걸리지 않았다.

케나에게 사과하던 샤이닝세이버가 그 사실을 알아챘을 때는 이미 늦은 뒤였다.

"단장님, 연인이 있었군요."

"음……? 너희는 무슨 소리냐……."

"원정에 데려올 정도로 아끼는 연인이 있었을 줄이야. 단장님도 일단은 남자였군요."

"이야! 진짜 부럽지 말입니다, 삐익삐익!"

"아니 잠깐 기다려 봐라! 이건 아니다, 오해하지 마라."

"단장님, 사람들 앞에서 부정하는 건 연인분한테 실례라고요. 그냥 깨끗하게 인정하지 그러십니까?"

"이야~ 우리는 축복할 거라고. 안 그러냐, 다들?"

"""""""오오오오오오오————!!!!"""""""

엉뚱한 일을 계기로 기사들의 사기가 최대에 달해 있었다.

마차에 타고 있던 병사들도 무슨 일인가 하고 흘끔거렸다.

이야기는 당사자인 샤이닝세이버를 내버려 둔 채 굴러갔고, 기사단 공인 커플이 되어 버리는 바람에 마음이 복잡해진 케나는 얼굴이 새빨개져 있었다.

그리고 불평하는 대신 자신을 안은 팔을 콱 꼬집었다.

"끄아악! 아파아파파파파파파파?! 넌 무슨 악력이 이렇게 센 거냐?!"

"스킬 마스터를 우습게 보지 말라고! 【통각 증가】 스킬이라는 것도 있거든?!"

부끄러워 죽기 직전인 상태에서 깨어나 평소처럼 돌아온 케나가 반격을 개시했다.

이제는 그조차도 사랑싸움으로 보이는지, 주변에 있는 이들의 시선은 더더욱 훈훈해졌다.

통상적으로는 이틀이 걸릴 거리를 하루 만에 주파한 기사단은 도로 가장자리에 야영지를 설치하고 있었다.

뒤따라온 상단들도 약간 떨어진 장소에서 모닥불을 둘러싸고 있는 듯했다.

"인사를 하러 오거나 하지는 않네."

"저 녀석들은 특별히 간섭하지 않는 쪽으로 방향을 잡아서 말이지. 무슨 일이 일어나기 전에는 도움을 구하러 오거나 하지 않아. 오면 오는 대로 이상한 트집을 잡아대지만."

케나와 샤이닝세이버는 그제야 오해를 풀 기회를 잡았다.

물론 그것도 일행이 두 사람의 말을 믿어야 가능한 일이지만.

말에 태우기까지의 경위를 가볍게 설명한 후, 기사단장은 "헷갈리게 해서 미안하다."라고 하며 고개를 숙였다.

겨우 평소의 얼굴색으로 돌아온 케나도 간단한 자기소개를 하며 고개를 숙였다.

"만나서 반가워요, 모험가인 케나라고 해요, 조금 전에는 실례가 많았어요. 여러분께는 스카르고의 어머니라고 설명하는 게 나을 것 같네요."

"""""에에에에에에에에에에에에엑?!!"""""

"단장님, 그런 취향이었습니까아아아?!"

"미망인을 좋아했었다니!"

"실망했습니다."

그 즉시 기사들이 놀라서 비명을 질러댔는데, 곧이어 딱하게 됐다는 듯한 발언과 동정 섞인 눈빛이 샤이닝세이버에게 쏟아졌다.

일부 기사들은 "그럼 대사제님이 '아버님' 이라고 부르시겠군요." 라거나 "마이마이 님에게 '아버님' 소리를 듣는 건 좀 많이 부럽네!" 라는 묘한 발언을 하기도 했다.

"괜찮은 거야, 이 기사단……?"

"부하를 똑바로 교육하지 못해 미안하다."

심지어 어느샌가 기사단 일행으로 취급되기 시작한 데다, 불평을 할 새도 없이 여성 기사와 같은 침소를 쓰는 것으로 결정이 된 후였다.

"뭐라고 해야 할지…… 그 단장에 그 부하 같은 느낌이네."

"그건 칭찬이냐, 욕이냐?"

"일단은 칭찬……?"

"어째서 의문형인 거냐?!"

게임 속 기사단하고는 퀘스트와 관련된 대화밖에 나눈 적이 없었지만, 한 단어로 표현하라면 '엄격함' 이나 '격식' 같은 단어가 가장 먼저 떠오르는 집단이었다.

하지만 샤이닝세이버의 부하들인 그들은 그러한 답답함이 느껴지지 않는 가족 같은 집단이었다.

종족 차이며 환경 등을 고려해도 사적인 정이 마구 섞인 듯해서 어이가 없을 따름이다.

"아니지! 기사단을 길드처럼 친목 집단으로 만들면 어쩌자는 거야!"

"이래 봬도 격식을 차려야 할 때는 지키니까 괜찮다. 이게 그렇게 나쁜 것도 아니고."

부하들은 케나와 샤이닝세이버의 모습이 완전히 서로를 신뢰하는 사이로만 보여서 "가망 있어 보이지?", "잘 어울리는 것 같은데."라고 쑥덕대고 있었다.

케나의 귀에도 또렷하게 들렸지만, 반론하면 쑥스러워서 그러는 것으로 생각할 듯해서 못 들은 척했다.

샤이닝세이버가 "이 자식들이이이이!"라고 소리치며 부하들을 쫓아다니는 바람에 케나의 계획은 미묘하게 틀어지고 말았지만.

"사랑받고 있는 건지 괴롭힘당하고 있는 건지……. 이 나라, 괜찮은 걸까?"

기사단의 행렬에 얹혀가는 신세인 케나는, 다음 날 오후 정도에는 그 어촌 근처까지 갈 수 있을 것으로 생각하고 있었다.

"엑?! 케나 님, 끝까지 동행하시는 게 아니었습니까?"

"아뇨아뇨. 갈 곳이 있어서 그 근처까지 이 행렬을 따라가려는 것뿐이에요."

"케나 님이라면 기생해도 좋으니 끝까지 따라와 주셨으면 합니다!"

"근데 왜 케나 '님'인 건데요?"

"""아니 왜. 맛있는 음식을 제공해 주시니 굽실거릴 만도 하지 말입니다!"""

미간을 찌푸린 채 케나가 뒤로 돌아서 보니, 샤이닝세이버가 면목 없다는 듯 한쪽 손을 들어 사과하고 있었다.

계기는 식사 메뉴가 딱딱한 빵과 육포와 물이라는 이야기를 케나가 들은 것이었다.

자기 물통에 희석한 술을 담아 가져온 사람도 있다는 모양이지만.

케나는 이왕 이렇게 된 김에 조금 떨어져 있는 상단 집단까지 가서 채소와 고기를 사서 【쿠킹 스킬】을 행사했다.

그리고 수제비와 비슷한 채소 수프가 완성되었다.

이러한 행군 중에 따뜻한 음식을 먹는 것은 드문 일인지, 병사들은 굉장히 고마워했다.

눈물을 흘리며 먹는 이까지 나타나기 시작했을 정도다.

"평소 뭘 먹기에 이런담, 이 사람들……."

결식아동을 보는 듯한 식사 풍경에 요리를 만든 케나가 더 깜짝 놀랐다.

저녁 식사와 아침 식사를 차린 후, 케나가 이탈한다는 이야기를 들은 기사와 병사들은 온갖 방법을 동원해 만류했다.

격렬한 구애의 손길에 지쳐 버린 케나는 샤이닝세이버에게 【쿠킹 스킬】 스크롤을 만들어 주었다.

요리사 노릇을 하는 기사단장이 있다는 이야기는 별로 들어본 적이 없지만, 스크롤을 사용할 수 있는 사람이 샤이닝세이버밖에 없으니 어쩔 수 없었다.

“옛날에 떼를 쓰던 플레이어들이 생각나서 어쩐지 웃기네.”

“게임이었을 때만 해도 요리는 어디에 쓰는 스킬일까 싶었건만, 그 필요성을 실감하는 날이 올 줄이야.”

“그거 몰라? 특정 NPC에게 좋아하는 물건을 줘서 호감도를 올리면 발생하는 퀘스트가 있었어. 그게 또 전선에서 싸우는 사람에게 유용한 스킬이었거든.”

“진짜냐…….”

그 정도 정보에도 샤이닝세이버는 “끄으으응.” 하고 신음하며 흘끔흘끔 케나를 쳐다보았다.

방금 말한 스킬을 달라고 말하고 싶은 것이리라.

케나가 가슴 앞에서 크게 엑스자를 그려 보이자, 그는 어깨를 축 늘어뜨렸다.

살짝 놀려 보려고 한 것이었지만, 그 모습을 본 주변 사람들은 다른 의미로 받아들인 듯했다.

여기사들이 나서서 샤이닝세이버의 두 어깨와 팔을 덥석 붙잡았다.

“뭐, 뭐야?! 너희들 왜 그러냐?”

“단장님. 실망입니다.”

“잠깐 저쪽에서 저희랑 얘기 좀 하죠.”

“이렇게 보는 눈이 많은 곳에서 성희롱이라니. 연인분에게 실례라고 생각하지 않으십니까?!”

“뭐?”

샤이닝세이버는 물론이고 케나까지도 눈이 휘둥그레졌다.

영문을 모르는 것은 두 사람뿐인지, 정신을 차려 보니 모든 기사단원이 샤이닝세이버를 둘러싸고 있었다.

“이봐. 잠깐 기다려 봐라! 뭐야, 내가 뭘 어쨌다고 이래?!”

샤이닝세이버는 여러 사람의 손에 붙들려, 마차 뒤로 질질 끌려갔다.

“어어……?”

저쪽에서는 억울함을 호소하는 단장의 목소리를 무시하고 여성을 대하는 태도에 관한 설교가 한창 진행 중인지 그런 분위기의 말소리가 연신 흘러나왔다.

진심으로 상황 파악이 안 되는 케나에게, 키가 보다 못해 충고했다.

『저 남자가 가슴을 흘끔거렸고, 케나가 엑스자를 그리는 것을 보고, 성적으로 굶주린 동물 취급을 받고 있는 것이 아닐까요?』

“굶주려?!”

순식간에 케나의 얼굴이 새빨갛게 물든 참에 부단장 아저씨가 고개를 숙였다.

“미안하구만, 아가씨. 단장은 이쪽에서 자아아아알 타일러 둘 테니, 이번 일은 용서해 줘.”

“네? 아니, 어, 아? 아, 네! 저, 전 괜찮아요!”

말을 더듬을 정도로 당황한 케나의 모습에 다른 기사들은 잔뜩 화가 나서 말했다.

"단장 저 인간. 평소 미망인을 어떻게 대하기에 저래." 라느니 "부단장님! 이 인간 하룻밤 정도는 나무에 매달아 놓죠!" 라느니 "같은 수치심을 안겨 주죠!" 라는 소리를 했다.

기사단장인데 취급이 엉망이다.

어떻게 보면 사랑받고 있다고 해야 할까.

모험가 길드에서 사람들에게 들었던 '기사는 재수없다' 는 이야기와는 딴판이다.

설교 이외의 무슨 짓을 더 당했는지 꾀죄죄한 몰골로 돌아온 샤이닝세이버를 보고 케나는 미소를 지었다.

"대체 뭐지. 난 잘못한 게 없는데……. 케나, 넌 뭐 좀 아냐?"

"후후후, 비밀이야."

"뭐냐, 그게……."

샤이닝세이버는 또다시 고개를 푹 숙였지만, 자신을 지긋이 쳐다보는 부하들의 시선을 느끼고는 허둥지둥 자세를 바로잡았다.

그 모습을 보고 더 참을 수 없게 된 케나는 결국 웃음을 터뜨리고 말았다.

그것이 주변에 전파되어, 얼마 지나지 않아 기사단 전체가 웃음바다로 변했다.

즐거운 분위기 속에서 케나는 생각했다. 대충 레벨 300쯤 되는 플레이어가 있으면 큰 위험을 겪을 일이 없는 세계에서, 전선 플레이어에게 유용한 스킬을 쓸 일이 있기나 할까.

그런 느긋한 생각이 복선이 되리라고는, 이때의 케나는 생각도 못했다.

오해가 더 커지면 곤란하겠다는 생각에 그날 이동에는 샤이닝세이버의 말에 동승하지 않고 【서먼 매직】으로 켄타우로스 헤이겔을 소환했다.

"오오! 주군! 헤이겔 대령했습니다!"

"위험하니까 창 휘두르면서 나타나지 마!"

창부리가 눈앞을 통과하는 바람에 케나는 식은땀을 흘렸다.

키의 방호벽도 있어서 대미지를 받을 일이 없다는 것은 알았지만 그래도 바람을 가르는 창부리를 코앞에서 보고 싶지는 않았다.

무사 기질이 있는 데다 타인에게도 예의 바른 켄타우로스는 기사들에게도 좋은 인상을 주었다.

다소 열혈남아 같은 면에 공감해 주는 기사들이 있는가 하면, 거북스러워하는 여성 기사들도 있었지만.

"왜 저런 성격인 거냐?"

"소환했더니 이미 저런 식이었어. 현실이 된 소환이란 참 무시무시하지?"

샤이닝세이버는 관자놀이를 긁적이며 고뇌에 찬 한숨을 쉬었다.

듣자 하니 비슷한 성격의 기사가 성에 있다는 듯했다.

"그 녀석이 둘이나 있다고 생각하니 골치가 아프군."

"뭣하면 성을 경비하는 데 두세 마리 정도 빌려줄까?"

"'마리' 라는 단위를 쓴 것에서 악의가 느껴지는 건 기분 탓이냐."

"기분 탓 아닐까?"

참고로 샤이닝세이버는 말에, 케나는 헤이겔의 등에 옆으로 앉아 탔다.

짐말 같은 짓은 사양하고 싶다고 했지만, 올라타는 건 어떠냐고 물어보니 "본인의 등이라도 괜찮으시다면."이라며 흔쾌히 승낙해 주었다.

듣자 하니 케나는 주군이니 특별히 허락한 것이라 한다.

적당히 대화를 나누며 기사단의 선두에 서서 나아가던 두 사람과 한 마리는 진행 방향에 자리한 잿빛 구름을 올려다보며 성가시게 됐다는 듯이 얼굴을 찌푸렸다.

"으음~ 이거 한바탕 비가 올 것 같군그래~."

"비를 피하는 마법 같은 건 없는데."

"비를 피하는 마법은 또 뭐냐……?"

샤이닝세이버가 상황을 살피기 위해 행렬을 정지시키려던 그때.

어디선가 솟아난 아지랑이가 시야를 가로막았다.

"뭐야, 이건?!"

"잠깐! 어디서 흘러든 거지?!"

"으악, 말이!"

"말이 갑자기 날뛰기 시작했어!!"

"다들 진정해라! 말을 안정시켜!"

눈 깜짝할 새에 일동의 발치를 아지랑이가 뒤덮었다.

말의 배나 마차의 바닥에 닿을 정도로 아지랑이가 깔렸다.

게다가 무언가를 느낀 것인지 말들이 흥분하기 시작했다.

몇 마리는 앞발을 치켜들기까지 해서, 미처 대응하지 못하고 낙마하는 기사도 발생했다.

헤이겔은 아무렇지 않기에 다른 말들을 진정시켜 달라고 했다.

그 뒤에 있던 병사들도 아지랑이로 된 그물 같은 것에 붙잡힌 듯 보였다.

케나가 지닌 【비스트 마스터】 스킬로 진정시킬 수 있는 것은 한 번에 한 마리가 한계라 전체를 한꺼번에 달래는 건 무리였다.

그러던 중에 키가 아지랑이를 보고 '적의를 감지했다' 고 보고했기에 케나는 의식을 전환했다.

"이거 아지랑이 같지만 아지랑이가 아니구나!"

"케나! 뭐 좋은 수는 없는 거냐!"

아지랑이 자체가 의지를 가지고 들러붙는 것 같다는 느낌에 케나는 아지랑이를 악의적인 존재로 판단하고 힘을 해방시켰다.

【매직 스킬 : 정화 결계 Lv.2 : 란디아 : ready set】

"발사!"

마법을 행사한 순간, 희미한 빛의 파동이 케나를 중심으로 주변에 퍼져나갔다.

케나의 주변에 있던 아지랑이를 정화하자, 젖빛 안개로 뒤덮였던 대지에 원통형 구멍이 뚫리는가 싶더니 본래의 초원이 훤히 드러났다.

빛의 파동에 닿은 아지랑이는 증발하듯 흔적도 없이 사라지기 시작했다.

굵은 덩굴 같은 형태의 아지랑이에 구속되어 있던 병사들도 차례로 해방되었다.

휘청거리거나 엉덩방아를 찧거나 하기는 했지만, 생명에 지장은 없는 듯 보였다.

이 마법을 레벨 1로 행사할 경우에는 주변을 정화하는 것으로 그치지만, 레벨 2로 행사하면 사람과 동물의 상태이상까지 치료하므로 말들도 그 파동에 닿자마자 침착함을 되찾고 있었다.

케나가 마법을 행사한 지 1분 만에 주변을 뒤덮었던 아지랑이는 흔적도 없이 사라졌다.

날씨는 여전히 불안했지만, 조금 전의 이상한 낌새는 더 느껴지지 않았다.

쓰러진 사람을 다 같이 도와서 일으키는 동안, 부단장이 부상자를 모아 마법을 쓸 수 있는 사람에게 치료시키고 있었다.

샤이닝세이버는 기사단 전체를 둘러보고서 눈에 띄는 것 이상의 혼란이 일어나지는 않았는지 각 대장에게 확인했다.

케나는 마치 함정처럼 땅에서 솟아난 것으로만 보이는 아지랑이가 어쩐지 인위적으로 느껴졌다.

“키. 어떻게 생각해?”

『네. 누군가가 악의를 가지고 공격한 것으로 보였습니다.』

요정은 어쩐 일로 겁을 먹지 않은 것 같았다.

겁을 먹기는커녕 어쩐지 화가 난 듯 케나의 목덜미를 찰싹찰싹 때리기까지 했다.

여전히 긴박감이 감도는 가운데, 케나는 간지러운 나머지 웃음을 터뜨릴 뻔했다.

“그럼, 여기까지 동행하게 해 줘서 고마워.”

“그래, 얼마 전에 그런 일이 있기도 했으니, 너도 조심해라.”

바닷속에 성이 있는 것을 목격한 사람이 있다는 어촌으로 가는 길 앞에서 케나는 샤이닝세이버 일행에게 작별 인사를 하고 있었다.

“크흑. 여행의 유일한 낙인 맛있는 밥이…….”

“또 육포와 딱딱한 빵을 먹을 생각을 하니…… 크윽.”

그 뒤에서는 케나의 요리에 완전히 세뇌된 기사들이 아까워 죽겠다는 표정으로 마차 뒤에서 고개를 내밀고 있었다.

“으음~. 저건?”

“아아, 내버려 둬. 나중에 두들겨 패 둘 테니까.”

샤이닝세이버는 “기사의 수치 같으니.”라고 투덜댔지만, 부단장 일행은 쓴웃음만 짓는다.

“조심히 가십시오.”

“너희도.”

“펠스케이로에 오면 성에 들러 주십시오. 문지기에게도 잘 말해 두겠습니다.”

이틀 만에 자신에게 꽤 정을 붙인 것 같다는 생각에 케나도 저절로 미소가 지어졌다.

거의 다 입맛을 사로잡은 요리 솜씨 덕분이었다.

제대로 된 재료가 있으면 더 맛있는 음식을 만들 수 있지 않겠느냐며 성으로 끌어들이려는 자도 있었다.

물론 거절했다.

성 같은 데를 갔다가는 하루 종일 스카르고와 얼굴을 마주하게 될 듯해서, 스트레스가 쌓일 것 같았기 때문이다.

“여기서부터는 내려서 갈게.”

“그렇군요. 그게 좋을 것 같습니다.”

눈 아래 보이는 이변을 확인하고 창을 움켜쥔 헤이겔의 표정도 사뭇 진지해졌다.

순조로운 여행길도 기사단과 헤어져 샛길로 들어선 순간 끝났다.

그 어촌은 바다가 보이는 평야에서 약간 내려간 장소에 있다는 듯했는데 기사단과 헤어지자마자 주변에서 소리가 사라지는 등, 이상한 점이 눈에 띄기 시작한 것이다.

켄타우로스의 발소리와 희미한 파도 소리만이 들려왔다.

나아가 무언가 사건이 일어날 것만 같은 뒤숭숭한 공기도 감돌고 있었다.

“주군! 수상한 기운이 느껴집니다.”

“새 지저귀는 소리조차 안 나는 것도 이상하고 말이야…….”

게임이었던 시절에도 해변에 다가가면 기본적으로 바닷새 지저귀는 소리가 들려왔고, 마을에서 사람들이 웅성거리는 소리 등도 들려왔던지라 지금의 적막감이 너무도 부자연스럽게 느껴졌다.

짙은 바다 냄새에 케나가 미간을 찌푸렸다.

게임이었던 시절에는 음식 이외의 냄새가 애매했던 탓에, 케나가 바다 냄새를 맡은 것은 이것이 처음이었다.

완만한 내리막길이 이어져 있는, 바위가 듬성듬성 놓인 대지는 모래로 뒤덮여 있고 드문드문 키 작은 나무와 잡초로 뒤덮인 곳에 마차 등이 간신히 지날 정도로 좁은 길이 나 있었다.

그리고 그 길은 짙은 크림색을 띤, 정체된 안개로 인해 중간에서 뚝 끊겨 있었다.

“아지랑이 다음은 안개구나.”

“마을의 전체상이 전혀 보이지 않는군요. 주군, 방심은 금물입니다.”

“어쩐지 이런 호러 영화가 있었던 것 같아. 뭐였더라?”

아마도 저기쯤에 마을이 있겠구나 싶은 장소는 저기압 구름

덩어리 같은 짙은 안개에 매몰되어 있었다.

케나의 머리카락이 살랑거릴 정도의 바람이 불고 있건만, 안개는 전혀 가실 기미가 없었다.

그 자리에서 밀리미터 단위로조차 움직이지 않고, 천천히 소용돌이치고 있을 뿐이다.

"우와아, 뭐야 저게……."

"뭐라고 해야 할지, 위험지대로만 보이는군요."

헤이겔이 험상궂은 얼굴을 더욱 경직시킨 채 임전 태세를 취했다.

안개를 보고 물 속성의 적이 나타날지도 모른다고 생각한 케나는 아이템 박스에서 이터널 플레임을 뽑아 들고서 자신들에게 물리, 마법 장벽을 쳤다.

이상한 상태를 유지한 채 반원형으로 소용돌이치고 있는 안개는, 다가가면 다가갈수록 돔 야구장처럼 침입자의 침입을 막고 있는 듯 보였다.

밖에서는 내부가 전혀 보이지 않아서, 【탐사 마법】을 써도 케나의 주변에 무언가가 다가오는 것을 전혀 알 수 없을 듯했다.

『방어벽을 강화합니다.』

키가 그렇게 말하고, 곧바로 케나의 주변에 희미한 빛이 감돌았다.

옷 표면에서 20센티미터 정도의 간격을 두고 떨어져 있어서, 빛나는 갑옷을 입고 있는 것처럼 보이기도 했다.

헤이겔은 케나를 흘끔 보기는 했지만, 딱히 놀라지 않았다.

【탐사 마법】은 시야 끝에 원형 십자로 표시된 레이더의 효과 범위를 확대시켜 주는 술법이다.

자신의 위치는 항상 중앙에 표시되고 아군은 녹색 점으로, 적은 빨간색 점으로 표시된다.

평소에는 반경 10미터 정도를 커버하는 범위가, 100미터 정도까지 늘어난다.

단독 행동을 취하는 일이 많은 케나를 비롯한 솔로 플레이어들에게는 필수 스킬이다.

하지만 밖에서 봤을 때 효과 범위에 들어 있을 터인 안개가 낀 부분은 'ERROR' 라는 붉은 글씨로 표시되어 있었다.

"이 안개, 방해 효과가 있네……. 이거랑 비슷한 퀘스트를 어디서 본 것 같은데."

"주군, 돌격 명령을."

"죽으러 들어가는 꼴만 될 테니 그만둬. 밖에서 한꺼번에 날려 버리는 방법도 있지만, 알고 보니 마을 사람은 무사했다면 일이 성가셔질 것 같고."

"네, 분부대로 하겠습니다."

우선 과감하게 여의봉을 안개 속으로 반쯤 쑤셔 넣어 보았다.

몇 초 후에 뽑아 보아도 그을리거나 녹는 일은 안 생겼다.

"주군. 그렇게 랭크가 높은 무기로는 어느 정도의 효과를 지녔는지 알 수 없지 않을지요?"

"……응, 듣고 보니 그러네."

헤이겔이 어이없다는 투로 말하는 바람에 케나의 뒤통수에 큼지막한 땀방울이 떠올랐다.

하지만 케나가 소지한 무기들은 그렇게 간단히 손상될 물건이 아니었다.

헤이겔이 지닌 창도 일급품이라 케나는 어쩔 수 없이 아이템 박스에서 키리나 풀의 잎 부분을 떼어내, 아무렇게나 안개 안에 쑤셔 넣었다.

『케나!』

"주군?!"

머릿속과 옆에서 초조한 목소리가 울렸다.

"괜찮대도. 저릿저릿한 느낌은 없으니까. 어라……?"

손을 빼 보니 빨개져 있거나 하지는 않았지만, 손에 쥐고 있던 키리나 풀은 몇 초 만에 마른 풀이 되어 있었다.

"으음?! 이런 해괴한 일이 다 있나!"

"수분을 빨아들이는 건 아닌 것 같네."

손에 든 마른 풀은 살짝 문질렀을 뿐인데 푸석푸석 부스러지고 말았다.

"이거 들어가도 괜찮을까?"

"걱정하지 마십시오, 주군! 본인에게 맡겨 주십시오!"

헤이겔은 가슴을 퉁, 하고 두드리더니 앞장서서 안개 속으로 들어갔다.

케나도 허둥지둥 그 뒤를 따랐다.

안개 속은 5미터 앞도 제대로 보이지 않았다.

헤이겔은 경계하며 창을 든 채 주변을 둘러보며 천천히 전진했다.

케나의 주변은 방어벽이 작동 중이라 어슴푸레한 안개 속에서 빛의 막을 두르고 있는 듯 보였다.

안개 돔 위에서 희미한 빛이 들이치는 정도여서 마을 안에 들어설 때까지는 가옥의 그림자조차 확인할 수 없었다.

무심하게 자신의 스테이터스를 확인하던 케나는 파티원으로 함께 표시된 헤이겔의 스테이터스를 보고 눈이 휘둥그레졌다.

'현재 수치 / MAX' 로 표시되는 HP의 현재 수치가 보고 있는 동안에도 천천히 줄어들고 있었기 때문이다.

헤이겔에게도 물리와 마법 효과를 감퇴시키는 술식은 걸려 있을 텐데도 그런 것을 보니, 안개의 대미지는 그것을 상회하는 듯했다.

"잠깐?! 이 안개, 대미지 효과도 있어?!"

케나가 얼빠진 비명을 지르며 허둥지둥 헤이겔에게 【단일회복】 마법을 걸려던 참에, 안개 속에서 인간보다 다소 커다란 그림자가 튀어나왔다.

그것도 등 뒤에서.

"주군!"

시야 끄트머리에 표시된 레이더를 확인하기도 전에 헤이겔이 사이에 끼어들어 케나 대신 일격을 맞고 날아가는 모습이 보였다.

그 사이에 거리를 벌린 케나의 앞을 휘청거리며 가로막은 것은, 전형적인 모습의 좀비였다.

흙빛 피부에 탁해져서 엉뚱한 방향을 쳐다보고 있는 눈, 뜯어지거나 찢어져 간신히 몸에 들러붙어 있는 옷이었던 물체.

일부라는 표현으로 부족할 정도로 곳곳의 피부가 벗겨져 적갈색 속살이 드러나 있다.

썩은 고기 냄새가 주변에 그득해서 케나는 얼굴을 찌푸렸다.

게임 속 CG와는 다른, 현실적인 시체의 추악한 면이 그대로 담긴 좀비는 유명한 피라미 캐릭터라 할 수 있을 것이다.

하지만 다른 게임에서 어떻게 취급되었건, 리아데일에 존재하는 그것은 뭉뚱그려 저레벨 몬스터라고 할 수 없었다.

개중에는 이따금 허술한 겉모습으로 방심을 유도하지만, 알고 보면 고레벨 좀비도 존재했다.

"오오오오오오ㅇㅇㅇㅇㅇ……."

그것이 숨을 들이쉬는 소리인지 신음인인지 모를 소리를 내며 산 자를 위협했다.

날아간 헤이겔은 "무, 무운을 빌겠습니다……."라는 말을 남기고서 몸이 희미해지더니 사라지고 말았다.

헤이겔의 레벨은 250 정도. 그런데 이렇게 간단히 날려 버릴 수 있는 몬스터는 그리 흔치 않다.

적어도 이 좀비는 비슷한 레벨일 것이다.

현재의 리아데일에서 이 레벨의 좀비를 만들 수 있는 것은 플레이어밖에 없다고 판단한 케나는 대기상대로 전환해 두었던 【매직 스킬 : 단일회복 Lv.9】을 눈앞에 있는 좀비를 향해 방출했다.

죽은 자에게 회복 마법은 공격 마법과도 같은 효과를 낸다.

하얀 빛이 온몸을 물들이자 좀비는 몸의 가장자리부터 바스러지듯 먼지가 되어갔다.

좀비는 그렇게 눈 깜짝할 사이에 흔적도 없이 사라졌다.

빈사 상태에 빠진 레벨 400 정도의 플레이어의 HP를 완전히 회복시킬 정도의 효과를 지닌 마법에 걸리면 이 정도의 좀비는 순식간에 소멸하고 만다.

"아니, 그런데 어디서 나온 거야, 방금?!"

케나는 이 돔에 막 들어온 참이라, 등 뒤에는 '바깥'이 있을 터다.

혹시 방황의 숲처럼 발을 들이자마자 돔 내부의 어딘가로 전이시키는 함정이 있었던 걸까.

펠스케이로에서 산 평범한 단검에 【샤인 라이트】를 발동시켜 주변을 밝혀 보았다.

주변 3미터 정도에 불과했지만, 흰색을 띤 빛은 크림색 안개속을 밝혀냈다.

범위는 좁아도 빛의 효과가 유지되는 동안 정화 영역을 만들어 내는 【신성 마법】의 일종이었다.

이 안개는 모종의 술식으로 인해 독을 띤 안개 같은 효과를 내고 있었던 모양이다.

주변에서 빛의 막이 사라지는 것을 보고 한숨을 돌린 후, 케나는 일단 안개 너머로 희미하게 보이는 커다란 그림자를 향해 걷기 시작했다.

가장 먼저 걸음을 옮긴 곳에 있던 것은 민가였다.

변경 마을과 마찬가지로 오래되기는 했지만, 아직 사람이 살아도 문제는 없을 듯 보였다.

바다 냄새가 짙게 나기는 했지만, 동시에 조금 전에 좀비에게서 맡았던 것과 비슷한 썩은 내도 감돌고 있었다.

케나는 멈춰 서서 생각에 잠겼다.

"그럼, 어쩔까?"

애초에 용궁성을 찾으러 왔다가 이런 이상한 일과 맞닥뜨릴 줄은 꿈에도 몰랐다.

돔 내부에는 좀비밖에 없을 것 같으니 최대 화력으로 마을과 안개 돔을 통째로 불태워 버릴까?

아니면 이 사건의 원인을 밝혀내서 되도록 빨리 제거할까.

민가의 벽에 등을 기댄 채 생각을 하던 중, 레이더 끄트머리에 빨간 점이 나타났다.

레이더 바깥쪽에서 빨간 점 두세 개가 이쪽으로 다가오고 있는 듯했다.

일렁이는 그림자와 기분 나쁜 신음을 통해 좀비라고 판단한 케나는 이터널 플레임을 그쪽으로 던졌다.

화염을 방출하는 장검은 도신과 자루가 공중에서 복잡하게 변형하더니 네 발로 착지했다.

키가 사람의 무릎 정도밖에 되지 않는 강아지만 한 크기였지만, 레벨 400 남짓한 몬스터에 상응하는 실력을 갖춘, 화염을 두른 금속 도마뱀이다.

그 즉시 안개 너머에서 "으그으아~.", "샤악~." 따위의 괴수 결전 같은 목소리가 들려왔다.

화염이 춤을 추는 듯한 붉은 빛이 안개 너머에서 종횡무진으로 날뛰었다.

얼마쯤 지나자 안개 너머에서 들리던 시끄러운 소리가 그치더니, 불도마뱀이 유유히 돌아왔다.

그것은 케나의 눈앞에서 펄쩍 뛰어 공중에서 원래의 장검 형태로 변형하더니 그녀의 손으로 돌아갔다.

칼날의 이가 빠지지는 않았는지를 확인한 후, 케나는 이 적지에서 생각하기에 적합한 장소인 지붕으로 뛰어 올라갔다.

이터널 플레임을 칼집에 넣고 발소리를 죽여 가며 지붕에서 지붕으로 이동했다.

어느 정도는 밀집해서 세워진 덕분에 이웃집으로 건너갈 때마다 일일이 땅에 내려갈 필요는 없었다.

이동하는 도중, 눈 아래서 꿈틀대는 그림자가 보이기에 몇 가지 실험을 해 보았다.

우선 바람의 마법으로 좀비의 등 뒤로 목소리를 날려 보았다.

【매직 스킬 : 전달】을 기동시키자 느릿느릿 케나가 있는 방향을 보더니, 등 뒤에서 들려온 "와악!!" 이라는 목소리에 반응해서 몸을 돌려 깊은 안개 속으로 들어가 버렸다.

"평범한 좀비처럼 생명력을 감지해서 움직이는 건 아닌 것 같네. 마력이랑 소리에도 반응하는 걸 보니……."

태연한 투로 중얼거려 보았지만 키는 답이 없었다.

이럴 때는 자신이 한 말에 대해 검색하고 있는 일이 많은지라 딱히 신경이 쓰이지는 않았다.

가만히 들고 있자니 피곤해서 지붕에 내려놓으려던 단검을, 등 뒤를 향해 내질렀다.

채앵, 하고 금속과 금속이 부딪히는 소리가 작게 난 것을 듣고 확인해 보니, 케나의 단검을 토시로 막은 경갑옷 차림의 여성이 있었다.

다른 플레이어나 아군은 레이더에 하얀 점으로 표시되지만, 사각에서 접근해 온 이는 그 둘 중 어느 것도 아니기에 공격한 것이었다.

하지만 공격받은 쪽은 매우 당황한 얼굴로 케나의 공격을 튕겨내며 후퇴했다.

곧바로 안개 속으로 들어가서 모습이 보이지는 않지만, 방향은 아는지라 케나는 손에 작은 화염창을 구축했다.

곧이어 안개 너머에서 채찍이 소리를 내며 날아왔지만, 완전히 엉뚱한 곳을 통과했다.

채찍이 안개 속으로 돌아가는 타이밍에 맞춰, 대충 이 근처에 있겠지 싶은 장소에 화염창을 투척했다.

그 직후, "흐갸아아악~!"이라는, 여성답지 않은 비명이 들려왔다.

"이번에는 방금 그걸 이백 개 추가해 볼까……."

"항복! 항복할 테니까 그러지 마!!"

습격범은 나직하게 중얼거린 케나의 목소리에 반응해, 하얀 천 쪼가리를 팔랑팔랑 흔들며 모습을 나타냈다.

쭈뼛거리며 나타난 것은 가죽 갑옷을 입은 여전사 같은 인간이었는데, 두 팔에 채찍을 두르고 있었다.

【서치】로 보니 상대의 레벨은 430이어서 플레이어라는 사실을 알 수 있었다.

하지만 전사직처럼 차려입기는 했지만, 몸놀림이 너무도 엉성했다.

목 뒤로 적당히 묶은 부스스한 머리를 보고 케나는 고개를 갸웃했다.

이 여성을 어디선가 본 것 같았기 때문이다.

케나가 허리에 찬 장검에 손을 얹는 것을 본 여성은 허둥대며 손사래를 쳤다.

"잠깐잠깐! 여기 있는 녀석들은 마력에 반응한다고! 그 장검은 뽑지 마!"

"어떻게 아는데? 설마 이 참상을 일으킨 게 당신은 아니지?!"

"그것도 오해라니까! 우리도 안개에 갇혀서 어쩌면 좋을지 난감한 참이었다고. 제발 좀 믿어 줘……."

『거짓말일 가능성은 희박할 것 같습니다. 사실대로 말하고 있다는 보장도 없습니다만. 어떻게 할까요?』

키가 상대의 낌새를 꼼꼼히 분석해서 알려주었다.

당장에라도 울음을 터뜨릴 것만 같은 얼굴로 애원하는 모습으로 미루어 거짓말을 하는 것 같지는 않다고 느낀 케나는 경계심을 유지한 채 전투태세를 해제했다.

일단 장검에는 계속 손을 대고 있었지만.

여성은 안도의 한숨을 쉬더니 집 주변에 위치한 그림자를 살펴보고서 케나에게 따라오라고 손짓했다.

"함정이면 이 일대를 날려 버릴 줄 알아!"

"무슨 놈의 협박이 그래?! 게다가 이 일대를 날려 버리면 곤란해. 생존자가 있거든."

"뭐?!"

얼마간 지붕을 타고 이동하다 보니 마을 변두리로 추측되는 곳에 위치한 작은 창고에 도착했다.

안에는 투망이 펼쳐진 채 벽에 걸려 있거나, 낚싯대를 모아 구석에 쌓아 두거나 작은 배가 뒤집힌 채 쌓여 있거나 했다.

아무래도 고기잡이에 사용하는 자재를 모아 둔 마을 창고인 모양이다.

여성은 한가운데 있는 널빤지를 젖히자 나타난 계단을 턱짓으로 가리켜 케나에게 들어가라고 했다.

열 개 남짓한 계단 아래에는 문이 있었는데, 여성은 케나의 옆에서 손을 뻗어 문을 세 번, 네 번, 두 번 순으로 두드렸다.

어느 정도 기다리자 안에서 낮은 목소리가 "들어와."라고 말하기에 케나는 천천히 문을 열었다.

레이더를 통해 안에 적어도 다른 플레이어 두 명이 있다는 사실을 알았기에 케나는 경계하며 안으로 발을 들였다.

그 안의 면적은 위에 있는 방의 두 배에 가까웠다.

저장고였는지 생선 비린내가 코를 찌르는 가운데, 구석에는 몇 개나 되는 항아리며 솥이 놓여 있었다.

그밖에는 덮개가 열린 나무통이 두 개 있었는데, 안에는 건어물과 채소 절임이 들어 있는 것 같았다.

플레이어일 것으로 추측됐던 한쪽은 몸을 잔뜩 움츠린 잿빛 드래고이드였다.

또 한 명은 구석에서 모포를 뒤집어쓴 채 몸을 웅크리고 있는 인간이었다. 몸집이 작은 것을 보니 어린애인 듯했다.

바닥에는 희미하게 빛나는 돌이 놓여 있어서 실내에 있는 사람들을 어렴풋이 비추고 있었다.

"엑시즈, 역시 사람이 기어들어…… 들어왔더라. 나보다 강한 것 같으니 플레이어 나부랭…… 플레이어일지도 몰라."
"조금 전이랑 말투가 다른 것 같은데?"
"닥…… 시끄러워. 이래저래 사정이 있다고……!"
엑시즈라 불린 드래고이드는 두 사람의 대화에 반응하지 않고 입을 쩍 벌린 채 케나를 응시하고 있었다.
그는 의아함을 느낀 여성이 얼굴을 찰싹찰싹 두드리자 정신을 차리고 케나에게 달려들었다.
그 순간, 정조의 위기를 느낀 케나는 장검을 뽑아 화염을 두른 도신을 드래고이드의 목에…….
"아니, 확인하고 싶었던 것뿐, 이다만."
"이종족을 덮치다니, 도마뱀이 꽤나 급했나 보네."
두 사람은 방 한가운데서 정지해 있었다.
사거리는 장검을 든 케나가 유리해서, 미처 거리를 좁히지 못한 드래고이드는 손을 뻗은 채 멀거니 선 상태였다.
케나의 검은 드래고이드의 목덜미 쪽 비늘을 가르기 직전에 멈췄다.
"너, 너 케나구나! 이런 검을 기본적으로 가지고 다닐 만한 녀석은 너밖에 없어!"
"유감스럽게도 당신처럼 유쾌한 이름을 가진 지인은 없었던 것 같은데."
드래고이드의 스테이터스를 흘끔 확인한 후 케나가 중얼거렸다.

그의 이름 칸에는 『Xxxxxxxxxxx』라는, 아무렇게나 입력한 듯한 알파벳이 나열되어 있었다.

게임이었던 시절에도 Aaa 따위의 한 글자만 줄줄이 늘어놓은 이름은 흔했는데, 실제로 볼 때마다 뭐라고 불러야 할지 망설여지고는 했다.

그래서 '엑시즈' 라고 불리는 것이리라.

아이가 무서워한다는 여성의 말에 케나는 검을 거두고 아이템 박스에 넣었다.

다시 두 사람과 대면한 참에 자기소개를 했다.

"나는 케나. 뭘 좀 알아보려고 이 마을에 왔어."

"이 몸……이 아니라 나는 쿠올케. 모험가 길드의 의뢰 때문에 왔어. 거기 있는 덩치는 엑시즈."

"덩치라고 하지 마라! 이 상태로는 못 알아보겠지만, 이건 서브캐릭터였다. 메인은 타르타로스고."

"타르, 타로스……. 타르타……. 아아, 타르타르소스!"

"너라면 그렇게 부를 줄 알았지! 응, 케나가 틀림없군. 용케 살아있었구나, 너 이 자식!"

타르타로스는 같은 길드(크림 치즈) 멤버 중 몇 안 되는 엘프족 마법 메인 플레이어였다.

화력으로 승부하기보다는 허를 찌르는 방식을 즐겨 사용하는 테크닉 계열의 플레이어였다.

드래고이드에 전신갑옷을 걸치고 대검을 든 지금의 모습과

는 정반대인, 빼빼 마른 데다 안색이 안 좋아서 로브를 머리에 푹 뒤집어쓰고 있는 모습이었던지라 이름을 듣고서도 순간적으로 본인을 떠올릴 수가 없었다.

길드 멤버 중 태반이 별종 플레이어였던 탓에 오히려 몇 안 되는 상식인이자 태클 요원이기도 했다.

전사 계열 드래고이드 모습인 것은 그 반동인 모양이다.

레벨은 630으로 지금까지 만난 플레이어 중에서는 가장 높았다.

그나저나 잿빛 드래고이드와 경갑옷에 채찍을 지닌 여성으로 이루어진 이 2인조를 어디선가 본 것 같은 기분이 들었는데, 케나는 한참이 지나서야 생각을 해냈다.

"뭔가 자세히 보니 헬슈펠에서 길을 물어봤던 2인조인 것 같은데."

"아아, 그러고 보니 초승달의 성에 관해 쳐물어……물어봤었지."

그때는 누님 체질의 여성인 줄 알았는데 케나와 마주친 뒤로 이상하리만치 남성적인 언동을 하고 있었다.

그렇게 지적하자 엑시즈가 땅이 꺼져라 한숨을 쉬었다.

"말조심하라고 했지. 이 녀석은 현실에서도 여자니까 의심받기 쉽다고."

"어쩌라고! 뒈질 뻔했는데 원래 말투가 안 나올 수가 있겠냐!"

"그럴 만도 하지. 케나는 크림치즈 소속이니까."

"진짜?!"

거기까지의 대화를 들은 케나는 사정을 대충 알 것 같았다.

이전에 오푸스에게 이런 플레이어들에 관한 이야기를 들은 적이 있기 때문이다.

그녀는 스테이터스에 휴먼 : ♀ / 이름 : 쿠올케라고 적힌 것을 보고서 핵심을 찔러 보았다.

"거기 있는 쿠올케 씨는 혹시 *넷카마야?"

"으윽…………."

정곡을 찔린 쿠올케는 가슴을 부여잡은 채 시선을 돌렸다.

시각 효과로 표현하자면 정수리 부분에 화살표가 푹 꽂힌 듯한 느낌으로.

*넷카마 : 여자인 척하고 인터넷, 또는 온라인 게임 등을 하는 남자를 칭하는 일본의 신조어.

리아데일의 대지에서

WORLD OF LEADALE

제2장

집사와 유령선과 양자와 용궁성

일단 플레이어로서의 사정은 제쳐 두기로 하고, 케나 일행은 이곳에 있는 이유와 현재 상황을 서로에게 설명하기 시작했다.

“나는 한 달 전 정도에 이쪽에 와서, 이런저런 사정으로 탑을 찾으러 왔어.”

“설명에 성의가 너무 없잖아!”

“이런저런 일들이 너무 많아서 전부 다 이야기하려면 시간이 너무 오래 걸릴 것 같아서 그래! 지금까지 만난 플레이어 수는 세 명. 그중 한 명은 감옥에 있어.”

“딴죽을 걸 요소가 한가득이구만. 감옥 얘기는 또 뭐냐?”

“왜, 헬슈펠에서 만났을 때 골칫거리였던 도적 있잖아. 그 녀석들 두목이 플레이어였거든. 내가 박살을 냈더니 기사단이 가로채 갔어.”

케나가 “데헷.” 하고 깜찍하게 윙크를 하고 혀를 내밀자, 엑시즈는 안색이 창백해져서 뒷걸음질 쳤다.

“기, 기분 나빠?!”

“뭐야, 그 반응?! 맞을래?!”

“차라리 이쪽이 너답고 좋구만!”

느닷없이 만담 같은 대화를 하기 시작한 두 사람을, 쿠올케와 모포를 뒤집어쓴 아이가 멍한 표정으로 지켜보았다.

그러던 참에 케나의 어깨에서 날아오른 요정이 그들에게 둥실둥실 떠서 다가갔다.

하지만 그 아이의 눈에는 요정의 모습이 보이지 않는지, 얼마쯤 주변을 빙글빙글 돌다가 반응이 없음을 알아채고는 풀이 죽어서 케나의 어깨로 돌아왔다.

""뭐…… 뭐야, 그거?""

오히려 쿠올케와 엑시즈가 그것을 보고 놀랐다.

믿을 수 없는 현상이라도 본 듯한 얼굴로 입을 뻐끔거리며 요정을 응시했다.

자신을 보고 있다는 사실을 알아챈 요정은 잽싸게 케나의 머리카락 속으로 들어갔다.

"요정이야."

케나가 태연하게 답하자 엑시즈는 어깨를 늘어뜨렸다. 쿠올케는 눈과 입이 떡 벌어져서 일본식 토용 같은 얼굴로 굳어 버렸다.

"오푸스한테 받은 건데……. 아니, 이 경우에는 맡아 두고 있다고 해야 하려나."

"그그그그 망할 머저리가 이 세계에도 있다고?!"

그쪽이 더 충격적이었는지 엑시즈가 비명을 지르다시피 소리쳤다.

케나는 쓴웃음을 지은 채 손을 내저으며 "아니, 만난 적은 없어. 있는 것 같은 느낌은 들지만."이라고만 말해 두었다.
"맙소사……."
엑시즈가 머리를 싸쥔 채 하늘을 올려다보며 말하자, 쿠올케는 물음표를 띄우며 물었다.
"오푸스가 누군데?"
"원수 같은 멍청이."
"망할 최악의 사고뭉치 자식."
두 사람의 입에서는 전혀 다른 말이 나왔지만, 주변에 어떤 영향을 미치는지는 대충 알겠는지 쿠올케는 핼쑥해진 얼굴로 "아아, 그래……."라고만 중얼거렸다.
아직 상황이 이해되지 않아 멍하니 있는 아이 앞에, 케나는 【화염의 정령】을 소환했다.
불꽃을 두른 크기 30센티미터 정도의 작은 원숭이는 방 안을 오렌지빛으로 비추며 아이의 앞에서 익살을 떨 듯 폴짝폴짝 뛰었다.
폴짝폴짝 뛰고 제자리에서 돌고 구르기를 반복하는 새끼 원숭이를 본 아이는 희미한 미소를 지었다.
그제야 모포가 벗겨져 케나는 그 아이가 소녀라는 사실을 알게 됐다.
마른침을 삼키며 상황을 지켜보던 세 사람은 조용히 안도의 한숨을 쉬었다.
"""하아아~."""

소녀를 새끼 원숭이에게 맡기자 조금은 부담감이 가셨는지, 엑시즈가 자신들의 상황을 설명하기 시작했다.

"우리는 헬슈펠의 상인 길드에서 의뢰를 받았는데, 바다 마을에서 생선이 올라오지 않는다기에 처음에는 걸어서 사흘 정도 걸리는 거리의 어촌에 갔었어. 그랬더니 그곳은 싸움이 있었던 흔적도 없었지만 사람도 없더군. 집들의 문은 활짝 열려 있지, 시체가 널브러져 있지도 않지, 발자국은 바다 쪽으로 이어져 있지 해서 막다른 길에 다다랐었지."

"엄청나게 심각한 사태 같은데……."

"그래서 다른 어촌은 어떻게 됐을까 싶어서 뻔질나게…… 남쪽으로 내려간 거야. 이틀 전까지만 해도 평온했지. 하지만 저녁쯤에 마을 사람들이 배가 어쩌니저쩌니하며 웅성거리더니 순식간에 온 마을에 안개가 깔렸어. 마을 사람은 픽픽 쓰러지자마자 좀비가 되질 않나, 산발적으로 공격해 오질 않나. 가끔 강한 스켈레톤이 섞여 있는 데다 밖으로 나갈 수도 없기에, 정신줄이 나가서 이곳으로 피신하고 이 아이를 만난 거지."

"이제 무리해가며 여자처럼 말할 필요는 없을 것 같은데. 자꾸 말을 더듬으니까 괜히 더 이상하거든."

"우윽……."

케나의 딴죽에 쿠올케는 기가 죽어 고개를 푹 숙였다.

혼자 오도카니 있던 소녀는 루카라고 하는데 이 마을의 유일한 생존자라는 듯했다.

물론 이름을 알아낸 것은 케나가 친근하게 계속해서 말을 건 덕분이었지만.

이 오두막은 마을에 같은 또래 아이가 없는 루카의 놀이터였다는 모양이다.

안개가 지하까지는 들이치지 않은 데다, 식량 창고라 '주술'이 걸려 있었던 덕에 화를 면한 듯했다.

이곳에서 나가려면 안개에 뒤덮인 마을을 통과해야만 한다는 모양이다.

도망치려면 루카를 이곳에서 데리고 나가야만 하지만——

아이가 안개에 닿으면 순식간에 좀비로 변해 버릴 가능성이 컸다.

그렇다고 아이를 남겨 둔 채 원인 해명에 나설 수는 없는 일이라 전전긍긍하고 있었다고 한다.

"그렇다고 해서 마을 주민이었던 사람들을 죽여도 될지 망설여져서 말이지……."

금속 갑옷 차림이라 은밀한 행동은 무리인 엑시즈에게 소녀를 맡겨 두고 쿠올케가 가끔 밖으로 나가 찔끔찔끔 좀비를 줄이고 있었다는 모양이다.

"처음에는 케나가 상위 좀비인 줄 알았어. 진짜로 미안해."

"늦게라도 알아봤으니까 됐어. 아까는 나도 좀 지나쳤었고."

"네 기준에서 지나쳤는데도 살아있는 게 용하구만. 생각만 해도 소름 돋네."

“왜 엑시즈가 반론하는 건데!”

“아아! 진짜! 어째서 입만 열면 서로 으르렁거리는 건데!”

또다시 만담 같은 말싸움을 벌이는 케나와 엑시즈의 사이에 쿠올케가 끼어들어서 말렸다.

마음을 다잡은 엑시즈가 바닥에 간단한 마을 지도를 그리고서 탈출을 위한 계획을 짰다.

공동 창고는 마을보다 지대가 높다고는 하나 바다에 가깝다.

바다로 탈출할 생각도 했었지만, 배를 잘 다루는 사람이 없는데다 엑시즈의 덩치로는 갑옷을 안 입었어도 작은 배에 타면 가라앉고 말 것이다.

그런고로 안개의 원인을 후다닥 제거해 버리자는 결론에 도달했다.

“케나가 있으니 이런저런 전법을 시도할 수 있겠군. 이 아이를 너한테 맡기는 편이 안전하기도 할 테니, 그동안 우리가 원인을 없애고 오지.”

“창고를 통째로 【결계】로 뒤덮어 버리면 아무도 손을 못 댈 텐데?”

입원해 있던 동안 아이들을 상대할 때 참을성 있게 기다리며 이야기하는 일이 많았던 덕에 루카는 금방 정이 들었는지 케나의 옷을 꼭 붙들고 있었다.

나이는 이제 막 열 살이 되었다는 모양이지만 아이가 적은 마을이라 꽤나 조용한 성격으로 자란 듯했다.

그런 아이를 쓸쓸하게 방치할 수는 없는 일이라며 엑시즈와 쿠올케는 닥치는 대로 쳐부수는 방법을 추천했다.

반대로 케나는 후방에서 지원하는 사람도 있는 편이 좋지 않겠느냐고 제안했다.

엑시즈 본인의 과거 메인 캐릭터도 후방 지원 역할이었기 때문에 전투 보조가 있고 없고에 따라 전술의 폭이 결정된다는 사실을 잘 알았다.

"역시 '배려'의 타르타르소스. 본인들의 행동이 제한되더라도 아이가 우선이다 이거지?"

"소스라는 소리는 빼시지. 이런 곳에 혼자 남겨 두고 가는 건 좀 그렇잖아."

"난 혼자 남겨 두겠다고 말한 적 없는데……."

케나는 아이템 박스에서 푸른색과 붉은색의 핸드벨을 꺼내, 양쪽을 바라보며 생각했다.

쿠올케는 낯선 아이템이라 어떤 효과를 지녔는지 모르지만, 엑시즈(타르타로스)는 과거 게임이었던 시절에 오푸스와 둘이 그것을 사용한 케나가 일으킨 소동에 휘말려 들었던 과거가 있는지라 대놓고 넌더리를 냈다.

"그나저나 왜 두 개나 갖고 있는 거냐……."

"왜긴, 그만큼 플레이를 해서 갖고 있는 거지~."

"이 폐인 같으니."

"칭찬으로만 들리네~."

"미안. 너희가 무슨 소리를 하는지 전혀 모르겠어."

게임을 시작한 지 얼마 되지 않은 쿠올케는 괴물 길드 멤버들의 대화를 알아들을 수가 없었다.

케나는 혼자만 대화에 끼지 못하고 있던 쿠올케에게 사과한 후, 자신이 꺼낸 핸드벨에 관해 설명했다.

"아아, 미안미안. 이건 게임을 10000시간 플레이하면 받을 수 있는 아이템이야."

"두 개나 가지고 있으니 완전 폐인이군."

"크림치즈 멤버답네……. 내 예상을 훌쩍 뛰어넘는 폐인이었어."

"효과는 집사나 메이드를 불러내는 건데, 천 길에 열흘 동안 불러낸 사람을 섬겨. 레벨은 부른 사람의 절반이고."

"과연, 그 녀석을 우리에게 동행시키려는 거냐?"

"땡. 아닌데~? 동행은 내가 할게. 이 아이를 돌보라고 시킬 거야. 근데 시이랑 록스 중 어느 쪽을 부를까~?"

"가능하면 메이드가 아닌 쪽으로 불러. 그런 걸 현실이 된 지금 보면 화딱지 나서 죽을지도 몰라."

무슨 일이 있었던 것인지는 모르겠지만, 이름을 들었을 뿐인데 엑시즈는 초췌해져 있었다.

쿠올케는 그 문제의 메이드가 어떤 타입일지 궁금했지만, 정황상 그걸 확인할 여유는 없는지라 참기로 했다.

"근데 돈을 받아? 천 길이라니 꽤 미묘한데?"

“응, 지금의 리아데일의 단위로 환산하면 은화 천 닢, 다시 말해서 금화 열 닢이지만~.”

““비싸!!””

두 사람은 화들짝 놀라 이구동성으로 외쳤다.

반대로 그 말을 들은 케나는 의아해하며 되물었다.

“어라? 둘 다 게임이었던 시절의 돈 없어? 1길이 은화 한 닢인데…….”

케나가 가볍게 설명하자 두 사람은 나란히 넋이 나갔다.

엑시즈는 주먹을 움켜쥐고서 이를 갈며 신음했다.

쿠올케는 머리를 싸쥔 채 방구석에서 몸을 웅크렸다.

두 사람의 요상한 행동에 불안해진 루나가 케나의 등 뒤에 달라붙었다.

케나는 그 모습을 보고 동정 어린 투로 “아아, 돈은 확인 안 했구나.”라고 말했다.

애초에 게임이었던 시절에는 돈의 생김새를 거의 신경 쓰지 않았다.

수치만 보고 거래하는 것이 당연한 일이었던지라, 평범한 플레이어는 현실에서 카드를 사용하는 것과 비슷한 감각으로 돈을 썼다.

그런 게임 세계가 현실이 되고서 동화와 은화 같은 실물을 보고 난 뒤라 카드는 못 쓰겠거니, 하고 결론을 내려 버린 것이다.

“괜찮아, 루카. 저 둘이 지레짐작한 거니까.”

"응……."

두 사람 모두 등 뒤에 시꺼먼 먹구름을 짊어지고 있었다. 까놓고 말해서 매우 이상한 광경이었다.

"이런 제기랄, 그것만 알았다면 그때 어떻게든 할 수 있었을 텐데……."

"나도 부끄러움을 무릅쓰고 술집에서 웨이트리스 일을 했었는데……."

"정말 지금까지 뭘 하고 산 거야, 너희는……."

돈 문제로 고생을 꽤나 한 모양이었다.

두 사람의 반응을 본 케나는 진심으로 그들이 불쌍해졌다.

어찌 되었건 현재의 우선순위는 이 소녀의 안전이라 생각한 케나는 푸른색 핸드벨을 가볍게 흔들었다.

——띠링띠링——!

여운이 창고 안 공기에 녹아드는가 싶더니, 케나가 서 있는 곳의 정면에 위치한 공간에 빛의 선이 출현했다.

벽에 걸려 있던 물품들 위로 CG로 된 평면도 같은 세로선이 그어지더니 중후한 쌍바라지 문이 그려졌다.

문에 나뭇결이 새겨지더니, 벽에서 튀어나왔다.

쿠올케와 소녀는 눈이 휘둥그레져서 그 모습을 지켜보고 있었다.

문은 손을 대지 않았음에도 끼이이익 하고 움직이는 소리를 내며 천천히 열렸다.

활짝 열린 문 너머에는 티 한 점 없이 새하얀 공간이 펼쳐져 있었다.

뚜벅뚜벅 구두 소리가 점점 커지는가 싶더니 새하얀 공간에서 한 인물이 걸어 나왔다.

검은 눈동자에 검은 머리에 검은 고양이 귀.

말끔한 세미포멀 스타일의 집사복을 차려입은, 워캣(묘인족) 소년이 나타났다.

등 뒤에 열려 있던 문은 워캣 소년이 나온 후에 흔적도 없이 사라졌다.

케나보다 약간 키가 작은 소년은 몇 걸음을 걸어 나와, 그녀의 앞에서 공손하게 고개를 숙였다.

"오랜만입니다, 주인님. 록시리우스, 호명을 받고 대령했습니다. 부디 뜻대로 부려 주십시오."

케나는 록시리우스가 나타난 순간부터 등 뒤에 달라붙은 채 깜짝 놀란 표정을 짓고 있는 루카에게 미소를 던졌다.

쿠올케도 눈앞에서 일어난 신기하기 그지없는 일에 입을 떡 벌린 채 굳어 있었다.

엑시즈는 몇 번이나 본 광경이었던지라 쿠올케의 머리를 손날로 내려쳐 정신을 차리게 했다.

케나는 루카의 등을 토닥토닥 다정하게 쓰다듬고서 "괜찮아, 괜찮아. 이 사람 착해."라고 말해 긴장을 풀어 주었다.

"록시리우스도 오랜만이야. 잘 지냈어?"

"잘 지냈……는지 어땠는지는 판단하기 어렵습니다만, 대략적으로 평온하게 지내기는 했습니다."

"그래? 록시느는? 같은 곳에 있지 않았어?"

"봉인된 창고 같은 곳이어서, 그 멍청한 고양이가 어디에 있는지 저는 모르겠군요."

"그쪽 시스템도 개점휴업 상태인 것 같네. 다른 플레이어의 종자까지는 불러낼 수 없으니까……."

입에 손을 대고 생각하던 케나는 쿠올케와 루카가 빤히 쳐다보고 있다는 사실을 알아채고 록시리우스를 앞으로 들이밀었다.

"이쪽은 록스. 록시리우스야. 자랑스러운 내 종자. 레벨은 550이니까 잘 부탁해~."

"억?!"

록시리우스는 눈에 띄게 놀란 쿠올케에게는 눈길도 주지 않고, 왼쪽 가슴에 손을 댄 채 고개를 숙였다.

"워캣 집사, 록시리우스라고 합니다. 부족한 점이 많지만 무엇이든 분부하십시오."

"지금부터 잠깐 마물을 토벌하러 갈 거거든. 여기 있는 루카 좀 부탁할 수 있을까?"

"분부대로 하겠습니다."

록시리우스는 루카의 앞에 무릎을 꿇어 눈높이를 맞춘 후, 깊숙이 고개를 숙였다.

"처음 뵙겠습니다, 루카 님. 록시리우스라고 합니다. 모쪼록 잘 부탁드립니다."

루카는 난처한 얼굴로 케나와 록시리우스를 번갈아 쳐다보았다.

"괜찮아, 루카. 잠깐만 이 오빠랑 기다리고 있으면 밖에 나갈 수 있게 해 줄게."

케나가 진정시키듯 루카의 등을 토닥토닥 쓰다듬자, 그녀는 쭈뼛쭈뼛 손을 내밀었다가 물렀다가 하다가 하얀 장갑을 낀 록시리우스의 손을 잡았다.

"믿어 주셔서 영광입니다, 루카 님."

록시리우스의 부드러운 미소에 루카는 뺨이 발개져서 머리를 숙이더니, 이내 살며시 고개를 끄덕였다.

등 뒤에서 케나가 머리를 쓰다듬자 루카는 의아한 얼굴로 올려다보았다.

그 모습이 너무도 귀여워서 케나가 꼭 끌어안자 루카는 당황해서 버둥거렸다.

엑시즈는 그런 케나의 머리를 쿡 쥐어박으며 "야, 빨리 가자."라고 재촉했다.

"그럼 록스. 밖에 해로운 안개가 있어서 '결계'를 쳐 둘게. 일이 끝나는 대로 풀 테니까 그때까지 루카를 잘 부탁해."

"네, 알겠습니다. 이 록시리우스, 목숨을 걸고 루카 님을 지키겠습니다."

"루카, 록스랑 잠깐만 여길 지키고 있어. 되도록 빨리 끝낼게."

록시리우스의 바지를 붙잡고 있던 루카는 케나의 말에 다소 울상을 짓기는 했지만, 살며시 고개를 끄덕였다.

그 발치에서는 작은 화염 원숭이가 씩씩한 응원단처럼 격려하고 있었다.

엑시즈 일행 쪽으로 다가간 케나는 귀걸이에서 여의봉을 떼어 길게 늘여서 한 차례 붕, 하고 휘둘렀다.

"그럼 뭐~ 청소를 시작해 볼까!"

"뭐라고 해야 할지……. 보모라도 되냐, 넌?"

"엄청 익숙해 보이던데?"

"현실의 나는 몸이 약해서 노인분들이나 애들이랑 자주 얘길 했거든~."

"그, 그러냐……."

케나가 솔직하게 자신의 처지, 그것도 상당히 비관적인 것을 아무렇지도 않게 입에 담자 엑시즈는 조금 거북해하며 납득했다.

게임에 접속하면 늘 로그인 상태이기에 은둔형 외톨이인 줄로만 알았기 때문이다.

아주 잘못된 인식은 아니었고, 케나도 비슷한 뉘앙스로 말했었지만.

지상으로 돌아가 한 치 앞도 제대로 보이지 않는 안개 속에서 케나가 창고 오두막 자체에 '결계'를 치고 있자, 어느샌가 좀비들이 어기적어기적 다가왔다.

레벨은 두 자릿수 정도였던지라 엑시즈와 쿠올케가 손쉽게 소멸시켰다.

케나가 무언가를 할 필요도 없었다.

“키! 해당하는 조건이 있는지 퀘스트를 검색해. 이 상황, 어디서 본 것 같아.”

『알겠습니다.』

‘마을’ ‘안개’ ‘좀비’ ‘배’ 라는 키워드가 어쩐지 마음에 걸렸던 케나는 방대한 데이터를 지닌 키에게 이 상황에 맞는 퀘스트를 찾게 했다.

동시에 등 뒤에서 “우으으~.”라느니 “으아~.” 따위의 소리를 내며 다가오는 좀비를 향해, 머리 위로 치켜든 손에 【화염창】을 생성해서 던졌다.

맞은 부위를 순식간에 탄화시키고 그 뒤에서 휘청거리며 다가오던 몇 마리의 좀비들까지 관통하는 열량을 목격한 엑시즈가 식은땀을 흘렸다.

“여전히 위력이 장난 아니구만…….”

“타르타로스 때도 저 정도는 했었잖아?”

“지금은 엑시즈거든~?!”

엑시즈가 사용하는 무기는 몸집이 큰 드래고이드의 키만큼 커다란 용도(龍刀)였다.

지난번에 봤을 때와 무장이 다른 이유는 상황에 따라 무기를 변경하기 때문이리라.

게임 오리지널 무기로, 초승달 같은 두 개의 돌기가 칼끝에 붙어 있는 대검의 일종이다. 주로 중량을 이용해 베는 식으로 사용한다.

레벨 600 드래고이드의 힘으로 가한 공격은【웨폰 스킬】없이 휘두른 파괴력만으로도 뭉쳐 있던 좀비들을 단번에 절단했다.

양손에 든 무기를 각각 나누어 사용하는 타입의 쿠올케는 중근거리에 상대를 두고 싸웠다.

근접전을 벌일 때는 왼손에 든 사브르를 사용했는데, 주로 적의 공격을 흘려내고 엑시즈가 있는 곳으로 유도해 그가 숨통을 끊게 했다.

오른손에 든 체인휩은【웨폰 스킬 : 슬라이서】(허공에서 채찍을 고속 회전시켜 바람의 고리를 만들고 사출함으로써 대상을 절단하는 기술)으로 안개 속에서 꿈틀거리는 그림자를 잽싸게 요격했다.

케나가 도울 새도 없이 주변으로 다가왔던 좀비들은 순식간에 격퇴되어 먼지로 돌아갔다.

"멋진 연계 플레이네~."

"우리가 합을 맞춘 지도 지랄맞은 시간이…… 어느덧 1년이 넘었거든."

처음 만났을 때만 해도 쿠올케의 말투는 제법 들어줄 만했건만, 케나와 만나는 바람에 균형이 흐트러진 모양이다.

속사정을 들킨 영향으로 말투가 엉망이 되어 버린 듯했다.

엑시즈도 쓴웃음을 지을 수밖에 없었다.

"그나저나 이 안개 이벤트, 해당 사례가 있었어. 【액티브 스킬 : 증강】 취득 퀘스트야. 보스는 유령선과 해적 선장(테라 스켈레톤)."

"용케…… 잘도 기억하네……."

"아하하하하~ 그야 뭐어, 무진장 많이 하긴 했으니까……."

"괜히 한계돌파자인 게 아니구만~."

물론 축적 데이터가 무진장 많은 키가 건넨 정보인지라 웃어 넘기기로 했다.

쿠올케에게 주변을 철통같이 경계하라고 한 후, 엑시즈는 대처법을 케나와 상의했다.

"그래서, 어쩔까?"

"유령선 불태우고, 테라 스켈레톤도 불태우면 그만이잖아."

"말이 쉽지."

"표적이 다음 마을로 넘어가게 두는 것보다는 낫잖아."

"그건 그렇구만. 쿠올케! 해안선까지 나간다!"

"어? 아, 어, 어엉."

쿠올케는 느닷없이 큰 소리로 부르는 바람에 흠칫 놀랐지만 이내 달려 나간 엑시즈의 뒤를 쫓았다.

중간에 마주친 좀비와 선원복 차림의 스켈레톤은 케나가 머신건처럼 내쏜 【불화살】로 시야에 들어오는 족족 퇴치당했다.

"뭐야, 저건……?"

"케나가 평소 피라미 상대할 때 쓰는 거니 신경 쓰지 마."

"저런 걸 평소에 쓴다고……?"

케나의 통상적 대응에 쿠올케의 상식이 와르르 붕괴하는 기분이 드는 것도 같았지만, 아무튼 그 덕분에 뿌연 안개 속에서도 방향을 잃지 않고 달려 나갔다.

세 사람은 똑바로 나아가면 금방인 해변까지 지그재그로 달린 끝에 겨우 도착했다.

유독 옅은 안개에 둘러싸인 해변에 너덜너덜한 유령선이 올라와 있었다.

상한 음식에서 나는 듯한 시큼한 냄새가 응어리져서 시각화된 것처럼 감돌아 구역질이 났다.

물 먹은 나무처럼 흑갈색을 띤 선체.

검게 물들고 찢어지거나 축 늘어진 돛.

옆구리에 설치된 포탑은 정상적으로 가동할지조차 의심되는 골동품이었다.

하지만 몇몇 돛대 끝에 걸린 해골 마크가 그려진 해적기는 새 것이었다.

그것을 본 쿠올케가 "우와, 후줄근해."라고 중얼거리자 갑판에서 대량의 스켈레톤 병사가 얼굴을 내밀고 """"따닥따닥따닥따닥!"""" 하고 일제히 이를 부딪히기 시작했다.

스켈레톤은 너덜너덜한 선원복을 입고 녹슨 검을 들었다.

"어째 항의하는 것처럼 보이는데……."

"틀림없이 쿠올케가 한 말 때문이겠지."

"뭐?! 나 때문이야?!"

배 위를 올려다본 채 케나와 엑시즈가 그런 소리를 하자 쿠올케가 쩔쩔매기 시작했다.

"어, 어쩌지?"

"진정해. 엑시즈도 불안한 소리 하지 말고!"

"미안~ 미안~. 그나저나 내려올 낌새가 없는데 어쩔까? 몸통을 뚫고 안으로 쳐들어가?"

엑시즈가 용도를 붕붕 휘두르더니 배의 선체 부분을 가리키고서 말했다.

"유령선의 코어는 테라 스켈레톤이야. 그걸 먼저 해치우지 않으면 좀비가 된 희생자들의 영혼을 연료로 삼아 무한으로 재생해. 끝나지 않는 전투가 될 거라고."

"아~ 그런 퀘스트였나. 어쩔 수 없지."

"일단 도망치지 못하도록 고정해 놓고 쳐들어가자."

이야기의 흐름을 따라가지 못하고 쿠올케가 고개를 갸웃한 가운데, 케나의 마법이 발동했다.

루우 도운
【매직 스킬 : 나락(奈落) : ready set】

"떨어져라!"

유령선 바로 아래. 배가 상륙했던 해변에 들쭉날쭉한 선이 검은 빛을 내뿜으며 솟구치더니, 예비 동작도 없이 쩍 갈라졌다.

모래사장은 물론이고 그 건너편에 위치한 해수면에도 같은 균열이 발생했다.

바닷물은 꿈쩍도 하지 않았지만 유령선은 그 균열 안으로 쿠웅, 하고 떨어졌다.

원래는 대형 적을 균열에 빠뜨려 봉인해서 압살하는 마법이다.

그것을 어중간한 위치에서 중단하자 어떤 효과를 지닌 마법인지를 아는 엑시즈는 의아한 듯 물었다.

"야, 케나! 왜 중간에 멈춘 거냐?"

"한 방에 끝내는 건 간단하지만, 그러면 여기까지 셋이서 온 의미가 없어지거든. 나도 그 애 일로 화가 나긴 했지만, 너희도 속에 쌓인 게 있을 거잖아?"

"어, 어엉. 미안하다."

케나가 완전히 싸늘한 눈을 한 채 낮은 목소리로 말하기에 엑시즈가 한 걸음 물러섰다.

화가 무척 났다는 것을 느낀 엑시즈는 방아깨비처럼 고개를 끄덕였다. 솔직히 말해서 눈빛만으로 모조리 다 쓸어 버릴 수 있을 듯했다. 무진장 무섭다.

이거 불똥 튀기 전에 원흉을 잽싸게 소멸시키는 게 좋겠다고 생각한 엑시즈는 높이가 낮아진 갑판 위의 스켈레톤 군단을 매섭게 쏘아보았다.

"""카, 카카카카……?"""

레벨 600이 넘는 드래고이드가 노려보자 기분 탓인지 스켈레톤 군단이 움츠러든 것처럼 보였다.

"케나는 보조! 쿠올케는 잡몹을 해치워! 보스는 내가 때려잡는다."

"알겠어!"

"어? 그, 그래!"

케나는 【상위 물리 방어 마법(라가프로텍)】과 【성 속성 부가】를 연달아 영창했다.

전자가 모두의 방어력을 대폭 올리는 마법이고, 후자는 모두의 무기에 성 속성 위력을 추가하는 마법이다.

제각기 하얗게 빛나는 무기는 좀비나 스켈레톤의 천적과도 같은 효과를 준다.

위력이 사용자의 레벨에 따라 달라지는 마법인데, 쿠올케의 채찍에 조금이라도 닿은 스켈레톤은 눈 깜짝할 새에 소멸했다.

"무진장 편한데, 이거 뭐야?"

"스킬 마스터를 얕보지 말라고."

케나도 여의봉을 휘둘러 쿠올케가 대응할 수 없는 근접 거리의 스켈레톤을 쓸어 버렸다.

엑시즈는 거의 화력에 모든 것을 건 듯한 일격으로, 모세의 기적처럼 스켈레톤 군단을 가르고 뒤에서 잘난 척 버티고 서 있던 테라 스켈레톤에게 덤벼들었다.

"쿠카카칵!"

"뭐라고 지껄이는지 모르겠거든~?!"

오른손에는 사브르를 쥐고 왼팔에는 갈고리를 장착한 테라 스켈레톤은 엑시즈의 맹공에 어느 정도는 저항했다.

하지만 테라 스켈레톤의 레벨은 300 정도다. 레벨이 두 배 이상 차이 나는 근접 특화 드래고이드를 당해낼 수 있을 리가 없어서, 사브르와 함께 머리까지 단칼에 베여 티끌이 되어 버렸다.

테라 스켈레톤이 쓰러짐과 동시에 꼭두각시 인형의 실이 끊어지기라도 한 듯 뿔뿔이 흩어진 부하 스켈레톤들의 뼈가 갑판 위에 널브러졌다.

잠시 후 기우뚱 기울어진 유령선에서 잔상 같은 빛의 알갱이가 솟구쳤다.

선체 여기저기에서 빛의 알갱이가 솟구침과 동시에 유령선의 윤곽이 서서히 희미해지기 시작했다.

세 사람은 휘말려 들기 전에 허둥지둥 배 위에서 뛰어내렸다.

"싱겁구만……."

"레벨 차이가 너무 컸으니까. 상대가 안 되지."

용도를 어깨에 짊어진 채 끄트머리에서부터 빛의 알갱이로 변해 허공으로 녹아들 듯 사라지는 유령선을 보며 엑시즈는 맥 빠진다는 투로 말했다.

윤곽이 점점 희미해지는 유령선에서 갑판이 사라지자, 안에서 반투명한 흰색 구슬이 나타나 계속해서 하늘로 올라갔다.

저것이 지금까지 희생된 마을 사람들의 영혼일 것이다.

“이건 뭐라고 보고하지……?”

“어촌은 어떻게 할까? 방치……?”

“사건에 휘말려 전멸한 마을에 살려는 사람은 없을 것 같은데. 그 부분은 국가에서 처리해야 할 일 아닐까?”

유령선 전체가 빛의 알갱이가 되어 사라지기 전에 영혼의 방출은 끝났다. 안개가 가시자 하늘이 서서히 오렌지색으로 물들어서 눈을 돌려보니 바다에도 저녁놀이 져 있었다.

세 사람은 빛의 알갱이가 모두 사라진 뒤에도 우울한 기분이 가시지 않아서 오렌지색 하늘을 올려다보고 있었다.

그리고 중간에 케나가 두 손을 모아 묵도하며 “헤이겔. 원수는 갚았어.”라고 중얼거리는 것을 엑시즈는 듣고 말았다.

현지인이라도 말려들게 한 것인가 싶어서 엑시즈가 고함을 쳤다.

“뭐야, 그거! 너 설마, 동료라도 있었던 거냐?!”

“동료라기보다는 소환수지만. 안개 속에서 기습을 당해 사라졌거든.”

“아하. 현지인인 줄 알았잖아. 헷갈리는 소리 좀 마라! 어쩐지 묘하게 원한이 실린 것 같더니만. 참고로 뭐가 당한 거냐?”

“레벨 250짜리 켄타우로스…….”

“다시 소환하려면 열흘 정도 있어야겠구만.”

“응.”

소환수는 죽어도 소실되지 않지만, 다시 소환하려면 레벨만큼의 시간을 기다려야만 했다.

레벨이 높아질수록 사용 제한이 생기는 것이다.

그런 이야기를 하던 중, 엑시즈는 쿠올케가 이상하게 조용하다는 사실을 알아챘다.

그늘진 얼굴로 케나 쪽을 흘끔거리며 쭈뼛거리는 태도가 마음에 걸렸다.

"야! 쿠올케!"

"윽……?! 어? 왜?"

"왜 그렇게 멍하니 있냐. 몸 상태라도 안 좋은 거냐?"

"아, 아니. 그냥……."

본인은 얼버무리고 있다고 생각할지 모르겠지만 동작 하나하나가 망가진 로봇처럼 어색했다.

까놓고 말해서 수상해 보인다.

"뭐 궁금한 게 있으면 질문을 받을게. 보상 얘기도 좀 하고."

"아니, 으음~. 아까 이상한 말을 들은 것 같은데, 환청인가 싶어서."

"이상한 말?"

"환청?"

무슨 소리인지 모르겠다는 듯 케나와 엑시즈는 나란히 고개를 갸웃했다.

두 사람에게 자신의 말뜻이 전해지지 않았다는 사실을 안 쿠올케는 결심을 굳히고 케나에게 물었다.

"아까 '스킬 마스터' 라고 한 것 같은데?"

"아아, 그거?"

케나는 납득이 가서 고개를 끄덕였다.

확실히 부가 마법의 위력에 놀란 쿠올케에게 그렇게 말했던 것 같다.

그리고 그제야 생각이 났다는 듯 엑시즈는 손바닥을 주먹으로 두드리더니 케나를 가리키며 "이 녀석, 〈은색 고리의 마녀〉거든."이라고 덧붙여 말했다.

"뭐……?! ……으…으…… 〈은색 고리의 마녀〉어어?!"

"왜?"

케나 전용 특수 무장이라 할 수 있는 은색 고리를 허리 주변에 띄운 모습—— 다시 말해서 〈은색 고리의 마녀〉와 마주친 자는 대부분 이 모습에 트라우마를 가지고 있다고 해도 과언이 아니었다.

놀라 자빠질 지경인 쿠올케의 사정을 모르는 케나에게 엑시즈가 보충 설명을 했다.

"이 녀석, 대참사 조우 이벤트 때 거기 있었다더라."

"대참사라고 하지 마."

그 말만으로 당사자인 케나는 납득했다.

사실 납득하고 싶지 않은 사례이기는 하지만 어쩔 수 없었다.

케나의 이명이 알려지는 계기가 된 사건은 세 개다.

스킬 마스터 취임 직후, 삼국 사이의 월간 정기 전쟁 이벤트와 청국(靑國) 수도 몬스터 습격 돌발 이벤트, 그리고 다국(茶國) 수도 몬스터 습격 돌발 이벤트다.

특히 다국 이벤트 직전에 버전 업데이트가 이루어졌는데, '범위 공격의 건물에 대한 대미지 적용'이라는 시험적인 내용이 실시된 것이 그 주된 원인이었다.

이벤트가 시작되고서 불과 십여 분 만에 다국 수도는 대공습이라도 받은 듯 잔해가 널브러진 폐허가 되어 있었기 때문이다.

NPC에게는 적용되지 않았지만, MMO 게임 역사상 손에 꼽을 대참사로 일컬어지는 사건이다.

적 몬스터에 의한 피해도 만만치 않았지만 직접적인 원인은 대부분 광범위 운석 폭격에 있었다. 이벤트에 참가해서 그 자리에 있던 플레이어들은 도시가 하늘에서 쏟아진 돌덩이에 폐허가 되는 모습을 전율하며 지켜보았다고 한다.

그로부터 얼마 동안 그 참극이 담긴 동영상은 인터넷상에 떠돌았고, 운영진은 시험적인 업데이트를 재검토하는 동시에 다국 수도를 원상복구해 주었다.

하지만 다국 수도는 한 차례 괴멸한 것을 이유로 폐도(廢都)로 불리는 일이 많아져서, 소속 모험가 인구수가 격감하기도 했다.

물론 케나의 이명인 〈은색 고리의 마녀〉는 악명으로 퍼져, 본인은 얼마간 공식전에 얼굴을 내비칠 수가 없게 되었다.

서쪽 하늘이 오렌지색으로 물들어 있었던지라 엑시즈와 상의해 이곳에서 노숙하기로 했다.

모처럼 유령선이라는 위협을 없앴는데 다른 무언가에게 공격받으면 억울할 것 같아 주변에는 엄중하게 '결계'를 쳐 두었다.

시야가 좋지 않은 데다 도망치기 곤란하므로 빈집은 사용하지 않기로 하고, 불침번 순서를 정한 뒤에 루카와 록시리우스를 맞으러 갔다.

"그리고 루카는, 어쩔까?"

"본인의 의지에 따라서는 이곳에 남을지도 모르지……."

"꼬맹…… 어린애 혼자 두기는 좀 위험하지 않아?"

케나가 중얼거린 말에 엑시즈는 달관한 듯이, 쿠올케는 걱정스러운 듯이 답했다.

케나가 오두막에 쳐 두었던 '결계'를 해제하자 곧바로 문이 열리더니 록시리우스가 루카를 데리고 서 있었다.

록시리우스가 "여러분, 수고하셨습니다."라고 말하며 머리를 숙였다.

하지만 루카는 고양이 귀 집사와 잡았던 손을 뿌리치고 눈물이 그렁그렁해져서 인기척이 사라진 마을을 둘러보더니, 어떤 집으로 달려갔다.

"어……엄, 마……!"

희미하게 들려온 필사적인 목소리에 엑시즈 일행은 비통한 눈빛을 보냈다.

록시리우스의 시선에 고개를 끄덕여 답한 케나는 루카의 뒤를 따라 그 집으로 향했다.

록시리우스는 케나의 뒷모습을 향해 공손하게 고개를 숙이더니 근처에 있던 집에서 장작을 실례하고 취사장을 빌려서 저녁 준비에 착수했다.

흐릿한 시야.

탄내와 녹 냄새에 살과 머리카락, 그리고 상상하고 싶지 않은 것이 불타는 냄새.

안개 같은 구름이 펼쳐진 푸른 하늘.

꼼짝도 할 수 없는 몸을 감싼, 얼마 전까지만 해도 부모였던 물체.

목이 찢어지도록, 탈수 증상이 일어나 정신이 아득해지도록 울며 부모님을 부르던 끝에…….

정신이 들어 보니 병원이었다.

사촌 언니가 눈물이 그렁그렁한 눈으로 자신의 얼굴을 들여다보고 있었다.

"아빠…… 엄, 마!"

루카가 뛰어든 것으로 보이는 집 안에서는 문이라는 문을 모두 여닫아 보는 소란스러운 소리와 당시 자신의 목소리를 연상케 하는 필사적인 목소리가 들렸다.

괴로움과 분함, 가슴이 미어지는 듯한 슬픔이 케나의 마음속에서 고개를 들어 손을 꾹 움켜쥐었다.

조금 전까지 옆에서 담소를 나누던, 사랑하는 사람을 느닷없이 잃는 아픔은 뼈저리게 잘 안다.

갑자기 집 안에서 나던 소리가 그치고 흐느껴 우는 소리가 들려올 즈음, 케나는 그곳에 발을 들였다.

세 가족이 매일 대화를 나누었을 식탁.

"으아아, 아아아아아아아아아아아아아아아아앙!!"

소녀는 거기 놓인 의자 중 하나에 매달려 몸을 들썩이며 눈물을 쏟고 있었다.

케나의 발소리를 듣고 고개를 들기는 했지만, 보고 싶었던 사람이 아니라는 사실을 알아채고는 또다시 울음을 토해냈다.

이대로 가면 과거의 자신처럼 될 것이 뻔하다.

옆에서 격려해 준 존재의 마음도 알지 못하고, 마음을 꼭꼭 걸어 잠갔던 몇 년 전의 자신처럼.

모든 것을 잃었다고만 생각했던 약한 자신처럼.

그러니 이 아이에게도 알려주자고 생각했다. '내' 가 옆에 있다고.

강요할 생각은 없다. 억지로 자신을 바라보게 할 생각도 없다.

누군가가 조용히 곁에 있어 준다는 것은 매우 고마운 일이다.

과거의 사촌 언니와 숙부에게 감사하며, 그 은혜를 이 아이에게 갚자.

케나는 루카의 옆에 웅크려 앉아 천천히, 가볍게 그녀의 등을 쓰다듬었다.

마음이 가라앉을 때까지, 소녀가 안심할 때까지 계속.

"이 아이는 내가 거둘게."

"그러냐……."

케나는 울다 지쳐 잠들어 버린 루카를 안고서 엑시즈 일행이 기다리는 야영 장소로 돌아왔다.

이미 엑시즈와 쿠올케는 식사를 마친 상태였고, 록시리우스는 아무 말 없이 식은 요리를 덥히기 시작했다.

품에 안고 있던 루카를 눕혀놓고서 록시리우스에게 건네받은 모포를 덮어 준 후, 케나는 조용히 식사를 했다.

저녁 메뉴는 채소와 고기를 넣고 끓인 수프와 약간 딱딱한 보존식용 빵이었다.

재료는 엑시즈 일행이 가지고 있던 것을 록시리우스에게 건넸다고 한다.

각 집의 저장고에 쓸 수 있을 듯한 식재료도 있었지만 위생적인 면과 안전성을 고려해 사용하지는 않았다는 모양이다.

마을 광장으로 보이는 장소에 둥그렇게 모여 앉은 가운데, 중앙에는 모닥불이 붉게 타오르고 있다.

불을 지키기로 한 것은 루카에게 붙여 두었던 '화염의 정령'이었다.

절묘하게 조절된 불을 보며 이따금 장작을 추가하고 있다.

케나는 그림자를 만들어 루카에게 빛이 닿지 않도록 했다.

정리를 마친 록시리우스는 케나의 등 뒤에 선 채 대기 중이다.

몇 번인가 앉으라고 말했지만, '집사의 의무' 라며 그 자세를 고집하는 바람에 포기했다.

조사해 보니 마을을 둘러싸는 모양새로 친 마물을 멀리하는 주술은 효과가 소멸해서, 만에 하나 대형 마물이 나타날 경우에 대비해 광장에서 야영을 하자고 엑시즈가 제안했다는 모양이다.

아직 이 세계에서의 야영 경험이 적은 록시리우스는 그 제안에 순순히 따르기로 했다고 한다.

케나가 식사를 마친 후로는 다소 목소리를 죽여서 현황 보고를 주고받았다.

우선은 케나가 자신의 사정을 말했다.

병원에서 지금에 이르기까지의 경위를 대충 이야기하자, 두 사람은 다른 플레이어가 현존한다는 사실을 알고 고개를 끄덕였다.

코랄은 펠스케이로에서 오우타로퀘스까지가 활동 범위였던 탓에 헬슈펠을 중심으로 활동했던 두 사람과 만났을 확률이 낮을 듯했다.

샤이닝세이버는 기사단에 속해 있으니 말할 것도 없다.

감옥에 처박은 도적 두목은 더는 만날 일이 없을 것이다.

두 사람이 이 세계에 온 경위는 코랄 일행과 거의 비슷했다.

서비스 마지막 날에 종료 시간이 될 때까지 플레이하다가 접속이 끊겼을 때 보이는 것 같은 새까만 공간을 지나자 이 세계의 어딘가에 서 있었다는 것이다.

샤이닝세이버 일행처럼 같은 길드였던 것은 아니지만 마침 마지막 순간에 파티를 맺고 있었다는 것이 두 사람의 공통점이라는 모양이다.

다만 같은 파티 멤버는 그 자리에 보이지 않았던 데다, 두 사람도 서로 다른 장소에 내동댕이쳐졌다는 듯했다.

그 후에는 근처에 있던 마을에서 이 세계에 관해 알게 되고, 우연히 같은 주점에서 무전취식을 했다가 아르바이트를 하게 되었다는 모양이다. 그렇게 돈을 모아 둘이서 모험가가 되었다는 것이다.

"그러고 보니 여섯 명이 아니라 두 명이네?"

"법칙성 따위 알 게 뭐…… 법칙성은 나도 모르겠어."

쿠올케의 정체는 이미 밝혀졌지만, 앞으로도 케나 말고도 많은 사람과 교류해야 하는지라 말투를 다시 돌리는 데 여념이 없었다.

너무 웃으면 실례일 것 같아서 케나는 그녀의 모순을 지적하지 않기로 했다.

"자, 그럼 보상 얘기나 해 볼까?"

케나가 다시 이야기의 방향성을 바꾸자 엑시즈와 쿠올케는 멍하니 얼굴을 마주 보았다.

애초에 이 사건의 전말은 모험가 길드에 보고할 테고, 보수는 그 후에야 받을 수 있을 것이다.

그렇기 때문에 케나가 말한 '보상 얘기' 라는 것이 무슨 뜻인지 알 수가 없었다.

"아, 그쪽 의뢰에 협력했으니 보수를 떼어 달라고 할 생각은 없어. 내 목적은 용궁성에 가는 거니까. 내가 말하고 싶은 건 뒷맛이 떨떠름하지만 둘 다 이벤트를 클리어한 셈이니까 스킬 마스터로서【액티브 스킬 : 증강】을 발행할까 하는데. 필요해? 안 필요해?"

"그 '증강' 의 효과는?"

"능력치 중 하나를 30분 정도 동안 20퍼에서 30퍼 정도 상승시켜. 숙련도가 오르면 두세 개를 동시에 행사할 수 있지만 효과가 끊기면 조금 나른해지고."

게임 시절에는 피로도라는 수치가 없었던 탓에 실제로 사용해 본 케나는 효과가 끊긴 후에 권태감에 사로잡혔었다.

펠스케이로에서 남는 시간에 실제로 시험해 본 결과였다.

뛰어다니고 도약하고 몸을 날려 보기도 했는데 장기전에 사용하면 불리해지리라는 사실을 알아냈으니 시험해 본 보람이 있었다고 할 수 있으리라.

쿠올케는 케나에게 들은 장점과 단점을 머릿속에 두고 생각했다.

엑시즈는 잠시 생각한 후 "다른 걸로 바꿀 수는 없냐?" 라고 물었다.

"응, 엑시즈는 그 스킬이 필요 없나 보네. 상관없어. 원하는 게 있으면 말해. 단, 전제 조건을 충족시켜야만 줄 수 있는 것도 있어."

"그건 알아. 내가 원하는 건 【MP 전환】이야. 있냐?"

"스킬 마스터한테 그런 걸 묻는 건 바보 같은 짓 아닐까? 그나저나 꽤나 마니악한 스킬을 주문하네……."

"마법보다는 두들겨 패는 쪽이 빠르니까."

【엑스트라 스킬 : MP 전환】은 전사 계통을 선택한 플레이어들이 자주 사용하는 스킬이다.

스킬이라기보다는 일회용 아이템 같은 것으로, 몇 번이든 취득할 수가 있다.

효과는 한 번 사용할 때마다 MP 5포인트를 다른 능력치 5포인트로 전환하는 것이다.

다시 말해서 레벨업을 제외하면 능력치를 상승시킬 수 있는 유일한 스킬이다.

종족별로 최대치가 정해진 능력치의 한계를 넘으려면 이러한 스킬로 상승시키는 수밖에 없다.

드래고이드는 리아데일이라는 게임 속에서 가장 MP 소유량이 적은 종족이지만, 그래도 아예 없는 것은 아니었다.

애초에 지력(INT)이 낮아서 자신에게 거는 보조 마법을 제외하면 적에게 작용하는 공격 마법을 쓰는 것보다 물리적으로 두들겨 패는 쪽이 훨씬 더 높은 대미지를 낼 수 있다.

플레이어 중에는 이 드래고이드로 마술사 계열의 정점을 찍으려 한 특이한 이도 있었는데, 우연히 만나 대화를 나눠 본 케나가 보기에도 가시밭길이라고 표현할 수밖에 없는 도전 같았다.

그 즉시 【스크롤 작성】으로 만들어 낸 두루마리를 케나에게 받아든 엑시즈는 MP 5포인트를 근력(STR)으로 변환했다.

레벨 600이 넘는 드래고이드가 이 세계에서 대체 무엇과 싸우려는 것일까.

낮에 마주쳤던 퀘스트 보스 정도가 아니고서는 엑시즈를 위협할 존재는 없으리라는 것이 케나의 솔직한 감상이었다.

“쿠올케 씨는 정했어?”

“으음~ 다른 걸로 하라고 한들 모든 스킬이 머릿속에…… 모두 파악하고 있는 건 아니니까 말이야. 뭐가 있는지 전혀 모르겠는걸.”

케나는 조금 전에 보았던 쿠올케의 전투 스타일을 떠올리고는, 민첩성이나 솜씨를 중심으로 쓸만한 스킬을 키에게 추천 받았다.

“쿠올케 씨의 공격 패턴에 맞는 건 공격 속도가 올라가는 【전투 가속】이나 공격에 잘 안 맞게 하는 【환상(미라주)】 같은 게 좋지 않을까? 전자는 공격 횟수를 늘리는 스킬이고, 후자는 다른 패턴으로 움직이는 분신을 두 개 만들어서 상대를 교란하는 스킬인데…….”

“그럼 【전투 가속】을 내…… 받도록 할게. 마법이지, 이거?”

“일단 자신한테만 거는 버프야. 【전투 가속 Ⅱ】가 파티원에게 거는 거지만, 이건 나중에 따로 시련을 받아 줘.”

쿠올케는 케나가 만들어 낸 스크롤을 받아 곧장 사용했다.

그런 후, 창을 띄워서 해설을 읽어 사용 방법을 확인하기 시작했다.

시련이라는 말이 나오자 엑시즈가 넌더리가 난다는 얼굴로 어깨를 늘어뜨렸다.

“케나의 탑이라……. 예전에 들은 바로는 다른 곳에 비해 그나마 나은 편이라던데. 지금은 어디 있냐?”

“펠스케이로 북동쪽. 헬슈펠과의 경계에 가까운 위치에 있어. 지금은 다른 탑도 내가 관리하고 있으니까 펠스케이로의 투기장이나 헬슈펠에 있는 초승달의 성이라도 상관없어. 그리고 지금부터 갈 용궁성도 있고. 아, 하지만 초승달의 성은 오푸스 거니까 추천하진 않겠어.”

“으엑, 그게 ‘악의와 살의의 저택’ 이었나……. 전에 본 적이 있지만. 내부에 있는 장치와 겉모습이 다른 것 같던데. 그나저나 네가 관리하고 있다고?”

“아아, 그게 있잖아…….”

이러저러해서 그렇게 되었다고 케나는 스킬 마스터가 관리하는 열세 개 탑의 현황을 설명했다.

물론 탑에 관한 정보만 줘도 스킬과 교환해 주겠다는 이야기도 했다.

그 이야기를 쿠올케는 흥미롭다는 얼굴로 들었다.

듣자 하니 주변에 게임 친구가 없는 탓에 게임에 관한 정보는 로그인한 후에 만나는 플레이어에게 의존하는 수밖에 없었다는 모양이다.

최근 2년 동안은 엑시즈가 기본적인 사항을 가르쳤다는 모양인데 유감스럽게도 자신들이 살아남는 것을 최우선 사항으로 두다 보니 게임의 핵심적인 부분까지는 가르치지 못했다고 한다.

그 말에 케나는 코랄에게 들은 프렌드 등록에 관한 의문의 버전 업데이트에 관해 알려주었다.

"그렇구만~. 어쩌면 어딘가에서 플레이어와 스쳐 지나갔을지도 모른다 이건가. 유감스럽게도 이 엑시즈는 부계정인 데다 그런 부분에는 관심이 없었거든. 쿠올케도 친구는 적었던 것 같고 말이야."

"주인님, 이것을."

몸짓 발짓을 해가며 설명하던 중에, 등 뒤에서 대기하고 있던 록시리우스가 젖은 타월을 내밀었다.

그제야 케나 일행은 자신들도 모르게 평소와 같은 목소리로 말하고 있었다는 사실을 알아챘다.

시선을 자신의 발치로 옮겼다가 몽롱한 눈을 한 루카와 눈이 마주쳤다.

"…………으, 음……?"

"이런~. 깨웠나 보네."

케나는 이마에 손을 얹은 채 실수를 했다며 한탄했다.

루카는 조금씩 초점이 맞기 시작한 눈을 깜박이며 몸을 일으켰다.

하지만 넘어질 듯 말 듯 휘청거리다가 다시 케나에게 몸을 기대었다.

흘러내린 이불을 다시 덮어 주며 살며시 루카를 안아 일으킨 후, 케나는 자신의 허벅지 위에 소녀를 앉혀놓고 "괜찮니?"라고만 물었다.

"…………응……."

루카는 아래를 보고 대답하더니 모닥불 맞은편에 앉은 엑시즈와 쿠올케에게 나른한 시선을 보냈다.

엑시즈는 응응, 하고 고개를 끄덕이며 "더 자도 돼."라고 다정한 목소리로 말했다.

쿠올케는 어떻게 대하면 좋을지 모르겠는지, 미안한 듯한 표정을 지으려다가 엑시즈에게 얻어맞았다.

"바보냐, 너. 애 앞에서 그런 우울한 표정이나 지어 보일래?"

"아야앗! 왜 갑자기 때리고 난리야!"

"쿠올케 씨, 말투, 말투……."

"아차차……. 가, 갑자기 때리다니, 너…… 너무하잖아요?"

""풋.""

"이보쇼……."

록시리우스는 【보온】 효과가 있는 작은 주전자에서 나무 컵에 따뜻한 우유를 따라 루카에게 건넸다.

루카가 멍한 눈빛으로 모닥불이 밝혀진 조용한 마을을 둘러본다.

현재 상황을 재확인한 눈이 눈물로 흐려지는 것을 지켜보던 케나는 가슴이 아파 와서 루카를 끌어안았다.

엑시즈가 자리에서 일어나 케나의 품 안에서 당황한 루카에게 다가갔다.

"루카."

"으……."

루카는 눈높이를 맞춘 잿빛 드래고이드의 말에 목을 쥐어짜서 겨우 답했다.

"케나가 너를 거두겠다는데, 너는 어쩌고 싶냐? 혼자 마을에 남을 거냐? 아니면 우리랑 같이 가고 싶냐?"

얼마쯤 지나 소녀는 천천히 고개를 가로저었다.

이 정도 나이가 되면 부모가 없는 아이는 자기 힘으로 살아가거나 객사하는 수밖에 없다는 사실을 자연히 알게 된다.

이곳이 대도시였다면 고생길은 훤해도 살아남을 길은 있을지도 모르지만, 도시에서 멀리 떨어진 어촌에서는 한 걸음만 마을 밖으로 나가도 마물이 습격할 가능성이 크다.

심지어 이 마을에는 이제 마물의 침입을 막을 벽도 없다.

꼬물꼬물 등 뒤에 있는 케나에게로 몸을 돌린 루카는 잘 부탁드린다고 말하듯 고개를 꾸벅 숙였다.

케나가 미소를 지은 채 천천히 고개를 끄덕이자, 요정이 밖으로 나와 날아다녔다.

아무래도 기쁨의 춤 같은 것을 표현하고 있는 듯했다.

"옳지옳지. 지금 당장은 아니라도 가족이 되자, 루카. 펠스케이로로 돌아가면 아들 둘이랑 딸이 있고, 헬슈펠에도 손주가 둘 있거든~. 기회가 되면 소개해 줄게."

"…………응."

무표정하게 고개를 끄덕이는 루카는 둘째 치고, 모닥불 맞은편으로 돌아간 엑시즈는 식은땀을 줄줄 흘리며 굳어져 있었다.

쿠올케가 갑자기 말이 없어진 파트너를 보고 의아한 얼굴로 물었다.

"왜 그래, 엑시즈? 안색이 안 좋은데?"

"아, 아이가 셋에 손주가 둘이라고?! 넌 대체 언제 결혼한 거냐?!"

엉겁결에 엑시즈를 얼음덩이로 만들어 버릴까 싶었지만 루카에게 충격적인 광경을 보여 줄 수는 없다는 생각이 들어서 케나는 직전에 그쳤다.

그 대신 요정이 둥실둥실 앞으로 나아가서 엑시즈의 콧등을 톡 걷어찼다.

"끄악?!"

너무도 귀여운 동작과는 달리 엑시즈가 콧등을 부여잡은 채 나동그라졌다.

요정은 팔짱을 낀 채 뺨을 퉁퉁 부풀린 채로 "흥!" 하고 콧방귀를 뀌며 머리카락을 쓸어 올리더니 케나의 어깨로 돌아왔다.

코를 부여잡고 벌벌 떨던 엑시즈는 다소 시간이 흐른 뒤에야 눈물이 그렁그렁해져서 일어났다.

"끄아아, 아파 죽겠네……. 주, 죽는 줄 알았어……."

"왜 그래?"

"코에서 뇌까지 직통으로 고통이 전해졌다고. 자, 잠깐. 사과할게. 응? 막 말했던 거 취소할게."

후반부는 케나의 어깨 위에서 몸을 앞으로 내민 채 자신을 위협하는 요정에 대한 사과였다.

케나도 뭘 어떻게 하면 방금 행동으로 고통을 줄 수 있는 것인지 이해가 안 됐다.

잘은 모르겠지만 오푸스가 남긴 것이니 그런 일도 할 수 있겠거니 생각하기로 했다.

"여태 설명했으니 대충 알 것 아니야! 아이들은 양자 시스템. 손주는 그 애들이 낳은 거고!"

"끄으으응. 미안. 순간적으로 딴죽을 걸어야 할 타이밍인 것 같아서."

한 손을 들어 보이며 사과하는 엑시즈의 말에 케나는 벌레라도 씹은 듯한 표정을 지었다.

"뭔가 내가 아는 타르타로스랑 성격이 전혀 다른데. 그쪽이 진짜 성격이야?"

"아니~. 크림치즈 길드 사람들을 보면 알 것 아니야. 그렇게 강렬한 멤버들 속에서 나대고 싶겠냐. 조용히 있으면 괜한 소동에 휘말려 들지 않으니까 그런 거지."

듣고 보니 엑시즈의 말도 일리가 있었다.

진짜로 멤버가 대부분 별종이었다.

당시의 타르타로스는 문제가 일어나지 않도록 중재하는, 상식인 역할을 하고 있었다.

하지만 케나는 그렇다고 그걸 여기서 밝힐 필요는 없지 않나 싶었다.

왜냐하면 당시에는 케나도 상당히 앞뒤를 가리지 않고 행동했던 것을 자각하고 있기 때문이다.

"그게 뭔 소리…… 무슨 소리야?"

그러한 내막을 알지 못하는 쿠올케만 공감할 수가 없었다.

"크림치즈 길드에는 문제아밖에 없었다는 거지."

"나도 소문만 들었지만, 전쟁이 일어나면 그 길드가 있는 진영에 빌붙는…… 진영이 유리하다고들 하던데."

"최강의 집단이 되려면 폐인이 되는 수밖에 없었고. 폐인이라는 건 평범함과는 담을 쌓은 녀석들이었다는 뜻이야."

고개를 갸웃하고 있던 쿠올케에게 엑시즈는 자조 섞인 투로 답했다.

뭐, 멤버였던 이상 타르타로스도 나름대로 폐인이었다는 뜻이다.

평범하지 않은 이유 역시 본인이 잘 알 것이다.

케나는 게임에서만 자유롭게 몸을 움직일 수 있었기에 로그인하는 것이 무엇보다도 즐거웠다.

오푸스는 자신의 사정을 모두 이야기해 주지는 않았지만, 운영사에서 파견된 플레이어인 듯했다.

철저하게 퀘스트와 시스템을 조사해서 버그와 불편한 점을 보고했던 모양이다.

그런 탓에 오푸스는 꼼수나 지름길 같은 것을 이상하리만치 많이 알았다.

그와 관련된 제안에 꽤나 자주 말려드는 바람에 케나도 외면하고 싶었던 위험한 일을 몇 번이나 했다.

길드의 부길마는 물어보지도 않은 현실에서의 사정을 나불나불 떠들어댔다.

그녀는 밤일을 하고 있는 듯했는데, 낮에는 시간을 때운다는 명목으로 자주 로그인했었다.

남녀노소의 플레이어들이 뒤섞인 평범한 도시에서 자신의 생생한 체험담을 늘어놓은 탓에 '걸어 다니는 음란물' 이라는 이명으로 불리기도 했다.

가장 정체를 알 수 없었던 것은 길드 마스터였다.

그는 저녁 뉴스에 관한 이야기가 나오면 TV에 나온 의원의 프로필은 물론이고 '사생활 침해 아니야?' 싶은 정보들을 모조리 망라했다.

언론사에 가져가면 여론이 들썩거릴 만한 이야기를 아무렇지도 않게 떠들어댄 것이다.

너무도 위태로운 나머지 그 사람 앞에서 게임을 제외한 현실 세계에 관한 이야기를 입에 담아서는 안 된다는 것이 길드의 철칙이 되었을 정도다.

지금 와서 돌이켜보니 케나조차도 새삼 '정상적인 인간이 없었네.' 라는 생각이 들었다.

어떻게 그런 사람들만 긁어모은 것도 모자라 한계돌파 퀘스트를 통과한 것인지가 의문이었다.

의외로 다들 알고 보면 평범하지 않았을까도 싶었지만, 지금 와서 진상을 알 방법은 없다.

세 사람이 옛날 길드 이야기로 이야기꽃을 피운 가운데, 루카는 록시리우스의 도움을 받으며 남아 있던 수프에 빵을 적셔 야금야금 먹었다.

다음 날 아침.

딱딱한 땅바닥 위에 망토와 모포 등을 깔고 잔 탓에 엑시즈 일행은 일어나자마자 잔뜩 뭉친 몸을 우둑우둑 풀고 있었다.

라디오 체조 같은 동작을 낑낑대며 하고 있다.

"젠장, 케나 저 녀석. 혼자만 따뜻하게 자다니."

"에이, 뭐 어쩌겠어. 우리한테는 없는 스킬이니 별수 없잖아."

놀랍게도 케나는 아이템 박스에서 침대를 꺼내 루카와 함께 거기서 자고 있었다.

침대는 변경 마을에 마련할 집에서 쓰려고 남는 시간에 부지런히 만들었던 물건이다.

참고로 불침번은 자지도 쉬지도 않고 움직일 수 있는 록시리우스와 케나가 소환한 '나이트 스트릭스' 라는 몸길이가 2미터는 되는 새까만 부엉이가 맡았다.

케나는 아침 식사를 마치는 대로 바다에 들어가겠다고 한다.

엑시즈는 자진해서 해변에 남아 루카를 호위하겠다고 말했다.

하지만 평범한 조사 의뢰였던 것이 어촌 둘이 멸망하는 최악의 결과로 치닫고 만 이 사건을 되도록 빨리 마땅한 곳에 보고해야 한다고 주장하는 쿠올케와 의견이 갈렸다.

두 사람이 말다툼을 벌이려던 참에, 케나가 끼어들어 이쪽 일이 끝나는 대로 마법을 써서 왕도까지 보내주겠다고 제안한 덕에 이야기가 수습되었다.

"그러고 보니 마법으로 보낸다니, 무슨 수로? 포물선으로 날려 버리기라도 하는 거야?"

"그럴 리가."

"그럴 리가 없잖아."

쿠올케의 터무니없는 발언에 엑시즈와 케나는 '얘가 뭐라니?' 라는 뜻을 담아 뚱한 눈을 하고서 어이가 없다는 투로 답했다.

"【전이 마법】으로 타인만 보내는 것도 가능해. 다만 보낼 곳을 이쪽도 알고 있어야 하지만. 헬슈펠 서문 밖이면 되겠지?"

"어?! 도시 안으로 보내준다는 거 아니었어? 아야앗?!"

그 말에 쿠올케의 머리를 엑시즈가 파악, 하고 후려쳤다.

"멍청하긴! 어디에 눈이 있을지 모르는데 느닷없이 사람이 도시 한복판에 나타나 봐라! 불법 침입은 둘째 치고 악마의 사도 같은 걸로 오해를 받으면 감방에 갇히게 된다고!"

들키지 않으면 불법 침입을 해도 문제가 되지는 않겠지만 도시 한복판에 느닷없이 나타나도 지장이 없을 장소는, 보내는 입장인 케나도 알 리가 없었다.

그런고로 엑시즈 일행을 보낼 곳은 도시 밖이다.

"그 전에 후딱 가서 용궁성을 개방하고 올 테니까 루카를 자아아아아알 돌보고 있어야 해!"

"무서우니까 핏발 선 눈으로 다가오지 마!! 너네 집사도 있으니까 괜찮겠지!"

소름 돋는 얼굴로 엑시즈를 다그친 후, 케나는 순식간에 표정을 바꾸고 루카의 눈앞에서 웅크려 앉아 눈높이를 맞췄다.

"미안해, 루카. 볼일이 있어서 다녀올 테니 잠깐 기다리고 있어 줄래?"

록시리우스의 바지를 붙잡고 있던 루카는 눈 깜짝할 사이에 위치를 바꾸는 케나의 움직임을 좇지 못하기는 했지만, 살며시 고개를 끄덕였다.

"록시리우스, 루카를 잘 부탁해."

"이 목숨과 맞바꾸……."

"목숨하고 맞바꾸면 루카의 눈앞에서 처참한 장면이 펼쳐질 거 아니야! 루카를 지키고 너도 죽으면 안 돼. 오케이?"

"……아, 네."

록시리우스에게만 보이도록 두둥, 하고 위압감을 담아 눈을 흘기며 말한 후, 그가 몇 번이나 고개를 끄덕이는 것을 확인하고서야 케나는 코가 닿을 듯 말 듯 할 정도로 가까웠던 거리를 벌렸다.

"벌써부터 팔불출이 다 됐구만……."

엑시즈가 질겁한 얼굴로 나직하게 중얼거리는 것도 모른 채, 케나는 물가에 소환해 두었던 소환수에게 걸어갔다.

"네 마법이나 소환수라면 튼튼하고 빠르고 강해서 뭐든 상관없었을 텐데…… 왜 하필 그거냐?"

길고 푸르고 커다란 생물이 물가를 거의 점령하다시피 드러누워 있었다.

록시리우스의 등 뒤에 숨은 루카도 처음 본 그 거대하고도 위엄 있는 모습에 놀라서 눈이 휘둥그레졌다.

아직 리아데일 초심자인 쿠올케도 입을 떡 벌린 채 넋이 나가 있다.

동요하지 않은 것은 엑시즈와 록시리우스뿐이다.

케나의 등 뒤에 버티고 있는 것은 몸길이가 50미터는 될 법한 푸른 용이었다.

조금 전에 【서먼 매직 : 드래곤】으로 최대 레벨의 블루 드래곤을 소환해 둔 것이다.

리아데일의 블루 드래곤은 브라운 드래곤과 마찬가지로 하늘을 날지 못한다.

대신 머리부터 꼬리 끝까지 달린, 청새치처럼 커다란 등지느러미가 수중 전용인 블루 드래곤의 특성을 말해 주고 있었다.

콧등에서 눈꺼풀 위쪽으로 난 뿔은 짧고 사지는 탄탄하며 발가락 사이에 물갈퀴가 있다.

얼핏 보면 유선형 악어처럼 생겼다.

"까놓고 말해서 난 헤엄을 못 치거든. 물속에서 못 움직이니까 대신 헤엄칠 수 있는 것에 매달려 갈까 해서."

가슴을 편 채 당당하게 빨판상어 흉내를 내겠다고 하는 케나의 선언에 쿠올케는 머리를 싸쥐었다.

엑시즈는 말없이 그녀의 어깨를 턱 하고 두드리더니 신경 쓰면 지는 거라는 듯한 미소를 띠고서 고개를 가로저었다.

크림치즈에서 다른 멤버들의 무모한 짓에 자주 어울렸던 타르타로스는 이럴 때의 처세술을 터득한 상태였다.

그것은 바로 웃는 얼굴로 흘려 넘기는 것이다.

엑시즈는 사전에 '흑룡의 수의(水衣)' 로 갈아입는 케나를 보고 뭐라 말하려다가 눈총을 받고 허둥지둥 입을 다무는 해프닝이 있었던지라 더더욱 그럴 수밖에 없었다.

케나는 루카의 머리를 쓰다듬고서 블루 드래곤의 뿔을 붙잡고 바닷속으로 들어갔다.

그 모습을 지켜본 후 엑시즈는 쿠올케에게 말했다.

물론 루카를 록시리우스에게 맡기고 들리지 않도록 약간 떨어진 장소에서.

주변을 경계하는 것도 잊지 않았다.

록시리우스도 소환자가 케나인 만큼 레벨이 550이나 되는지라 방심할 수 없다고 생각했기 때문이다.

"야, 그 유령선은 어디서 나타났을까?"

"……? 스킬 취득 이벤트로 나타난 거 아니야?"

쿠올케에게서는, 플레이어에게는 지극히 당연한 답이 돌아왔다.

하지만 그것은 이곳이 MMO 게임이었을 때의 이야기다.

"그 스킬 취득 이벤트를 발생시키기 위한 NPC도 없는 이 상황에? 게임 속 이벤트에서는 '마을을 두 개나 멸망시킨다' 는 설정 같은 게 아니었어. 그럼 저 녀석은 어디서 솟아난 거지? 교역 항로에 해적이 출몰하는 이벤트라면 알지만, 케나의 태도로 미루어 볼 때 유령선 이벤트는 퀘스트로만 존재하는 것 같은데 말이야."

“그러고 보니 이 세계 사람들은 하나같이 레벨이 저질……
낮네? 필드에 존재하는 몬스터의 숫자가 게임이었을 때보다
훨씬 적으니 이해는 하지만. 여긴 그렇지만도 않은데.”

게임이었던 시절 플레이어의 평균 레벨은 대략 400~600 정도였다.

레벨 900을 넘는 이는 전체 플레이어 중 5퍼센트도 되지 않았을 거다.

다시 말해서 레벨 600 정도만 되어도 거의 모든 지역을 왕래하는 데 문제가 없었다.

더 파고들고 싶으면 숙련 지역으로 불리는 천계, 마계 맵으로 가서 한계까지 레벨을 올리는 것이 일반적이었다. 케나와 같은 폐인들이나 하는 짓이었지만.

게임 리아데일은 난이도가 높은 부분이 그럭저럭 있기는 했지만, 동료들과 화기애애하게 즐길 만한 요소도 잔뜩 있었다.

그러한 분위기는 퀘스트 이벤트에도 반영되어서 이번처럼 마을이 두 개나 멸망하는 뒷맛이 씁쓸한 이벤트 같은 것은 타르타로스의 레벨을 올릴 때조차도 보기 드물었다.

본래의 유령선 이벤트는 레벨 400 플레이어가 두 사람만 있어도 충분히 클리어할 수 있었다고 한다.

케나가 말해 준 정보였지만.

“이건 보고에 포함시켜야 하나?”

“200년 전 사람의 말을 믿어 줄 것 같다면, 그래야겠지?”

쿠올케의 종족이 인간인 만큼 설득력이 없는 이야기이기는 했다.

담당자에게 '어떻게 200년이나 살아남았나?' 라는 질문을 받는 날에는 답할 방법이 없기 때문이다.

"일단 유령선의 공격을 받았다는 건 보고할까."

"너무 뜬금없는 보고를 하면 심의관을 불러서 꼬치꼬치 캐물어 볼지도 몰라. 똑같은 질문을 몇 번이나 해대서 그 녀석들은 질색이란 말이야."

쿠올케는 관자놀이를 꾹꾹 누르며 불쾌한 얼굴로 헬슈펠이 있는 방향을 쳐다보았다.

한 번은 작위를 둘러싼 소동에 휘말려 들었는데, 그 일이 끝난 후에 취조실에서 심의관이라는 녀석들과 맞닥뜨려 끝도 없이 같은 질문을 받은 탓에 넌더리가 났던 적이 있었기 때문이다.

"어쩔 수 없지. 마을 두 개가 멸망한 건 큰 사건이야. 상부까지 보고가 올라가지 않으면 우리가 한 고생이 물거품이 돼."

"그래. 모험가가 할 수 있는 일에는 한계가 있으니까."

쿠올케가 맞장구를 치는 말을 들으며 엑시즈는 케나에게도 어쩔 수 없는 일이 있기는 할까, 하는 생각을 하면서 바다로 시선을 돌렸다.

【수중 호흡】과 【수중 행동】 마법으로 자신의 신체를 강화한 케나는 블루 드래곤의 뿔을 붙잡은 채 바닷속 깊은 곳으로 잠

수하고 있었다.

【수중 호흡】은 둘째 치고 【수중 행동】이 없으면 뽈을 붙잡고 있기도 힘들다.

이 스킬은 물속에서도 땅 위에 있을 때처럼 움직일 수 있게 해주는 보조 마법으로, 이게 없으면 모든 스테이터스가 절반으로 떨어지고 전투 행동으로 줄 수 있는 대미지가 평소의 10분의 1 이하가 되고 만다.

그녀에게 물속은 미지의 영역이다.

'흑룡의 수의'를 장비하기는 했지만, 만반의 준비를 했다기에는 불안한 면이 있었다.

블루 드래곤의 모습과 레벨에 따른 위압감 탓에 진행 방향에 있던 물고기 등이 확 흩어져 버렸다.

물고기의 모습도 지구에 있던 것과 그리 다르지 않은 것이 많은 데다 종류도 다양했다.

하지만 주변을 두리번거릴 여유가 없기는 케나 본인도 마찬가지였다.

마을에서 용궁성의 위치 정보를 확인하지 못한 탓도 있어서, 【암시】와 【매의 눈】을 병용하고 수호자의 반지에서 나타나는 반응을 살피면서 탐색에 집중했다.

때때로 블루 드래곤에게 멈추라고 해서 반지를 이리저리 돌려 빛나는 방향이 없는지 살피기도 했다.

몇 번에 걸친 원시적인 탐색 끝에 반응이 감지된 것은 수심

20미터도 되지 않는 얕은 곳이었다.

어부들 대다수가 지나치다가 목격할 수 있는 곳이었던지라 그 부근은 자세히 살피지 않았던 것이다.

용궁성이라는 단어만 듣고 심해에 있을 것이라고 예상했던 만큼, 발견했을 때의 허무함은 장난이 아니었다.

그 용궁성은 주변의 빛이 짙은 녹색처럼 보이는, 산호초로 뒤덮인 평지에 떡 하니 자리하고 있었다.

겉모습은 마치 관광지에서나 볼 법하게 생겼는데, 토대가 하얗고 건물 부분은 붉은색이라 눈길을 끌었다.

크기는 도심에 세워진 단독주택처럼 이상하다 싶을 정도로 아담했다.

들은 바로는 흉포한 괴수 같은 것이 주변을 지키고 있을 텐데, 그런 것은 흔적조차 보이지 않았다.

『혹시, 그것도 옵션의 일부가 아닐지요?』

키의 추측을 들으니 대충 짐작이 되었다.

보존된 마력이 떨어진 탓에 방어용 마수를 불러낼 수 없게 된 것이리라.

블루 드래곤이 주변의 모래를 솟구치게 하며 산호초에 착지했다.

산호에 흠집이 나지 않는 것을 보면 이것도 용궁성 시설의 일부이리라.

"블루 드래곤은 이 근처에 인어의 마을이 없는지 봐 줘."

고갯짓을 하는 대신 눈을 깜박여 답한 후, 블루 드래곤은 몸을 비틀어 얕은 바다를 둘러싸고 있는 깊숙한 바다로 들어갔다.

케나는 핑크색 빛을 내뿜는 수호자의 반지를 내밀고서 정해진 암호를 큰 소리로 외쳤다.

【난세를 수호하는 자여! 타락한 세계를 혼돈에서 구하라!】

눈앞이 휘청, 하고 일그러지더니 위에서 쏟아진 물의 소용돌이를 통과했다.

얼마쯤 지나 널찍한 공간으로 내던져진 케나는 착지한 장소가 불안정한 나머지 깽깽이걸음을 해야만 했다.

붉은 중화풍 실내에는 물이 가득해서 마치 연못 같았다.

그리고 사람이 올라탈 수 있을 정도로 크고 둥그런 연잎이 무수히 많이 떠 있었다.

그녀가 착지한 것은 그중 하나였다.

주변을 둘러보니 연못 중앙에 사람의 머리만 한 꽃봉오리가 튀어나와 있었다.

아마도 그것이 이 탑의 핵이리라고 짐작한 케나는 MP를 절반 정도 쏟아 부어 보았다.

얼마쯤 기다리자 꽃잎이 천천히 벌어져, 옅은 핑크색을 띤 커다란 연꽃이 피어났다.

"하아~ 이제 세 개째……. 갈 길이 머네."

이럴 줄 알았다면 진작 모든 스킬 마스터의 탑이 있는 장소를 물어봐 둘 걸 그랬다며 후회했다.

지금 와서는 소용없는 후회였지만.

적어도 하늘에 하나, 미공략 지역에 하나가 존재한다는 것 정도밖에 모르니 문제가 이만저만이 아니다.

그런 생각을 하다 보니 등 뒤에서 물소리가 나더니 옥쟁반에 진주가 구르는 듯한, 귀여운 목소리가 들려왔다.

"저기이, 손님이세요오~?"

"아아, 이곳의 수호……자?!"

루카 일도 있었던 탓에 이곳을 맡은 스킬 마스터의 취향을 깜박 잊고 있었다.

뒤를 돌아본 케나는 등 뒤에 있던 이의 모습을 보고 말을 잃고 말았다.

튀어나온 입.

광택으로 미루어 미끈미끈할 것 같은 피부.

입에서 한참 먼 뒤쪽에 좌우로 튀어나와 있는 촉촉한 눈.

흑색과 금색이 뒤섞인 그것이 이쪽을 빤히 쳐다보고 있다.

늘씬하다기보다는 통통한 몸통.

턱 아래에 나란히 돋아난 앞다리. 몸통 뒤쪽에 좌우로 돋아난, 접혀 있는 뒷다리.

눈과 눈 사이에 오도카니 얹어진 왕관은 장난감 같다.

전체적으로는 핑크색을 띠고 있어서 눈이 시릴 정도다.

농담이 아니라 쳐다보고 싶지가 않다.

입 밖으로 나올 뻔한 비명을 목구멍으로 꿀꺽 삼킨 후, 케나는 속으로 자신을 타일렀다.

'이건 적이 아니다, 이건 적이 아니다. 아군이다.' 라고.

솔직히 말해서 예비지식이 없었다면 보자마자 대화력 마법을 써서 날려 버렸을 것이다.

그런다고 수호자가 날아갈 리가 없다는 확신이 있기는 했지만…….

이곳의 수호자는 눈높이가 케나와 비슷한 핑크색 청개구리였다. 몸집은 소만 했지만.

똑바로 쳐다보지 않고자 시선을 돌린 케나는 떨리는 목소리로 평소처럼 대응했다.

"아, 네가 여기 수호자야?"

"아, 네에~. 스킬 마스터어 No.6의 수호자입니다아~."

"그, 그래……. 나는 스킬 마스터 No.3 케나야. 괜한 참견일지도 모르지만 탑을 기동하러 왔어. 네 원래 마스터가 아니라 미안하지만, 참아 줄래?"

"네에~ 우리 마스터어느은, 이제 올 일이 없을 거라고오~ 생각했거든요오~. 앞으로는, 당신이이 제 마스터어인 걸로 알아도 될까요오~."

반응을 보아하니 리오테크도 이 수호자에게 다시는 올 일이 없을 것이라고 말한 듯했다.

이야기가 복잡해지기 전에 저쪽이 먼저 이쪽의 진의를 헤아려 준 덕에 수고를 덜었다.

말을 하는 것이 조금 느린 것이 옥에 티이기는 했지만, 리오테크도 비슷한 말투를 썼던 것이 떠올라, 그런 취향이었구나 하고 혼자서 납득했다.

핑크색 개구리는 사람 한 명은 거뜬히 삼킬 수 있을 듯한 크기의 입을 벌리더니 혀를 날름 내밀었는데, 그 혀 끝에 수호자의 반지가 있었다.

케나는 질척질척 번들번들한 그 질감에 살짝 식겁했지만, 결심을 굳히고 집어 들었다.

겉보기와 달리 침이 잔뜩 묻어 끈적거리지는 않아서 안도의 한숨을 쉬었다.

"고마워, 잘 받아 둘게. 자세한 이야기는 탑의 교감 기능으로 우리 벽화한테 물어보도록 해."

"알겠어요오~."

그 후에는 포션으로 회복시킨 MP를 한계까지 핵에 쏟아붓고서 탑을 뒤로했다.

다만 밖으로 내보내 준 곳이 물 위였던 탓에 블루 드래곤이 이쪽의 위치를 특정해서 올라올 때까지 파도를 맞으며 둥둥 떠 있었던 것은 비밀이다.

리아데일의 대지에서

WORLD OF LEADALE

제3장

폐도(廢都)와 메이드와 이주와 사업

케나가 볼일을 마치고 해변으로 돌아오자 루카가 가장 먼저 달려왔다.

루카가 케나에게 달려들기 직전에 몸이 젖을 것을 염려한 록시리우스가 제지했다.

"지금 오면 너도 젖을 테니까 조금만 기다려."

물이 뚝뚝 흐르는 웻슈트 형태인 흑룡의 수의에서 장비 변경으로 순식간에 옷을 갈아입어 평소의 장비로 전환했다.

머리카락 등은 아직 젖어 있어서 자신에게 【건조】와 【청정】 마법을 걸었다.

케나는 그 작업을 마친 후에야 다시 루카를 안아 올렸다.

그리고 해변에서 올라오지 않고 물가에서 고개를 내밀고 있던 블루 드래곤에게 계속해서 인어의 마을을 찾으라고 명령했다.

이 해변에서 블루 드래곤을 위협할 만한 상대는 없을 테지만, 전투만 벌이지 않는다면 며칠은 더 존재할 수 있을 것이다.

블루 드래곤은 한 차례 구오오 하고 울더니 빙긋 웃으며 바닷속으로 모습을 감췄다.

거리가 멀어져도 소환수와는 연결되어 있으니까 찾아내면 연락해 줄 것이다.

"다녀왔어, 루카. 록스도 고마워."

"아뇨, 할 일을 했을 뿐입니다."

"……어서, 와."

그런 대화를 나누는 모습은 마치 가족 같아서 흐뭇해 보였다.

세 사람의 모습을 지켜보던 엑시즈와 쿠올케가 쓴웃음을 지은 채 다가왔다.

"걱정할 필요도 없었던 것 같구만. 용궁성은 어땠냐. 도미랑 넙치가 돌아다니고 있든?"

"……핑크색 개구리가 있긴 했지……."

"무슨 소리야……?"

케나가 약간 핼쑥한 얼굴로 나직하게 중얼거리자 쿠올케는 의아하다는 얼굴을 했다.

"그나저나 그런 마법도 있었구나. 그걸 받아 뒀으면 여러모로 편리했을 텐데."

"반응으로 봐선, 오프라인 퀘스트를 안 했나 보네?"

오프라인 퀘스트로 간단히 얻을 수 있는 스킬을 설명하자 쿠올케는 고개를 홱 돌린 채 허탈하게 웃었다.

아무래도 오프라인 퀘스트의 존재조차 몰랐던 모양이다.

게임을 시작하면 튜토리얼에서 설명해 줄 텐데도 모르는 걸 보면, 쿠올케는 그 부분을 그냥 넘긴 듯했다.

오프라인에서 요새를 만들 때까지 얻을 수 있는 스킬은 생활에 가까운 것이 많기 때문이다.

실제 게임에서는 아무짝에도 쓸모없는 것이 많은데, 그중 대부분이 【크래프트 스킬】을 위한 전제 조건이었다.

뒤집어 말하자면 온라인에서 얻을 수 있는 【크래프트 스킬】은 오프라인 퀘스트를 거치지 않으면 퀘스트를 클리어해도 받을 수 없었다.

"어쨌든 둘 다 고마워."

"아니, 딱히 한 것도 없는데 뭘. 루카도 얌전했고."

기다리는 동안 루카의 물건을 록시리우스가 앞장서서 챙기고 있었다.

갈아입을 옷과 부모님의 유품 등이었다.

어머니가 사용했던 앞치마와 아버지가 차던 팔찌 정도밖에 찾지 못했다는 듯했다.

그리고 쿠올케의 주장에 따라 묘를 만들었다.

오두막이 있던 마을 변두리 근처에 돌을 쌓아 집단 묘비를 만들었다는 모양이다.

"헛수고라고 하진 않겠지?"

"내가 묘비든 뭐든 다 만들 수 있는 줄 알아?!"

"케나 너라면……. 아니, 이 경우에는 마음이 중요한 거니까."

루카도 함께 다섯 명이서 손을 모으고 명복을 빌었다.

"따님은 잘 키울 테니 안심하세요."

"……엄, 마. ……아, 빠. 고마, 워."

"……."

“구하지 못해 미안하다.”

“나무아미타불…….”

저마다 그렇게 중얼거리고서 마을을 뒤로했다.

마을에서 약간 떨어진 곳에서 아쉬운 듯 마을 전체를 내다보는 루카를 록시리우스에게 맡긴 채, 케나는 엑시즈 일행과 프렌드 등록을 해 두었다.

“이걸로 겨우 플레이어를 네 명 만난 셈이네.”

“이쪽은 너 말곤 본 적이 없지만 말이다.”

케나는 한숨을 쉬는 정도에서 그쳤지만, 쿠올케는 맥이 빠지는지 힘없이 어깨를 늘어뜨렸다.

엑시즈는 곧바로 커맨드 화면을 띄워서 각종 창을 점검하기 위해 분주하게 손가락을 움직이고 있었다.

개인 화면은 플레이어끼리라도 쉽게 훔쳐볼 수가 없다.

그래서 엑시즈의 손놀림은 허공에 대고 키보드를 두드리고 있는 듯 보였다.

“흐음~. 이쪽은 스쳐 지나가는 식으로도 플레이어를 만난 흔적이 없군.”

“엑시즈가 그렇다면 나도 마찬가지겠네.”

턱에 손을 가져다 댄 채 신음하는 엑시즈를 보고 쿠올케도 항복이라는 듯 어깨를 으쓱했다.

“뭐어, 나보다 너희 쪽이 여러 곳을 방랑할 테니, 누구든 찾으면 알려줘.”

"너도 모험가일 텐데."

"미안하지만 루카라는 부양가족도 생겼으니, 당분간은 변경 마을에 틀어박혀 지낼 거야."

신세를 지고 있는 마을에 관해 말하자 엑시즈 일행은 두말없이 물러났다.

루카가 신경 쓰여서 강하게 말을 할 수가 없는 것이리라.

어쨌든 당초의 예정대로 헬슈펠까지 두 사람을 보내주기로 했다.

"그럼, 보낸다~?"

"너흰 어쩌고?"

"적당히 갈게. 루카가 있어서 【전이】는 못 쓰겠지만 어차피 사흘 정도면 도착하니까."

"어쩌면 경위를 설명할 때 네 이름을 꺼낼지도 모르는데. 괜찮겠지?"

"상관은 없지만 내 이름을 쓸 때는 조심하는 게 좋을 거야."

"뭐?"

생선 유통에 관련된 이야기인 이상, 어쩌면 상인 길드까지 사정이 전해질지도 모른다.

그러다 만에 하나 케이릭의 귀에 들어가기라도 하면 본인이 나타날 가능성도 있다.

엑시즈 일행에게는 미안하지만, 그렇게 되면 '상인 길드의 우두머리' 인 케이릭을 실컷 맛봐 달라고 생각하며 케나는 마법을 발동시켰다.

사용한 것은【전이】의 파생형으로, 타인에게만 효과가 있는【전송】이었다.

당사자의 의사를 무시하고 타인을 다른 장소로 날려 보내는 마법인지라 사냥터를 독점하고 싶은 사람이 난입한 훼방꾼을 제거하는 데 자주 사용했다.

그리고 인기 사냥터에서 적을 끌어모으는 데 사용되기도 했다.

오푸스는 이 마법을 다루는 데 능숙해서 전쟁 중에 적의 진지 한복판에 악취를 내뿜는 벌레 몬스터들을 보내고는 했다. 단순히 골탕을 먹이려는 의도에서.

단, 당사자의 의사를 무시할 수 있는 것은 행사하는 자가 행사 대상보다 레벨이 높을 경우뿐이다.

그 이외에는 행사 대상의 동의가 필요한 탓에 보내기 전문 플레이어가 각국에 있을 정도였다.

두 사람의 발치에서 까만 커튼이 솟아올라 둘의 모습을 덮어 감추었다.

루카에게 가볍게 손을 흔들던 쿠올케와 엑시즈의 모습이 그 자리에서 홀연히 사라졌다.

케나는 쓸쓸해 보이는 루카의 머리를 쓰다듬고는 눈높이를 맞추고 기운을 북돋아 주듯 빙긋 미소를 지어 보였다.

"좋아! 그럼 루카도 나랑 같이 가자. 엑시즈네는 내버려둬도 괜찮고, 어디선가 다시 만날 수 있을 거야."

"……응."

루카는 뺨을 붉힌 채 살며시 고개를 끄덕이더니 스스로 쭈뼛거리며 케나의 손을 잡았다.

흐뭇한 광경에 록시리우스의 입에도 자연히 미소가 걸렸다.

그는 그렇게 걸어 나간 두 사람의 뒤를, 한 걸음 뒤에서 따라갔다.

하지만 반나절도 되지 않아 도로 중간에서 케나가 소환수를 불렀다.

아직 어린 루카에게 도보 여행은 힘들 것으로 판단했기 때문이다.

불러낸 것은 피짱에 버금가는 크기의 팔각마(八脚馬) 슬레이프니르였다.

위풍당당한 분위기를 지닌 그는 인사 대신 루카의 머리카락을 우물우물 씹는 시늉을 해서 자신이 붙임성 있는 성격임을 내보였다.

하지만 루카가 그 즉시 울음을 터뜨리는 바람에 케나의 불벼락을 맞게 되었다.

슬레이프니르는 다소 풀이 죽기는 했지만, 길을 가는 도중에는 최대한 안전하게 달려 다음 날 점심 무렵에는 펠스케이로에 도착해서 케나에게 칭찬을 듣고서 사라졌다.

오우타로퀘스.

과거에는 절반이 사막 지대였다는 것이 믿기지 않을 정도로 밀림으로 뒤덮여 있는 나라다.

왕성은 과거 이 땅에서 영화를 누렸던 길드가 만들었던 것이다.

과거의 플레이어들이 세운 길드하우스는 서양풍과 일본풍을 불문하고 성의 형태를 취한 것이 많았는데, 현재까지 남아 있는 것은 왕성이나 귀족의 저택으로 쓰였다.

오우타로퀘스성의 토대는 녹음에 매몰되어 있어서 숲의 일부 같은 인상을 주고 있었다.

거목에 매몰되어 있기는 해도 공생하고 있다고 볼 수 있는 외관을 지녔다.

성 안에도 덩굴이며 가지가 침입했지만, 그곳에 사는 자들은 불편함을 느끼지 않았다.

이 자연이 나라의 독자적인 마법 기술과 융합한 결과, 식물이 위험을 배제하는 병사 노릇을 하고 있기 때문이다.

하이엘프 종족처럼 식물과 의사소통을 할 수 있는 스킬을 지닌 자가 많아서, 성과 일체화한 나무에게서 정보를 얻어 경비에 이용하는 것이다.

시가지라 할 수 있는 것은 모두 나무 위에 펼쳐져 있고, 커다란 나무 사이에 놓인 출렁다리를 통해 어디로든 갈 수 있게 되어 있었다.

주민들 대다수는 나무줄기나 가지에 보금자리를 꾸렸고, 드워프 장인을 비롯한 일부 사람들만 지상에 살았다.

나무 위 생활자가 모두 엘프인 것은 아니다. 인간도 있는가 하면 별난 드워프도 있었다.

다른 도시와 마찬가지로 워캣과 드래고이드도 존재했다.

그 왕성의 알현실.

오우타로퀘스를 200년에 걸쳐 유지해 온 여왕 사하라셰드를 필두로 정치에 관계된 이들이 그 자리에 모두 모여 있었다.

그림자가 가지고 돌아온 정보를 음미함과 동시에 이 나라가 대륙에서 맡은 역할을 수행하기 위해서다.

알현 중인 것은 클로프를 비롯한 세 명으로, 오로지 케나와 연락을 취하기 위해 두 나라에 파견했었다.

각각 펠스케이로 왕도, 헬슈펠 왕도, 변경 마을로 떠나서 케나와 만난 자가 교섭하는 임무를 맡기로 했다.

클로프가 가지고 돌아온 케나의 답변은 No라는 한마디로 요약할 수 있었다.

"그렇구나……."

여왕 사하라셰드는 허리까지 오는 검은 머리에 앞머리 중 일부만 푸른 부분을 지분거리며 클로프의 보고에 맥 빠진 투로 답했다.

케나와 달리 성인 여성 특유의 매력이 넘치는 여왕의 몸짓은 만인을 매료할 만했다.

여왕은 둘째 치고 신하들은 '케나' 라는 이름만 가지고 본인이라고 판단하는 것은 성급한 일이라 생각하는 이가 많았다.

그중 대부분이 단명종 귀족들이었다.

주변에 있는 자들과 논의할 때도 툭하면 '출생도 모르는 핏줄' 이라느니 '왕위를 찬탈하려고 할 가능성이 있다' 는 등의 폭언이 흘러나왔다.

여왕 사하라세드는 심드렁한 얼굴로 그것을 흘려듣고 있지만, 좌우에 시립한 기사단장과 재상의 이마에는 퍼런 핏대가 떠올라 있었다.

물론 화가 난 탓이기도 하지만, 가장 큰 이유는 초월자의 심기를 건드렸을 때 일어날지도 모르는 피해 규모 때문이다.

기사단장을 맡은 자는 나이가 300을 넘긴 젊은 마인족이다.

그는 200년 전에 초월자라 불리는 동족이 혼자서 이루어낸 위업을 목격한 적이 있다.

전방형 근접전 전문직이던 그 인물은 적군이 요새에 농성한 가운데, 앞으로 나아가자마자 대검을 한 차례 휘둘러——

검기 한 방으로 적군과 함께 요새를 양단했다.

그자와 동등한 역량을 지닌 인물이라면 여왕의 말도 납득이 갔다.

재상을 맡은 노령의 드워프도 기나긴 생애 동안 두 명의 초월자가 평원 가득 펼쳐진 마물들의 무리를 단숨에 물리치는 광경을 본 기억이 있는 만큼 기사단장과 의견이 같았다.

"여왕님의 가족이라는 이유만으로 정체 모를 모험가 나부랭이를 왕궁에 들이시겠다니 안 될 말입니다. 그러한 일은 사전에 저희와 상의하셔야 합니다."

"그렇습니다. 실력이 부족한 자를 나라에 불러들인들 이익이 될 리가 없으니 말입니다."

"그자가 여왕님께 위해를 가하지 않는다는 보장도 없지 않습니까."

문관 중에서도 공작과 백작가 출신인 자들이 험담을 해댔다.

여왕은 귀 기울여 듣지 않고 완전히 무시했다.

기사단장은 우습다는 눈으로 그들을 보고 있던 클로프에게 눈짓을 해서 계속 말하라 재촉했다.

"안 그래도 실력은 가늠해 보았습니다. 제 동생이 속수무책으로 당할 정도의 실력자라 감복했습니다."

알현실의 경비를 맡고 있는 기사와 병사들이 "오호."라느니 "뭐라고?!" 따위의 탄성을 내뱉었다.

다소 콧대가 높고 입이 험하기는 했지만, 클로피아는 기사단 중에서도 실력이 출중하기로 정평이 나 있었다.

클로피아만큼 장래가 유망한 인물조차 속수무책으로 당했다니…… 전투를 생업으로 하는 이들이 '대체 얼마나 대단한 자이기에?' 하고 흥미진진한 눈빛을 보냈다.

국내에서도 강자로 분류되는 클로프가 인정한 인물인 데다 클로프 본인도 결코 당해낼 수 없을 것이라는 발언에 험담을 입에 담던 문관들은 입을 다물고 몸을 움츠렸다.

신하들의 대화를 한참 지켜보던 여왕은 나른한 자세를 유지한 채 다리를 바꿔 꼬았다.

왕족이 신하들 앞에서 취할 태도로는 보이지 않았지만, 그 행동을 나무라는 자는 없었다.

이 자리에서의 상하 관계가 완전히 굳어져 있다는 증거이기도 했다.

재상과 기사단장이 제지하지 않는 것은 안건이 그것뿐이 아니었기 때문이다.

두 사람의 얼굴이 굳어진 것을 본 제후들이 등줄기를 더욱 꼿꼿이 폈다.

"뭐어, 예상대로의 결과를 얻어서 다행이야. 수고했어."

"네, 감사합니다. 그러면 실례하도록 하겠습니다."

자신들의 임무가 끝나자 고개를 숙인 후, 클로프를 비롯한 밀정들은 퇴장했다.

교대하듯 입실한 것은 적동색 로브를 입은 집단이었다.

선두에 선 엘프는 이 나라의 궁정마술사장을 맡은 이로, 뒤에 인간 부하를 둘 대동하고 있었다.

세 사람은 옥좌에서 한참 떨어진 곳에 무릎을 꿇고 여왕에게 고개를 조아렸다.

사하라셰드 여왕이 거창하게 고개를 끄덕이자 마술사장만 자리에서 일어나 가지고 있던 두루마리를 펼쳤다.

"관측 결과가 나왔습니다."

"말해라."

어째서인지 이 순간, 알현실이 고요해졌다.

수군수군 대화를 나누던 문관들도 이 보고는 놓칠 수 없다며 귀를 기울였다.

"결론부터 말씀드리자면, 지난번 계측에 비해 상당히 많이 벌어진 것으로 보입니다."

"……그러, 하냐."

감정이 깎여나간 얼굴로 여왕은 그 말만을 쥐어짜 냈다.

양옆에 선 재상과 기사단장도 핏기가 가신 얼굴로 마른침을 꿀꺽 삼켰다.

과거 다국(茶國), 헤진기움으로 불리는 국토가 있었다.

200여 년 전에 그곳은 현세를 사는 이들은 모르는 사정으로 '폐도'라 불리게 되었다.

삼국 성립 당시에는 신의 손에 의해 향후의 세계가 존재하는 데 불필요하고 해로운 것들이 봉인되었다.

신은 그 '폐도'를 중심으로 주변을 견고한 결계로 뒤덮었다.

……라고 전승에는 기록되어 있다.

사실 사하라셰드도 그 자리에 있었을 텐데도 그때의 기억은 소실된 상태였다.

당시 헬슈펠과 펠스케이로의 초대 국왕에게도 확인해 보았지만 그들도 마찬가지였다.

그리고 200년이라는 세월이 흘러 문제가 생겼다.

오우타로퀘스는 그 '폐도' 라 불리는 지역을 감시하는 역할을 맡고 있었는데 최근 몇 년 동안의 관측 결과, 결계에 균열이 발생했다는 사실이 판명되었다.

신의 기적이 200년밖에 지속되지 않았다는 사실에 의문을 제기해야 할까, 아니면 안에 봉인된 존재의 강대함에 전율해야 할까…….

"어찌 되었건 타국에도 협력을 요청해야겠네……."

"어쩔 수 없군요. 안에 봉인된 것은 겉보기에는 왜소해도 가공할 힘을 지니고 있으니 말입니다."

드워프 재상이 힘껏 고개를 끄덕였다.

한심하다고 비웃음을 살지는 모르지만, 안에서 흘러나온 마물에 의해 기사 부대가 괴멸되기 직전의 상황까지 몰리는 사건이 있었다.

당초에는 상대가 고작 고블린 여섯 마리라 기사 한 부대면 충분하리라고 판단했었다.

하지만 뚜껑을 열어 보니 고블린 여섯 마리의 연계에 기사단은 순식간에 무너졌다.

근처를 지나가다 도와준 이가 없었다면 사망자가 발생했을 것이다.

그자는 장신의 마인족으로 고블린들을 물리친 후 냉큼 떠났다는 모양이다.

“도움을 주었다는 자는?”

“그것 말입니다만, 아무래도 그 인물은 모험가조차 아닌 듯하여 행방이 묘연합니다.”

재상의 말에 기사단장이 눈살을 찌푸렸다.

소중한 부하를 구해 준 은인이건만 감사 인사도 하지 못한 것을 매우 안타깝게 생각하는 눈치였다.

펠스케이로도 문제의 폐도와는 인접해 있어서 남의 일로 치부할 수는 없을 것이다.

문제는 직접적인 관계가 없는 헬슈펠이다.

건국 당시와 달리 왕가에 비해 상인 연합의 발언권이 강한 탓에 협력을 구하기가 쉽지 않았다.

재상과 여왕이 각국에 보낼 서한의 내용을 두고 공허한 의논을 하기 시작하자, 기사단장은 마술사장에게 다른 골칫거리에 관해 물었다.

“그…… 바다에서 유실되었다는 마물의 배는 그 후 어떻게 되었지?”

“아아, 그 녀석 말인가. 이쪽이 보낸 이가 추적을 했는데 헬슈펠 영지에 있는 어촌을 괴멸시킨 후, 펠스케이로에 위치한 어촌에서 모험가의 손에 토벌되었다더군. 그중에는 여왕님의 백모님도 있었다던데.”

“어머, 케나 백모님을 번거롭게 하다니……. 양국에는 사전에 경고 서한을 보내 두었었지?”

충분히 대응할 수 있을 것이라고 여왕과 신하들은 생각했었다.
공교롭게도 그 타이밍에 펠스케이로와 헬슈펠의 기사단은 공동으로 도적단을 토벌하고 있었다.
문서가 전달된 것이 기사단이 성을 나선 뒤인 탓에 두 나라 모두 어찌할 수가 없었던 것이리라.
……라는 것이 오우타로퀘스의 견해였다.
"그리고 이쪽이 보낸 이가 보낸 정보에 의하면, 여왕님의 백모님은 '수호자의 탑' 이라는 것을 각성시킨다는 사명이 있다더군요. 그 점을 이용해 협력을 구하면, 이번 폐도에 관한 일로도 도움을 받을 수 있지 않겠습니까?"
"그러고 보니 케나 백모님은 수호자였지. 과거에는 열세 명이 있었다지만, 지금은 다들 어디에 계시는지……."
그 밀정은 록시리우스는 물론이고 케나의 정령에게까지 인식당했다.
케나 본인에게도 아가이드의 밀정이 붙어 있었던지라, 정령은 해를 끼칠 자가 아니라고 판단한 모양이었다.
하지만 록시리우스는 그렇게 생각하지 않았는지, 야영 중에 밀정을 원만하게 쫓아냈다.
케나에게는 '아무 일도 없었습니다.' 라고 보고했지만.
그 후, 회의는 자잘한 연락 사항 등에 대한 보고를 끝으로 종료되었다.
관료들이 알현실을 떠나는 것을 지켜보던 사하라세드는 근위병들도 방에서 내보낸 후 몸을 이완시켰다.

그리고 옥좌에서 주르륵 미끄러져 바닥에 깔린 융단에 주저앉았다.

피곤함으로 가득한 한숨을 쉬자 남아 있던 기사단장과 재상, 마술사장이 쓴웃음을 지었다.

"폐하, 심정은 이해하지만 너무 해이해지신 것 아니온지?"

"현안 사항만 지긋지긋하게 늘어나네. 백모님이 좀 도와주시지 않으려나……."

"전해 들은 이야기로는 과격한 분 같았지만, 클로프가 보고한 바에 의하면 상당히 느긋한 분인 듯하군요."

"백모님은 본인이 하이엘프라는 자각이 없는걸. 금방 서민들하고 친해지질 않나, 위엄은 어디에 두고 오셨는지."

걱정한다기보다는 어머니가 아이를 꾸짖는 심정에 가까웠다.

누가 연상인지 모를 발언에 재상은 웃음을 터뜨렸다.

하지만 금세 진지한 표정으로 돌아와 고갯짓을 주고받았다.

마술사장은 계속해서 폐도를 감시하러 갔다. 기사단장은 군비를 강화하기 위해 나섰고, 재상은 여왕과 각국이 면밀하게 연락을 취하기 위해 각각 움직였다.

"폐하. 휴식은 그쯤 하시고 이 노인네와 편지라도 쓰시지요."

"멋있는 사람이 같이 해 주면 참 좋을 텐데……."

"그럼 기사단에서 미목수려한 자라도 차출할까요?"

"농담한 거야. 기사단장은 자기 일에나 집중해!"

◆

같은 시기, 펠스케이로.

왕성에서도 상당히 높은 첨탑에 위치한 테라스에.

국왕과 재상인 아가이드와 대사제 스카르고.

왕녀인 마이—— 마일리네 루스케이로가 테이블을 둘러싸고 있었다.

높은 곳인데도 바람은 그리 불지 않았다.

과거에는 이 성도 어느 길드의 소유물이었다.

그곳의 길드원들은 여분의 과금 포인트를 소비해서 성의 외관을 유지하는 것이 취미였다.

그 영향으로 성에 쳐진 결계는 지금까지도 기능하고 있었다.

"상인 길드에서 보고가 들어왔을 때는 무슨 일인가 싶었지만……."

"직전에 도착한 오우타로퀘스의 서한 내용을 뒷받침해 주는 보고로군요."

왕이 테이블 위에 두 장의 서한을 펼쳐놓은 채 떨떠름한 표정을 지었다.

아가이드는 보고서 중 한쪽에 나라에서도 취급에 다소 어려움을 겪고 있는 이의 이름이 실려 있다는 사실에 눈살을 찌푸렸다.

개인적으로는 싹싹하게 대할 수 있지만, 국가로서는 신중하게 교류하고 싶은 상대이기에 더더욱 그럴 수밖에 없었다.

그 관계자인 스카르고는 평소 하던 기행(奇行)도 그치고 오우타로퀘스에서 온 서한을 본 채 고심스러운 표정을 짓고 있었다.

마일리네가 엉겁결에 걱정 어린 말을 던질 정도로.

"저, 저기 스카르고 님, 왜 그러시나요?"

"아아, 아닙니다. 왕이시여, 오우타로퀘스에서 폐도에 관한 구원 요청은 오지 않았습니까?"

"아니, 이번 통보는 바다에서의 위협에 대한 권고뿐이로군. 폐도에 관해서는 우리보다 저쪽이 더 잘 알 터이고. 대사제님은 폐도에 관해 아시는 것이 있나?"

기본적으로 일반인은 폐도라 불리는 장소에 관해 아는 것이 별로 없다.

아는 것이라고는 기껏해야 옛날이야기 속에서 신이 악의를 봉인한 장소라는 것과 그 폐도라는 곳은 실재하지 않는 장소라는 것 정도다.

하지만 국가의 상층부는 폐도가 실재한다는 사실과 그 위치 정도는 알고 있다.

다국 헤진기움은 펠스케이로의 서쪽 부분을 차지하고 있었지만, 그 수도는 다소 남쪽에 있었다.

현재 기준으로는 펠스케이로의 남서쪽, 오우타로퀘스의 서쪽 끝에 있다고 알려졌다.

얼핏 보면 바다에 면한 가파른 절벽 같은 곳이다.

강력한 인식 방해 결계가 쳐져 있는 탓에 아무도 가까이 가려 하지 않는 곳이기도 하다.

도시가 있었던 흔적들마저도 결계로 봉인된 탓에 일반인은 결계의 흔적조차 인식할 수가 없을 것이다.

하지만 그 안에는 '악의가 봉인되어 있다'는 모양이다.

지금까지는 그렇게만 전해진 탓에 아무도 확인할 방도가 없었다.

결계에 균열이 생기고서야 안에서 나온 것을 직접 목격하고 위험하다는 사실을 알았을 정도다.

여기까지의 사정을 플레이어가 알았다면 다른 판단을 내렸을 것이다.

스카르고는 분명 '플레이어'인 케나와 인연이 있는 인물이지만, 국가에 속한 몸이기도 하다.

어머니라는 이유로 삼국의 기밀 정보를 유출해도 될 리가 없었다.

하지만 지혜를 빌리기에 가장 적합한 인물이라고는 생각했다.

그러나 본인이 국가와 얽히고 싶지 않다고 공언했으니 사정을 자세히 설명하고 상의를 할 수는 없는 일이다.

스카르고가 아는 한 남은 적임자는…….

"……기사단장이 돌아오면 물어보는 편이 좋겠군요."

"그 녀석에게? 두뇌 노동을 담당하기에 적합한 인물 같지는 않네만?"

당사자가 이 자리에 없으니 할 수 있는 말이기는 했지만, 아가이드의 독한 발언에 왕과 스카르고는 쓴웃음을 지었다.

스카르고는 이전에 보고 들은 정보만으로 판단하여, 본인에게는 사과하면 된다고 생각하고 폭탄 발언을 했다.

"샤이닝세이버 경은, 어머님과 같은 200년 전의 인물입니다."

"……뭣이라?!"

"윽…… 네. 어머님과 대전 중에 동지였다는 이야기를 요전에 들은 바 있습니다."

예상했던 것보다 훨씬 노골적으로 놀라는 아가이드 재상의 반응에 스카르고는 실언이었나 싶어 내심 마음을 졸였다.

하지만 내색하지 않고 '반짝~' 하고 이를 빛내며 우수 어린 얼굴로 태연하게 그런 소리를 했다.

플레이어였다는 말은 둘째 치고 소속국으로 치면 적대 관계였다고 말해야 옳겠지만.

그것은 스카르고도 모르는 정보였다.

오히려 일방적으로 마법을 맞고 날아간, 적이었던 것이다.

당사자는 그건 게임이었던 시절의 일이라고 구분을 짓고 있는 탓에 조금도 원망하고 있지 않았다.

"아바마마, 그렇다고 샤이닝세이버 경에게만 캐묻는 것은 좋지 않을 것 같습니다. 건국 이전의 사건에 관한 정보는 나라에 혼란을 초래할 수 있어요. 케나 양과 행동을 함께해 보고 느꼈지만, 그 사람이 사용하는 기술은 지금의 세상에는 과분한 것이라고 생각합니다."

"아니, 마일리네 왕녀님……. 어머님이 무슨 위험한 밀수품도 아니고……."

"굳이 말하자면 귀엽지만 까다로운, 버림받은 개 같다고 해야 할 듯합니다만……."

왕과 재상이 기사단장에게 물어볼 내용을 추리는 가운데 스카르고는 마일리네의 말이 정론이라는 생각이 들어 자신도 모르게 고개를 끄덕이고 말았다.

자신들도 그렇지만 품 안에 들이고 나면 누구 할 것 없이 케나에게 물러지고 말기 때문이다.

어째서인지 케나에 관한 이야기로 의기투합하는 바람에 마일리네는 속으로 기쁨의 눈물을 흘렸다.

그녀의 사랑이 결실을 보는 것은 먼 훗날의 일이 될 것 같지만.

그리고 헬슈펠에서도 다른 의미에서 플레이어의 취급에 난항을 겪고 있었다.

"그 후 어떻게 지내고 있습니까, 그는?"

"아, 케이리나 님 아니십니까."

죄수들이 강제 노역을 하는 광산을 찾은 케이리나는 간수인 몇몇 드워프들에게 그 인물의 동향에 관해 물었다.

대상은 다름이 아니라 할머니인 케나가 붙잡은 마인족 두목이었다.

보고에 의하면 그 이후 불같던 성격을 가라앉히고, 매우 성실하게 곡괭이질을 하고 있다는 모양이다.

하지만 밤에는 죄수용 숙사에서 신음을 하거나 흐느껴 울 때도 있다고 한다.

도무지 그런 흉악한 짓을 벌인 인물처럼 보이지 않았다.

합동 파견한 기사단은 아직 돌아오지 않았지만 먼저 도착한 보고에 의하면 처참하다는 모양이다.

물론 요새를 소굴로 삼았던 도적단을 괴멸시키고 살아남은 자들을 심문하거나 요새를 수색하여 얻어낸 정보를 두고 하는 말이다.

적어도 100명 이상의 여행자와 상인, 그리고 모험가가 두목의 먹잇감이 되었다는 사실이 판명되었다.

펠스케이로 기사단장인 샤이닝세이버에게는 두목을 사로잡은 경위를 간결하게 설명했다고 보고서에 적혀 있었다.

놀랍게도 그는 할머니를 알고 있는 듯해서 일이 이렇게 된 경위에 의문을 품지 않았다는 모양이었다.

하지만 두목의 목적이 '레벨업'을 위한 '플레이어 킬러'라는 이야기에는 상당히 동요했다고 한다.

케이리나가 수감된 두목의 동향과 소행을 굳이 확인하러 온 이유에 관해 설명하려면 우선 요전에 할머니가 느닷없이 찾아왔을 때 나누었던 대화를 돌이켜 볼 필요가 있다.

순간적으로 두목의 처분에 관해 폭로하고 말았지만, 그때 케이릭과 논의하고 있던 의제는 그와 전혀 상관이 없는 것이었다.

케이릭이 창설한 상인 길드에는 표면적인 역할과 숨겨진 역할이 존재한다.

표면적인 역할은, 자잘한 부분을 생략하고 설명하자면 각국의 유통망 파악과 상품의 가격 조정, 유통로 구축인 것으로 되어 있다.

그리고 그 이면에서 왕가에 드나드는 부하 상인이 입수한 국가 기밀 정보를 케이릭이 정리해 마땅한 곳에 팔고 있었다.

그 정보를 팔 상대는 정해져 있다.

대부분은 국가와 친한 귀족. 그리고 동료들이다.

당연히 오우타로퀘스에서 발생한, 폐도와 관련된 소동도 파악하고 있다.

국가적 대응에 관한 정보는 아직 얻지 못했지만, 자칫 잘못하면 삼국의 전력을 결집하게 될 것으로 예상되었다.

저쪽에서 발생한 소동의 내용은 다음과 같다.

폐도에서 고블린 여섯 마리로 이루어진 팀이 결계를 뚫고 상단을 습격했다.

몇 사람이 간신히 도망쳐 나와 기사단에게 그 사실을 알렸다.

문제는 그다음에 발생한 일로, 토벌에 나선 기사단 50여 명이 고작 여섯 마리의 고블린에 의해 괴멸 직전 상태에 빠졌다는 것이다.

운 좋게 그 현장에 어느 강자가 끼어들어 기사단을 궁지에서 구해냈다고 한다.

아마도 그자는 할머니와 비슷한 위치에 해당하는 인물일 것으로 예상되었다.

폐도 문제를 해결하기 위해서는 전력이 필요하다고 판단한 케이릭은 두목을 적당히 사면하거나 석방해서 헬슈펠 기사단에 편입시킬 방법을 찾고 있다.

단숨에 패배했다고는 하나 케나와 맞설 정도의 실력은 있다고 평가했기 때문이다.

문제는 두목의 인격적인 부분에 있었다.

우선 본인이 대성통곡을 할 정도로 자신이 한 일을 반성하고 있다는 보고에는 미심쩍다는 의견이 줄을 이루었다.

게다가 자백할 때 이해할 수 없는 단어를 늘어놓는 바람에 취조한 자들은 그를 정신이상자로 보고 있었다.

'플레이어 킬러' '레벨업' '로그아웃' 등은 무슨 암호인지 도무지 알 수가 없었다.

다행히도 본인은 이쪽의 지시에 순종적이니 속죄를 위한 일이라고 말하면 따라 줄 것이다.

◆

펠스케이로에 도착하자마자 여관을 잡았다.

가족이 묵을 수 있는 약간 비싼 곳이다.

록시리우스가 집사의 행색을 하고 있어서인지 몰래 시찰을 나온 귀족으로 오해받았다.

케나는 방에 비치된 욕실에서 루카를 깨끗이 씻기고 몸단장을 해 주었다.

록시리우스와 함께 당황한 루카를 씻어 주고 머리를 빗고 【옷 작성】으로 옷을 만들었다.

솔직히 말해서 케나가 아는 옷은 환자복이나 사촌 언니가 병문안을 왔을 때 입고 있던 옷 정도였다.

스킬에 몇 가지 견본이 있어서 다행이었다.

장식을 최소한으로 억제한 새하얀 원피스를 입혔을 뿐인데 루카는 몰라보게 귀여워졌다.

본인은 자신이 입고 있는 옷을 보고 흠칫거렸고, 식사할 때는 더럽히지 않도록 꽤나 조심을 했지만.

록시리우스가 바지런히 루카의 시중을 드는 가운데, 케나는 침묵하고 있던 키를 불렀다.

"키, 스킬 몇 개만 픽업해 줘."

『Aye sir.』

"얻어 두기만 하고 거의 쓴 적이 없는 조형물 작성 스킬이랑 도구 작성. 그리고 장기 보존할 수 있는 음식이나 음료를 만드는 스킬."

『판매를 통해 생활비를 보충할 수 있을 듯한 스킬 말씀이시군요? 알겠습니다.』

겉으로만 보면 좋은 집안의 자녀 같은 모습이 된 루카는 새삼 자기 모습을 거울로 확인하고 입이 떡 벌어져 있었다.

"잘 어울리십니다, 루카 아가씨."

"…………아, 가씨? 나, 아닌데……."

"아뇨, 주인님의 자녀가 되셨으니 아가씨가 맞습니다."

모습이 보이지 않을 텐데 요정도 루카의 주변을 날아다니며 기쁜 듯 손뼉을 쳤다.

보지도 못할 텐데 그러는 것이 안쓰럽기는 했지만, 요정이 기뻐하는 것 같으니 괜찮으리라.

"우선은 스카르고네한테 소개해 둬야지. 루카, 피곤하겠지만 잠깐 같이 좀 가자."

케나는 루카를 데리고 교회로 향하기로 했다.

사람들의 왕래가 잦은 메인 스트리트에서는 루카가 길을 잃을 것 같아 손을 잡지 않고 안아 주었다.

록시리우스는 최대한 주의를 기울여 손을 쓸 수 없는 주인을 경호하며 따라갔다.

여성 모험가와 그 품에 안긴 아이, 뒤를 따르는 집사…… 객관적으로 보면 무척 이상한 일행이었다.

루카는 여러 종족이 이렇게나 많이 오고 가는 장소가 신기한지, 조금 전부터 계속해서 좌우로 고개를 돌리며 주변을 둘러보고 있었다.

가끔 작은 목소리로 "저, 건?" 이라고 물으면 케나는 멈춰 서서 답을 해 주었다.

"저쪽이 시장이야. 온갖 식재료가 있는 곳. 이게 에지드 대하고, 돈을 주고 배를 타고 건너게 되어 있어. 저게 여러 사람이 타는 승합용 배고, 저건 짐을 옮기는 배. 지금부터 갈 곳은 모래톱…… 저 강 한가운데 있는 하얀 건물이야~."

모래톱에 도착해 교회 앞에 섰을 때는 위를 올려다본 채 넋이 나가 버렸다.

어촌에는 교회 같은 것이 없고, 가끔 방랑 신관이 찾아오는 정도였다는 모양이다.

교회 안에 들어가자 루카는 높은 천장을 보고서 눈이 휘둥그레졌고 스테인드글라스 앞에서 멈춰 섰다.

기둥에 조각된 여신의 모습을 보고는 케나의 뒤로 숨기도 했다.

계속해서 놀라는 루카의 모습이 귀여워서 케나의 얼굴에서는 미소가 가실 줄을 몰랐다.

"주인님. 용건이 있으셨던 것 아니신지?"

"아차, 깜박했네."

케나는 몇 번인가 와서 안면을 튼 수녀장에게 아들과 만날 수 있을지 물어보았다.

마침 회의를 마치고 돌아온 스카르고는 그 보고를 듣자마자 케나 일행을 자신의 집무실로 들였다.

왕성에서 열린 회의에서 미리 보고를 받은 덕에 그는 아이를 대동한 케나를 보자마자 모든 것을 이해했다는 얼굴로 고개를 끄덕였다.

"뭐야, 왜 사람 얼굴을 보자마자 납득하는 건데?"

"아뇨, 과연 우리의 어머님이다 싶어서. 그 아이가 새로운 가족이 맞습니까?"

본래는 상인 길드의 의뢰였지만 엑시즈 일행의 보고를 통해 어촌에서 일어난 사건에 관해서는 알았다.

살아남은 아이가 있다는 사실도, 케나가 그 아이를 거두었다는 것도 이미 파악한 상태라 딱히 의아하지는 않았다.

'반짝임'을 두른 스카르고는 윙크와 함께 '별'을 루카에게 날리고서 거창하게 손을 벌려 포즈를 취했다.

스포트라이트 아래에 선 듯 스카르고에게만 빛이 비추었다.

"다시금 환영하마! 우리 가족이 된 것을 환영한다, 아가씨!"

최고의 환대였다는 생각에 의기양양해진 스카르고 앞에서, 루카는 진심으로 겁에 질려 울상이 되어서 케나의 등 뒤에 숨었다.

"……."

록시리우스도 이런 광경은 처음 봤는지 넋이 나가 말이 나오지 않는 모양이었다.

"스~카~르~고?"

케나가 '활활활활'이라는 의태어를 짊어진 채 살기가 담긴 날카로운 눈빛으로 쏘아보자, 스카르고는 얼굴이 새파랗게 질려 효과를 거두고 허둥지둥 넙죽 엎드렸다.

"죄송합니다어머님!"

못 말리겠다고 한숨을 쉬며 위압을 해제한 케나는 루카를 달래며 다시 아들을 소개했다.

"그럼 루카. 이게 내 아들인 스카르고라고 해. 높은 지위에 있는데 효과를 남발한다는 인상밖에 주지 않는 불쌍한 변태 오빠라고 생각하렴."

"어…… 어~어~머니임~."

루카에게 최악의 인상을 준 것도 모자라 독기가 가득한 말로 소개된 스카르고는 눈물을 콸콸 쏟으며 그 자리에 쓰러졌다.

누가 어떻게 보아도 자업자득이었다.

눈물을 훔쳐 주고 쓰다듬어 주자 마음을 가라앉힌 루카는 쭈뼛거리며 케나의 등 뒤에서 고개를 내밀고 머리를 꾸벅 숙였다.

어머니의 위압에서 해방된 스카르고는 웅크려 앉아 눈높이를 맞추고서 빙긋 웃으며 "잘 부탁한다."라고 인사했다.

"처음부터 그렇게만 말하면 됐을 걸 갖고."

"하오나 어머님. 이것이야말로 제가 저라는 증거란 말입니다."

"내다 버려, 그딴 정체성은."

루카는 록시리우스의 시중을 받으며 스카르고가 준비한 홍차와 쿠키를 야금야금 먹었다.

"그건 그렇고 보고는 들었습니다. 그럴 일은 없겠지만 상인 길드에서 들어온 보고에 틀린 점은 없는지요?"

"엑시즈네가 어떤 보고를 했고, 헬슈펠에서 무슨 소리를 들었는지는 모르겠지만 대충 맞을 거야."

케나는 루카가 있어서 어촌에 관한 이야기는 하지 않고 신빙성은 있다고만 말했다.

루카가 오독오독 쿠키를 씹는 소리만이 들려오는 가운데, 스카르고가 "알겠습니다."라고 말해 정적을 깨뜨렸다.

정치에 관한 이야기를 해 봐야 케나에게는 득 될 것이 없는 데다 대면도 시켰으니 다음 용건으로 넘어가기로 했다.

"그럼 스카르고, 난 변경 마을에서 살 테니까 무슨 일 생기면 그쪽으로 연락해."

"마이마이에게 듣기는 했는데, 정말입니까……. 뭣하면 제가 분신당(分神堂)을 그곳에 설립하겠습니다!"

"안 그래도 돼~."

신이 나서 한 제안을 단박에 거절당하는 바람에 스카르고는 의기소침해서 고개를 푹 숙이고 말았다.

케나는 쓴웃음을 지은 채 스카르고의 어깨를 두드리며 "갈게."라고 말하고서 교회를 뒤로했다.

"나 참, 틈만 나면 저런다니깐."

"……과연. 주인님의 아드님은 저런 분이셨군요."

케나가 투덜투덜 푸념을 늘어놓는 것을 보고 무언가를 깨달

앉는지 록시리우스는 납득한 듯 고개를 끄덕였다.
다음으로 케나가 향한 곳은 카타츠의 공방이었다.
미리 주문해 두었던 목재를 받기 위해서다.
그곳에 산더미처럼 쌓인 대량의 가공 목재들이 순식간에 흔적도 없이 사라지는 현상에, 공방에 있던 종업원들은 입이 떡 벌어질 수밖에 없었다.
“좋아좋아. 이만큼 있으면 집 한두 채는 지을 수 있겠어. 고마워, 카타츠.”
“아니, 뭘 이런 것 갖고. 근데 우리 여동생이라는 게 그 애야?”
“소문도 빠르네……. 아~ 【이심전심】인가?”
방금 스카르고를 만나고 왔건만 카타츠가 이미 다 안다는 얼굴로 말하기에 케나는 고개를 갸웃했다.
그리고 형제끼리 정보를 주고받을 수 있는 스킬이 있다는 사실을 떠올리고는 주먹으로 손바닥을 두드렸다.
카타츠는 루카와 눈높이가 맞도록 웅크려 앉아, 한 손을 들어 보이며 “잘 부탁한다.”하고 간단하게 인사를 했다.
루카는 엑시즈와 만났을 때 이후 처음으로 미소를 짓고서 고개를 숙였다.
“잘, 부탁…… 드려……요.”라고 말하는 목소리는 너무도 가냘프지만, 카타츠는 딱히 뭐라고 하지 않고 다정하게 머리를 쓰다듬어 주었다.
험상궂은 드워프 아저씨를 보고 무서워하지 않을까 싶어 케나가 마음을 졸였다는 사실은 비밀이다.

"응응, 역시 카타츠. 스카르고와 달리 붙임성이 좋단 말이야. 이런 게 바로 연륜이라는 걸까? 루카, 얘가 내 막내아들인 카타츠야. 네 둘째 오빠."

"나이는 어무이가 훨씬 많잖아……. 누님한테는 소개하지 않을 거야?"

"마이마이네는 안 그래도 사람이 많잖아. 요전에 전달할 건 전달해 뒀으니 괜찮지 않을까 싶어서."

카타츠는 팔짱을 낀 채 생각에 잠겨 있더니 문득 쓴웃음을 짓고서 "누님 우는데?"라고 말했다.

【이심전심】으로 바로 교신한 모양이다.

"일 땡땡이치고 오지 말라고 말해 둬."

"누님도 참 안됐어. 근데 그쪽에 있는 형씨는 처음 보는데?"

카타츠는 지금까지 뒤에서 대기하고 있던 록시리우스에게로 시선을 옮기며 말했다.

"우리 소환 집사야. 여러모로 도움을 받고 있어."

"어무이의 서먼 매직에는 집사도 있었어?! 이것 참 놀랍구만."

어째서인지 연신 감탄하는 카타츠와 헤어진 케나는 피곤한지 꾸벅꾸벅 졸기 시작한 루카를 등에 업었다.

그리고 강을 건너 여관으로 데려가서 루카를 침대에 눕혔다.

"여행에 쓸 이동 수단이라도 찾아올 테니까, 루카를 잠시 부탁할게."

"네. 맡겨만 주십시오."

록시리우스에게 루카를 맡기고 다시 거리로 나섰다.

목적은 마을까지 이동하는 데 쓸 마차를 구입하는 것이다.

"루카가 파티에 가입할 수 없는 이상 【전이】로 마을까지 날아갈 수는 없으니까."

시스템 화면으로 록시리우스가 파티에 가입되어 있는 것은 확인했다.

루카의 이름은 실려 있지 않으니 같이 날아갈 수 있을지 어떨지 모를 일이다.

아비타의 용병단과 행동을 함께했을 때는 전체 마법이 걸렸으니 괜찮을 것 같지는 했지만.

막연한 불안감 때문에 그냥 도로를 사용하기로 한 것이다.

겸사겸사 물자를 운반해서 금전적인 사정을 개선할 방법을 이것저것 시험해 보고자 했다.

후보로 떠오른 유력한 스킬은 레벨이 없는 NPC라도 장비할 수 있는 장신구 작성.

그리고 위스키 & 맥주 작성 스킬이었다.

이미 실적이 있는 불상 작성도 있었다.

키가 스킬을 검색해서 건져낸 것은 그 정도였다.

『이상입니다.』

"수고했어. 보리를 대량 구입해 볼 필요가 있겠네. 그리고 보석 세공 같은 게 필요하려나?"

본래의 제조 방법은 보리를 발아시켜, 그 맥아에 들어 있는 효소를 이용해 전분을 당화(糖化)시키고, 이것을 여과해서 만든 보리즙을 효모로 발효시키는 것이지만.

【크래프트 스킬】이 있으면 그런 귀찮은 공정은 필요 없다.

재료로 쓸 물과 보리만 있으면 어디서든 대량 생산이 가능한 것이다.

고민할 시간에 실행에 옮겨 보자는 생각에 시험해 보기로 결심한 케나는 시장으로 향해 대량의 보리를 매입해서 시장 관계자의 간담을 서늘하게 했다.

보석 쪽은 구입하지 않고 땅속에서 채굴하는 쪽으로 방향을 잡았다.

【소환수】 중에 주얼 웜이라는 몸길이가 60미터에 달하는 거대한 갑각 지렁이가 있다. 주얼 웜은 땅속에 있는 보석을 내포한 광물을 보금자리에 쌓아 두는 습성을 지녔다.

근처 땅속에 풀어 두면 적당히 광맥을 찾아내서 채굴해 줄 거다.

다음으로 케나가 향한 곳은 왕도에 있다는 에리네의 가게였다.

장소가 어디인지는 들었지만 여태 걸음을 옮길 기회가 없었던지라 상담을 겸해 들러보기로 했다.

케나는 아담한 소규모 점포를 상상했지만, 실제로는 케이릭의 가게에 뒤지지 않을 규모로 왕도에서도 알짜배기 땅에 세워진 가게였다.

"어라? 여기 맞아?"

케이릭의 가게와 다른 점은 분주하게 돌아다니는 작업원이 가게 앞에 없다는 것일 듯했다.

저쪽은 옆으로 길었지만, 이쪽은 가게 뒤쪽으로 큰 공간이 펼쳐져 있는 것 같았다.

3층으로 된 말끔한 건물로, 입구 위에는 커다란 간판에 멋진 개의 그림이 그려져 있었다.

에리네를 300퍼센트 정도 미화한 그림이 아닐까 싶었다.

알아보기는 쉬웠지만 가게 이름 같은 것이 보이지 않았다.

정면 입구는 활짝 열려 있어서 누구든 부담 없이 들어올 수 있을 듯했다.

안에는 주부 같은 사람 몇 명과 여행가, 모험가로 보이는 이들이 드문드문 떨어져서 상품을 물색하고 있었다.

문의 좌우에 마련된 긴 탁자에서는 활발한 아줌마 같은 분위기의 점원이 간편한 일용품을 팔고 있었다.

"에리네 씨는 이런 가게가 있는데 그렇게 행상 일을 다니는 거야?"

어이가 없는 동시에 감탄스럽기도 했다.

케나가 입을 떡 벌린 채 간판을 올려다보고 있자 아줌마가 다짜고짜 "자자, 거기서 본다고 뭐가 좋고 뭐가 안 좋은지 보이겠어? 가까이 와서 보렴."이라면서 끌어당겼다.

그 즉시 점포 내에 있던 젊은 여성 점원이 스으윽~ 다가와서 영업용 미소를 지은 채 "어서 오십시오. 처음 오셨나요? 필요한 물건을 말씀해 주시면 기저귀부터 강철 검까지 뭐든 준비해 드리겠습니다."라고 말했다.

주변을 빙 둘러보니 1층에 진열된 것은 작은 불씨를 일으키는 물건부터 한 번에 양동이 하나만큼의 물을 만들어 내는 물건 등, 마력을 조금만 주입해도 쓸 수 있는 마도구들이었다.

벽에는 검과 창, 방패가 매달려 있고 가게 중앙에 있는 선반에는 식기며 조리 기구가 쌓여 있었다.

"으음~ 여긴 무슨 가게인가요?"

"가정에서 사용하는 물건은 물론이고 모험가님에게 도움이 될 만한 물건을 폭넓게 취급하고 있습니다."

슥 둘러보며 점원의 설명을 들은 케나는 인터넷 쇼핑몰 같은 거라고 납득했다.

뭐, 입원 생활이 길었던 케나가 그것밖에 떠올리지 못했을 뿐이지만.

점원의 말에 의하면 2층에도 매장이 있는데 중고 물품은 물론이고, 주문을 받아 액세서리와 옷 등을 제작하기도 한다는 모양이었다.

그건 그것대로 흥미로워서 다음에 루카와 함께 와 봐야겠다고 케나는 생각했다.

케나는 계속해서 가게의 할인 상품을 소개하는 점원의 말을 가로막고 마차를 사고 싶다고 말했다.
"마차, 말씀이신가요?"
"중고라도 좋고, 천막이라도 좋으니 지붕이 있으면 좋겠는데요."
점원은 잠시 생각하더니 "이쪽으로 오시죠."라고 말하며 가게 뒤쪽으로 케나를 안내했다.
그곳에는 몇 대의 마차가 가지런히 늘어서 있었다.
지붕이 없는 짐마차. 상자형 마차. 장식이 덕지덕지 붙은 마차. 말끔하게 생기기는 했지만, 여기저기에 비싸 보이는 부품이 붙어 있는 마차 등 종류가 다양했다.
케나가 원하는 천막 달린 마차는 제일 안쪽에 가만히 놓여 있었다.
전체적으로 꾀죄죄하고 가장 볼품없어 보였다.
점원의 말에 의하면 최근까지 상단에서 사용했던 마차인데 노후화로 폐기하려고 하는 물건이라는 모양이다.
듣고 보니 본 적이 있는 것 같기도, 없는 것 같기도 했는데……?
"라이거얀마의 유충이 끌던 건가……?"
케나가 팔짱을 낀 채 얼마 전의 광경을 떠올리며 중얼거리자 어째서인지 여성 점원이 눈을 동그랗게 뜬 채 얼어붙었다.
얼마간 말도 못하고 입을 뻐끔거리더니 갑자기 조금 전까지의 느긋한 태도를 버리고, 반듯한 자세로 깊숙이 고개를 숙이며 말했다.

"실례가 많았습니다. 혹시 손님은 케나 님이신가요?"

"응? 네, 뭐어. 그런데요."

당황한 케나가 솔직하게 답하자, 여성 점원은 "그런가요. 알겠습니다."라고 중얼거렸다.

그리고 천천히 천막 달린 마차 쪽으로 손을 내밀더니 "그렇다면 저 상품의 대금은 받지 않겠습니다. 부디 그대로 가지고 돌아가 주십시오."라고 말하는 것이 아닌가.

"에에에에에에에에엑?!"

금화를 꺼내야 할 쇼핑이 될 줄 알았던 케나는 터무니없는 말에 놀라서 눈이 휘둥그레졌다.

케나의 목소리에 점원들이 흥미롭다는 눈으로 흘끔거리기 시작했다.

아무래도 점포 뒤쪽으로 오는 손님은 거의 없는 모양이다.

마차를 수리하고 있던 이는 손을 멈추고, 가구를 옮기던 이들은 잠시 걸음을 멈췄지만 여성 점원이 빙긋 미소를 짓자 당황한 듯 시선을 돌리고 작업을 재개했다.

"의아해하실 것 같아 사정을 설명드리자면, 회장님의 지시입니다."

"회장님이라면……. 에리네 씨요?"

"네."

천막 달린 마차 옆으로 다가간 케나는 자신의 물건이 된 마차를 체크하며 여성 점원의 이야기에 귀를 기울였다.

" '엘프 모험가인 케나라는 여성이 찾아오면, 가장 먼저 고른 물건은 무료로 제공해라' 라고 지시하셨습니다."

"……에리네 씨한테는 딱히 공짜로 물건을 받을 만한 일은 안 했는데. 빚을 지우고 싶으신가?"

벌레라도 씹은 듯한 얼굴로 케나가 말하자 여성 점원은 키득키득 웃으며 "남편에게 들었던 대로의 분이시군요."라고 말했다.

"네?"

"아아, 소개가 늦었네요. 저는 에리네의 아내인 아르무나라고 해요."

자신을 아르무나라고 소개한 밤색 머리의 여성이 팔에 차고 있던 팔찌를 벗자, 실루엣이 일어지더니 인간에서 키 작은 코볼트의 모습으로 바뀌었다.

아르무나는 웰시코기 같은 에리네와 달리, 흰색과 검은색 털을 지닌 파피용 같은 모습이었다.

아무래도 모습을 바꾸는 마도구를 사용해서 인간으로 변장하고 있었던 모양이다.

"에에에에엑?!"

그리고 또다시 놀라는 케나의 반응에, 주변에 숨어서 상황을 훔쳐보던 종업원들은 그럴 만하다고 고개를 끄덕였다.

아무래도 아르무나가 하도 자주 장난을 치는 바람에 최근에는 다들 익숙해져서 먹잇감을 찾고 있었던 것이리라.

그리고 갑자기 나타난 케나가 그 타깃으로 선택된 모양이다.

하지만 케나가 놀란 이유가 '에리네 씨가 결혼했었다니' 였다는 사실이 판명되자 아르무나는 풀이 죽었다.

케나는 천막 달린 마차 한 대를 순식간에 아이템 박스에 수납하는 행위로 답례라도 하듯 아르무나를 비롯한 일동의 간을 철렁하게 하는 데 성공했다.

"남편은 자리를 비우는 일이 많지만, 또 찾아오셔요."

"네. 다음에는 꼭 돈을 쓰러 올게요. 에리네 씨한테도 안부 전해 주세요."

"네. 이용해 주셔서 감사합니다."

종업원 일동의 배웅을 받게 되는 바람에 괜히 주목받게 된 케나는 에리네의 가게에서 잽싸게 후퇴해야만 했다.

여관으로 돌아간 그녀는 깨어난 루카에게 향후의 일에 관해 설명했다.

변경 마을로 이동해 그곳에서 살게 될 것이라고.

"일단은 내가 아는 한, 리트라고 하는 여관집 따님이 루카랑 비슷한 또래인 것 같으니까 친하게 지낼 수 있지 않을까?"

"뭐, 를. 하면…… 되는, 데?"

"당분간은 집안일을 도와줄 수 있을까? 하지만 나도 집안일에 관해서는 잘 모르는데 어쩐담."

루카가 난감한 얼굴로 고개를 갸웃했다.

루카는 어릴 적부터 집안일을 도왔던지라 케나의 말이 이해가 안 된 것이리라.

케나가 지닌 근본적인 문제는 '집에서 살기 위해' 반드시 필요한 집안일들이었다.

이는 케이나였던 시절에도 전혀 접점이 없었던 일이기 때문이다.

기껏해야 어머니가 설거지한 그릇의 물기를 닦는 일 정도밖에 한 적이 없었다.

부끄러움을 무릅쓰고 말레르에게 가르침을 구할 생각이기는 했다.

가전제품이 없는 세계인지라 문자 그대로 하나부터 열까지 다 배워야 할 것이다.

케이나는 원래부터 몸이 약했다.

어린 시절부터 초등학생이 될 때까지, 어머니와 함께 부엌에서는 흔한 광경도 경험해 본 적이 거의 없었다.

그러다가 중학교에 올라가기 전에 사고를 당해 병원 침대에서 움직일 수 없는 몸이 되었다.

TV 드라마에서 그런 장면을 본 게 전부다.

초심자 정도가 아니라 생초짜라 해야 할 정도다.

어쩌면 루카가 훨씬 더 잘 알지도 모른다.

이 문제에 관해 고민에 고민을 거듭한 끝에 전문 하우스키퍼에게 상담해 보기로 했다.

복잡한 얼굴을 한 채 주인에게서 집안일에 관해 상담받던 록시리우스는 케나가 예상하지 못한 터무니없는 제안을 입에 담았다.

"뭐?"

"그렇다면 저희가 케나 님의 집안일 일체를 도맡아서 해드릴까요?"

"어?"

모든 준비를 마치고 변경 마을을 향해 출발한 날에 있었던 일이다.

케나가 구입한 마차는, 마도구의 동력원으로 쓰이는 마운석이라는 물질이 아이템 박스 안에서 추가로 가공되어 본래 마부석이 있던 부분에 말의 머리가 돋아난 신기한 모양새로 변모했다.

골렘 말과 마차를 융합시켜 말이 없어도 자동으로 달리는 포장마차가 된 것이다.

지나쳐 가는 여행자와 작물을 실은 짐마차, 모험가들은 눈이 휘둥그레져서 그녀들을 바라보았다.

마운석을 심어 넣은 골렘과 융합함으로써 반영구적으로 가동하는 물체를 만들어 내는 【크래프트 스킬】이다.

게임 시절에는 바퀴가 달린 집, 발 달린 집, 합체 변형하는 집 등을 흔히 볼 수 있었다.

그보다 심한 예를 들자면 성과 요새가 제 발로 필드를 활보하는, 실로 혼란스러운 광경이 이곳저곳에서 확인되었다.

그것이 전쟁 때에도 다수 동원되는 바람에 전장 한구석에서는 창작물 대결전이 벌어지는 일도 흔치 않았다.

그에 비하면 포장마차가 자율 주행하는 것은 케나의 기준에서 사소한 일이었다.

뭐, 그것을 목격한 주변 사람들의 반응을 미처 고려하지 못한 탓에 훗날 소동에 휘말려 들게 되지만.

그에 관한 소문은 그날 중에 퍼져 펠스케이로에서 성가신 지위에 있는 자의 귀에까지 들어가게 되었다는 사실을, 케나로서는 알 방도가 없었다.

"어? 하지만 록시리우스는 좀 있으면 시효가 끝나잖아?"

흘러가는 풍경을 보며 눈을 빛내고 있는 루카가 떨어지지 않도록 주의를 기울이던 케나는 록시리우스의 발언에 눈살을 찌푸렸다.

"시효라고 말씀하시면 제가 나쁜 짓을 한 것 같지 않습니까."

정확하게 말하자면 록시리우스의 근무 종료 시간이 코앞까지 다가와 있었다.

급여를 받고 돌아간 그를 불러내려면 다시 핸드벨을 울려야만 한다.

적어도 당초에는 루카를 위해서라도 연속으로 소환해 볼까 싶었다.

수중에는 그를 2000년 정도 고용할 수 있는 자금이 있었다.

하지만 게임이었던 시절의 돈은 되도록 남겨 두고 이 세계에서 자급자족하기로 결심했던 케나로서는 내키지 않는 방법이었다.

그 때문에 마을에서 가끔 찾아올 에리네의 상단과 거래가 가능한 돈벌이 수단을 생각하고 있었던 것이다.

"예전에는 시간이 되면 강제로 사라졌잖아?"

"아뇨, 이건 추측에 불과합니다만. 귀환할 수 있을지 어떨지 저도 잘 모르겠습니다."

"뭐어? 그게 무슨 소리야……?"

"사실 이곳에 오기 전의 기억이 불분명합니다. 이전에 주인님을 만나 뵙고 난 후에, 제가 대기하고 있던 장소에는 아무것도 없었던 것 같습니다. 제대로 돌아갈 수 있을지 어떨지 확신이 안 섭니다."

그 말을 들으니 케나도 대충 어떻게 된 사정인지 짐작할 수 있었다.

"……아아, 그렇구나. 운영 시스템이 기능하지 않게 되어서 관리하에 있던 시스템도 애매하게 됐다고 보면 되려나? 그래서 퀘스트 이벤트에 속하는 유령선도 조건과 상관없이 출현한 걸까?"

그렇다면 퀘스트 이벤트 몬스터가 전부 이 세계에 솟아나도 이상할 것이 없을 것이다.

그러한 사태가 한 번이라도 일어났다면 이 세상에는 아무도 살아있지 않았겠지만.

일단 록시리우스의 문제는 귀환이 강제적으로 시행될지 어떨지였다.

그때까지 기다렸다가 결론을 내도 될 것이다.

"그리고 말이 나온 김에 말씀입니다만……."

"말이 나온 김에?"

"록시느도 불러 주셨으면 합니다. 루카 아가씨에게는 여성 시종이 있는 편이 좋을 겁니다. 뭐, 심히 내키지 않기는 합니다만……."

"시이도~? 그건 그것대로 꽤나 떠들썩해질 것 같네."

게임이었던 시절 기능 NPC 상태였을 때, 오푸스와 일으켰던 소동이 떠올라서 쓴웃음을 지었다.

떠들썩하다기보다는 소란스러운 나날이 될 것 같은 예감이 들었다.

그때도 많은 수의 플레이어가 휘말려 든 대소동으로 발전했었기 때문이다.

단지 메이드의 겉모습을 결정하는 것뿐이었건만 도시에서 공모를 하겠다고 했더니 로그인해 있던 프로, 아마추어 그림쟁이들이 쇄도했었다.

그리고 거리 전체가 전람회라도 된 듯 액자로 메워지는 사태로 발전했다.

거기에 그려져 있던 소재가 메이드로 한정되어 있지 않았다면 그나마 좀 나았을 것이다.

떠들썩한 정도로 그친다면 좋겠지만 '출장 메이드 대거 출현' 사건만은 다시 일어나지 않았으면 했다.

그렇게 여행하던 도중, 체류 한계 일수가 지나도 귀환용 저택이 출현하지 않아서 자연스럽게 록시리우스가 바란 대로 하게 되었다.

그 결과 또 한 명의 소환 메이드도 이곳으로 부르기로 했다.

대낮의 도로에 마차를 잠시 세우고 주변에 지나가는 사람이 없는지 확인한 후에 케나는 빨간 핸드벨을 흔들었다.

'딸랑' 하고 조용하고도 맑은소리가 주변에 울린 직후, 케나 일행의 눈앞에 빛이 번쩍이더니 하얗고 거대한 마법진이 열렸다.

록시리우스는 무표정했고, 케나는 약간 식겁한 얼굴이었다.

루카도 두 번째로 보는 광경이었지만 첫 번째 때는 불안함에 짓눌릴 것만 같은 상황이었던 탓에 제대로 기억하지 못했다.

그래서인지 쉽게 볼 수 없는 대규모 마법진의 등장에 입을 떡 벌리고 있었다.

공중에서 배어난 하얀 빛이 마법진을 중심으로 쉴 새 없이 흘러나오더니 마법진 안에서 건조물이 천천히 떠올랐다.

붉은 지붕에 하얀 벽. 노란색과 흰색, 청색 등을 띤 형형색색의 꽃밭에 둘러싸인 아담한 정원이 있는 단독주택이었다.

설마 그런 것이 아래에서 솟아날 것이라고는 상상도 못했던지라 루카는 아직도 넋이 나가 있었다.

안에서 흘러나오는 빛에 밀려나는 모양새로 문이 저절로 열렸다.

그리고 갈색 고양이 귀에 오렌지 체크무늬 메이드 복장을 한 10대 후반의 여성이 안에서 나타났다.

록시리우스와 같은 워캣인 그 여성은 미니스커트를 살짝 집고서 공손하게 케나에게 고개를 숙였다.

"오랜만입니다, 케나 님. 록시느, 대령했습니다."

"오랜만이야, 시이. 뭐 이상한 일은 없었어?"

"네? 매우 잘 지냈습니다만. 록스가 있는데 저를 부르시다니, 이 머저리가 무슨 파렴치한 짓이라도 했나 보죠?"

뒤에서 조용히 대기하고 있던 록시리우스의 관자놀이에 퍼런 힘줄이 떠올랐다.

하지만 딱히 반박하지 않고 침묵을 지켰다.

할 말이 한가득 있는 것처럼 입가가 파르르 떨리고 있기는 했지만.

처음 소환했을 때와 비슷한 전개에 케나 역시 뺨을 씰룩거리고 있었다.

일단 넋을 놓고 대화를 듣고 있던 루카를 소개하며 주로 그녀를 돌보는 일을 맡기게 될 것 같다고 설명해 두었다.

"알겠습니다. 이 록시느, 루카 님을 어디에 내놓아도 부끄럽지 않을 숙녀로 키워 보이겠습니다."

"아니, 딱히 숙녀로 키울 필요는 없어. 이 아이가 이 아이답게

자라 주면 그걸로 족해."

록시느가 주먹을 치켜들며 선언하기에 케나는 고개를 가로저으며 자중하라고 타일렀다.

부모를 잃은 직후이니 당분간은 차분하게 지내게 하는 것이 좋겠다고 생각했기 때문이다.

만약을 위해 그 점도 제대로 설명해 두었다.

방구석에 틀어박히게 하고 싶지는 않으니 그런 부분의 관리는 록시느에게 맡기거나 자신이 해 주고자 했다.

"그런가요. 알겠어요. 당분간은 최소한의 시중만 들면 되는 거죠?"

"응. 하고 싶은 대로 하게 해 줘. 딱딱하게 예의를 차리는 일에도 그렇게까지 익숙하지 않을 테니까."

록시느가 공손하게 고개를 숙이는 가운데, 루카는 자신을 돌본다는 것이 무슨 뜻인지 이해가 되지 않아 난감한 얼굴로 케나의 망토를 잡아당겼다.

"저, 기……. 시, 중, 이라니……?"

"아침에 옷을 갈아입고 밤에 목욕하는 것까지, 록시느가 전부 다 도와줄 거야~."

가볍게 시중의 내용을 설명하자 루카는 뭐라 대꾸하지 못하고 눈물이 그렁그렁해져서 바들바들 몸을 떨더니 앉아 있던 케나의 팔을 꼭 끌어안았다.

"나, 나……. 그, 런, 신분…… 아니, 야."

“으음~. 그럼 나랑 같이 돌봐 달라고 하자. 그럼 괜찮지?”

잠시 생각한 후 케나가 그렇게 제안하자 루카가 딱 달라붙은 채 연신 고개를 끄덕였다.

그 모습에 가슴이 벅차올라 루카를 꼭 끌어안은 케나의 등 뒤에서는 고양이 귀들이 눈싸움을 벌이고 있었다.

“이 머저리를 부를 바에는 저를 먼저 부르시지.”

“누가 머저리라는 거야. 록시느 너도 조금은 자중하라고. 우리는 케나 님의 종이니까.”

“록스 네 의견은 안 물어봤어. 너 같은 머저리를 교육 담당으로 삼으면 아가씨가 어떤 왈가닥으로 자랄지 모를걸.”

“닳고 닳은 네 성격이 옮으면 그렇게 되겠지. 병원균에게는 우선 소독이 필요하겠는걸.”

“헤에, 사람을 흑사병 취급하다니, 내일 아침 해를 못 봐도 상관없다 이거지?”

뿌직뿌직! 또다시 록시리우스의 관자놀이에 퍼런 핏줄이 여러 개 솟아났다.

동족 혐오라 해야 할지, 어째서인지 이 둘은 동시에 부르면 심하게 티격태격했다.

마지못해 소환을 제안한 그도 예상했던 일이기는 하지만 참을 수가 없었던 모양이다.

가는 말이 고와야 오는 말이 고운 법. 그들은 싸움을 벌이기 직전인 뒷골목의 들고양이들처럼 으르렁거렸다.

그리고 케나는 두 사람의 머리를 주먹으로 쥐어박아 순식간에 제압했다.

“자자, 그만~ 거기까지~. 둘 다 가족이 될 거니 싸우면 못써. 가로수를 베어 버리거나, 집을 무너뜨리거나, 사람을 던지거나 하면 안 돼. 루카의 교육에 안 좋을 것 같은 행위는 삼가라고.”

“네~. 알겠어요, 케나 님.”

“……알겠습니다, 주인님.”

두 사람이 마지못해 수긍하자 케나는 쓴웃음을 지었다.

게임이었던 시절에는 NPC였던지라 그다지 간섭할 수 없었기 때문이다.

행동을 예상할 수 없는 만큼 불만을 입 밖에 내주는 것은 좋은 일이었지만, 일촉즉발의 분위기가 이어지면 이쪽도 스트레스가 이만저만 아닐 것 같았다.

좌우간 록시느는 록시리우스뿐 아니라 남성 PC를 모조리 다 매도했다.

록시리우스는 말로 반박하지 않고 우회적으로 심술을 부리고는 했다.

그것도 케나가 예를 든 것처럼 실력 행사를 동반한 것이라 더더욱 질이 좋지 않았다.

두 사람을 도시에서 사용하면 주변에 막대한 피해를 주는지라 처음에 한 번 동시에 소환했을 때는 케나도 아주 넌덜머리가 났었다.

그렇기 때문에 걱정이 앞서서 케나도 이번에는 그냥 넘길 수가 없었다.

그래서 아예 단단히 못을 박아 두기로 했다.

"앞으로 살게 될 마을은 내가 큰 은혜를 입은 곳이니, 마을 사람들의 공유 재산에 손대면 혼날 줄 알아!"

""네, 네엡!!""

케나가 눈에 험악한 빛을 띤 채 힘주어 말하자 두 사람은 벌벌 떨며 답했다.

흉흉한 오라를 볼 수가 없는 루카는 케나의 늠름한 모습에 짝짝 손뼉을 쳤다.

딸의 칭찬에 어머니는 후훙, 하고 가슴을 폈다.

케나의 어깨에 앉아 있던 요정만이 못 말리겠다는 듯 어깨를 으쓱했다.

짐칸에서 들리는 떠들썩한 소리에 포장마차 골렘은 자신의 존재의의를 찾기 위해 힘차게 마을을 향해 달려 나갔다.

"뭐야, 이게……?"

변경 마을에 도착하자마자 케나가 발견한 것은 먼 옛날에 마차 정류소였던 장소에 세워진 랙스 공무점이었다.

가게 자체는 둘째 치고, 문제는 가게 앞에 세워진 입간판에 적힌 글씨였다.

거기에는 말끔한 글씨체로 큼지막하게 '사카이 상회 출장 지점' 이라고 적혀 있었다.

"나 참, 케이릭이 진짜로 여기에 분점을 냈구나. 랙스랑 스냐도 거절할 수가 없었나 보네~."

케나는 케이릭이 구워삶아서 억지로 강요한 것은 아닐까 걱정이 되었다.

마지막으로 케이릭을 만나고서 열흘 정도밖에 흐르지 않았건만 대응이 빠르기도 하다며 어이없어해야 할지, 아니면 억지스러운 수단에 화를 내야 할지 모르겠다.

스냐에게 사정을 들어보고 판단하자고 케나는 결론을 내렸다.

루카를 천막 달린 마차에서 내려 주고 록시리우스와 록시느도 내린 후, 마차를 아이템 박스에 집어넣었다.

마차가 달려오는 소리를 듣고 고개를 내밀기 시작한 마을 사람들과 인사를 나누며 일단 여관으로 향했다.

"예쁜 아가씨구만. 고용한 거냐?"

"거기 있는 형씨도 눈요기하기에는 좋은걸?"

"감상용 아니거든요?"

록시느와 록시리우스를 보고 날품팔이 일꾼으로 착각한 모양이었다.

"거기 있는 작은 애는 누구니?"

"제가 거뒀어요. 마을이 마물의 피해를 봐서 고아가 된 것 같았거든요."

"그러니. ……많이 힘들었겠구나."

아이가 적은 마을이다 보니 어른들이 안쓰럽다는 얼굴로 주변을 둘러쌌고, 그 바람에 루카가 놀라기는 했지만, 개의치 않고 앞으로 나아갔다.

여관 앞에서는 말레르와 리트가 손을 흔들며 기다리고 있었다.

말레르의 표정은 평소보다 훨씬 환했지만, 리트는 상당히 당황한 듯한 표정이었다.

"다녀왔어요, 말레르 씨."

"아, 어, 언니! 저기, 있잖아!"

리트가 무언가를 채 전달하기도 전에 말레르의 손이 순식간에 뻗어 와서 케나의 머리를 콱 붙들었다.

"어, 어라? 말레르 씨 왜 그러, 아야야야야야야?!"

우득우득 바이스 같은 압력으로 손가락을 죄자 케나는 격통으로 비명을 질렀다.

과연 몇 년이나 여관을 꾸려나간 사람답다고 해야 할지, 무시무시한 힘으로 케나의 두개골을 사정없이 압박했다.

스킨십의 일환이라 생각했는지 키의 장벽은 작동하지 않은 듯했다.

"끄아악~!"

버둥거리며 괴로워하는 케나의 모습에 록시리우스 일행은 멍하니 서 있을 수밖에 없었다.

루카가 울음을 터뜨릴 것만 같은 얼굴로 말레르의 치마를 잡아당기고서야 부조리한 재판은 비로소 막을 내렸다.

"아야야야……."

머리를 싸쥔 채 웅크려 앉은 케나에게 매달리는 루카와 젖은 타월을 건네는 록시느를 본 말레르는 의아한 얼굴로 "또 무슨 일이니, 식구는 또 왜 이렇게 늘었고."라고 물었다.

"그건 제가 할 질문인데요……. 왜 이러세요, 갑자기. 영문을 모르겠네."

"정말로 몰라서 묻는 거니?"

말레르가 얼굴을 바짝 들이대고 화가 난 듯한 눈으로 쏘아보았다.

다소 당황하기는 했지만, 짐작 가는 바가 없어서 케나는 "네에, 뭐어."라고 답했다.

말레르가 허리에 손을 얹은 채 "하~ 이것 참."이라고 말한 참에 여태 바들바들 떨고만 있던 리트가 입을 열었다.

"미, 미안해, 언니! 지붕 위에 새가 있는 걸 들켰어!"

그 말을 듣고서야 생각이 난 케나가 "아!" 하고 탄성을 지르자 말레르의 눈빛에 실린 압박감이 더욱 강해졌다.

만약에 마을이 습격받거나 재해를 당하면 마을을 지키라고 명령을 내린 가고일을 두고 떠난 일을 케나는 까맣게 잊고 있었다.

케나는 식은땀을 삘삘 흘리며 말없이 쳐다보는 말레르에게 "죄송합니다."라고 고개를 숙일 수밖에 없었다.

참고로 그 사실을 알아챈 것은 다른 집이었는데, 비가 새는 것을 수리하기 위해 지붕에 올라간 선량한 농가의 아저씨였다.

그는 마물이 여관 지붕에 있는 줄만 알고 허둥지둥 말레르에게 소리치며 여관으로 돌입했다고 한다.

그리고 마침 잡아 온 사냥감을 해체 중이었던 로틀이 토벌하는 역할을 맡게 되었다.

하지만 모르는 척하려니 죄책감이 들어 견딜 수가 없어진 리트가 모든 것을 자백해서 마을 전체가 소란에 휘말려 드는 일은 일어나지 않았다고 한다.

"저런 무서운 게 위에 있는데 마음 편히 밥을 먹을 수가 있어야지. 철거하렴!"

말레르에게 혼이 난 이상 케나도 철거할 수밖에 없었다.

애초에 이 마을이 좋아서 자신이 없을 때 불행한 일을 당하지 않도록 배치해 둔 것이었기 때문이다.

앞으로 주민으로서 살게 될 테니 가고일을 전력으로 상주시킬 필요는 없을 것이다.

록시리우스 한 명만 있어도 도적을 괴멸시키는 것은 누워서 떡 먹기일 테니.

가고일을 철수하고서 한시름 놓은 표정을 짓는 케나를 본 후에야 말레르는 세 명의 동행자에 관해 물었다.

"그래서 거기 있는 애들은 누구니?"

"이 아이는 루카예요. 사정이 있어서 거뒀어요. 남자 워캣 쪽은 록시리우스고 여자 쪽은 록시느. 옛날부터 저를 도와주고 있는 사용인이에요. 앞으로 같이 살게 되었어요."

소환 집사라고 말해 봐야 이해하지 못할 것 같아서 케나는 옛날(게임이었던 시절)부터 도와주고 있는(자주 소환했던) 사용인인 것으로 해 두기로 했다.

어째서인지 말레르는 '역시 케나는 좋은 집안의 아가씨가 아닐까?' 라고 생각하고 있었는데, 이 세계의 하이엘프는 왕족인지라 사실 아주 틀린 생각은 아니었다.

오해이기는 해도 대응을 바꿀 필요가 없으니 케나로서는 환영할 만한 일이었다.

"그래서 집은 언제 지을 거니?"

"오늘은 여기서 묵고 집은 내일 지으려고요. 잠깐 느긋하게 쉬고 싶기도 해서요."

"그러니? 그러면 사람들한테도 말해 둬야겠구나."

말레르가 방긋방긋 기쁜 듯한 얼굴로 내뱉은 말에 케나는 반대로 얼굴이 파랗게 질렸다.

"아뇨. 이미 마을의 일원이 되면서 연회는 했잖아요."

"이런 건 몇 번을 해도 괜찮아. 오락거리가 적은 마을이니 포기하렴."

연회를 벌이는 것은 상관없지만 또 분위기를 돋우기 위해 억지로 술을 마시는 일은 피하고 싶었다.

환영해 주는 것은 기쁠 따름이었지만.

그래서 케나는 일단 "어어, 뭐어. 네……." 라고 말을 흐리며 깔끔하게 포기하기로 했다.

록시리우스와 록시느는 곧바로 말레르 부부에게 고개 숙여 인사한 후, 식당에 있던 마을 사람들에게도 고개를 숙였다.

"앞으로 케나 님과 함께 신세를 지게 된 록시리우스라고 합니다. 모쪼록 잘 부탁드립니다."

"네에, 여기 있는 녀석은 허드레꾼이니 실컷 부려먹도록 하셔요. 말 그대로 고양이 가죽으로 된 걸레짝이 되도록요. 아아, 저는 록시느라고 한답니다. 잘 부탁드려요."

말이 떨어지기 무섭게 이마에 퍼런 힘줄이 떠오른 채 굳은 표정을 지은 록시리우스와 거만한 태도로 말하는 록시느의 모습을 지켜보던 마을 사람들은 "히익?!" 하고 비명을 지르며 뒷걸음질을 쳤다.

그 후 화가 난 케나가 아이언클로를 먹이는 것까지가 이들의 기본적인 패턴이었다.

그러고 나서 케나는 둘을 곧바로 여관방 한 곳에 가둬 버리고서 "기다려!" 라고 지시했다.

"죄송해요, 말레르 씨. 악의는 (아마도) 없을 텐데, 살짝 입이 험한 데다 성격이 팍팍하고 개성이 넘치다 보니……."

"그, 그래. 응, 뭐어 괜찮아. 이런 사람도 있고 저런 사람도 있는 법이지 뭐."

백전연마의 여주인(이라고 케나가 믿고 있는) 말레르가 입가를 일그러뜨리는 것을 보고 케나는 집이 완성되면 록시느를 되도록 밖으로 내보내지 말자고 맹세했다.

어른들이 그 난리를 피우고 있는 동안, 리트는 루카와의 거리를 좁히고 있었다.

"나는 리트야. 이 집에서 살아. 잘 부탁해!"

정면에서 자기소개를 받은 루카는, 처음에는 당황해서 눈을 이리저리 굴렸지만 머지않아 결심을 굳힌 듯 몇 번이나 고개를 끄덕였다.

그리고 쭈뼛거리며 리트의 손가락에 닿을 정도로만 손을 내밀고 "나, 는…… 루카. ……잘, 부탁해……."라고 개미 기어가는 소리처럼 작은 목소리를 간신히 쥐어짜 내어 말했다.

참을성 있게 기다리던 리트는 그 말만으로 얼굴이 환해져서 루카의 떨리는 손을 두 손으로 움켜쥐고 신이 나서 "응! 잘 부탁해!"라고 말했다.

하지만 곧장 루카의 손을 놓아주며 미안한 얼굴로 "아, 미안해. 아팠어?"라고 했다.

"아~ 아니. ……괜, 찮, 아."

천천히 고개를 가로저으며 살며시 웃는 루카를 보고 리트는 다시금 미소를 지었다.

그 머리 위에서는 요정이 사이좋게 지내는 두 사람을 보고 즐거운 듯 웃고 있었지만, 물론 케나를 제외한 그 누구에게도 보이지 않았다는 사실은 굳이 말할 필요가 없을 것이다.

루카와 리트가 친해지는 것을 보고서 케나는 세 사람을 마을 공중목욕탕으로 데려갔다.

록시리우스는 남탕으로. 록시느와 루카와 케나는 여탕으로.

탈의실에서 옷을 벗고 목욕탕으로 이동하자 얕은 곳에서 느긋하게 쉬고 있던 미미리가 케나를 알아보았다.

루카는 하반신이 물고기인 그녀의 모습에 깜짝 놀라 케나의 뒤로 숨었고 록시느는 나무통을 한 손에 들고 임전 태세에 돌입했다.

"안녕~ 미미리. 오랜만이야."

"안녕하세요, 케나 씨. 그쪽에 계신 분들은?"

루카는 화기애애하게 인사를 하고 서로의 이름을 부르는 두 사람의 모습을 의아한 눈으로 올려다보았다.

록시느는 이런저런 사정을 알아챘는지 나무통을 내려놓고 루카의 뒤에서 대기했다.

"전에 이 마을에서 살 거라고 했잖아? 같이 살 메이드인 록시느랑 딸인 루카야. 그리고 록시리우스도 있어. 잘 부탁해."

"케나 씨의 아이는 세 명만이 아니었군요……."

미미리가 어쩐지 퀭한 눈을 하고서 루카를 쳐다보자 케나는 고개를 갸웃했다.

겉모습은 같은 또래인 것 같은데 네 아이의 엄마라니, 영 실감이 안 나는 모양이었다.

그 후 록시느가 루카에게 목욕탕에서의 예의범절을 가르치는 것을 보며 몸을 씻은 케나는 미미리와 어깨를 나란히 하고 탕에 몸을 담갔다.

"세탁 일은 어때?"

"덕분에 잘되고 있어요."

미미리가 쿡쿡 웃으며 답하자 케나도 못 말리겠다는 듯 따라서 웃었다.

마을 사람들도 좌우간 할 일이 많다 보니 세탁 시간을 단축할 수 있다면 그쪽을 이용할 것이다.

독신 남성들은 매일 이용했지만, 그러다 보니 요금이 무시할 수 없는 수준이 되었다는 사실을 알아채고는 며칠 동안 모았다가 맡기고 있다는 모양이다.

그 때문에 미미리는 세탁업을 막 시작했을 때보다는 한가해졌다고 한다.

다른 마을 사람들도 온천을 쓸 수 있는 덕에 겨울 목욕과 빨래가 편해진 데다, 때때로 미미리에게 도움을 청한 덕에 사이가 가까워졌다고 들었다.

"그래서 케나 씨."

"응, 왜?"

"전에 제 고향을 찾아 주겠다고 하셨는데, 그거 찾지 않아도 된다면 어떻게 하실 건가요?"

케나는 그 말에 "엑?!" 하고 놀랐지만 쓸쓸해 보이는 미미리의 눈을 보고 계속 들어 보기로 했다.

"그야 상관은 없지만, 괜찮겠어?"

"네. 저는 마을에서 짐짝 취급이었거든요. 유일한 육친인 언니와는 좀처럼 만날 수가 없고, 주변 사람들은 험담만 해댔어요. 차라리 사라져 버리고 싶다고 생각하던 참에 길을 잃고 이곳에 오게 된 거죠. 그러니 저에게는 오히려 잘된 일이에요."

흔들리는 미미리의 눈을 보고 케나는 할 말을 잃었다.

의도치 않게 고향으로 돌아갈 수 없게 된 것은 케나도 마찬가지였다.

하지만 그것을 비관하며 지낼지, 시원하게 미련을 버릴지는 당사자의 마음에 달렸다.

사실은 케나도 아직 저쪽 세계에 있는 사촌 언니와 숙부에게 미련이 많이 남아 있는지라 다른 사람에게 뭐라고 할 처지가 못 되었다.

"응……. 그럼 탐색은 일단 중지할게. 하지만 꼭 돌아가고 싶을 때는 알려줘야 한다?!"

"네. 그때는 부탁드릴게요."

케나는 지금까지도 연결된 채 활동 중인 블루 드래곤의 소환을 해제했다.

그 후로 블루 드래곤이 며칠 동안이나 탐색했음에도 찾지 못한 것을 보면, 리아데일 주변에는 인어의 마을이 없지 않을까 싶었다.

"이럴 때 상담할 수 있는 바보가 있었으면 좋았을 텐데……."

그 인간이라면 적절하게 조언해 줄 것 같았지만, 없는 것을 어쩌겠는가.

루카가 현기증을 일으키기 전에 록시느가 데리고 나가는 것을 보고, 케나도 목욕탕에서 나가기로 했다.

"잘 가요, 케나 씨."

"여관에서 연회를 벌인다는데, 미미리도 올래?"

"케나 씨의 환영회죠? 근데 요전에도 하지 않았나요?"

"오락거리가 적은 마을에서의 연회는 잠자코 받아들이는 게 좋을 거래……."

"괘, 괜찮으세요?"

죽은 생선 같은 눈으로 어깨를 늘어뜨리는 케나의 모습에 미미리는 메마른 웃음소리로 대꾸할 수밖에 없었다.

그날 밤에 열린 연회에서 맥주잔으로 술을 마시게 된 케나는 불경을 외며 정신의 안정을 되찾으려 노력했다.

그다지 즐거워 보이지 않자 계속해서 술을 권하는 바람에 후반에는 될 대로 되란 식으로 흐름에 몸을 맡긴 기억밖에 없었다.

"쥐구멍에라도 들어가고 싶어……."

아침 식사 자리에서 얼굴을 가린 케나의 등을, 말레르가 웃으며 퍽퍽 두드렸다.

"뭐 어떠니~. 어차피 실수담은 마을 안에서만 돌 테니 너무 걱정할 것 없대도!"

"그런 문제가 아녜요오~."

유일하게 다행인 것은 시간이 늦어져서 루카와 리트는 잠든 뒤였다는 점이다.

두 사람이 만약 그녀가 될 대로 되라는 듯 술을 들이붓는 모습을 보았다면, 케나는 그 자리에서 부끄러움에 대폭발을 일으킬 자신이 있었다.

악마처럼 뱀 같은 혀를 내민 채 "케케케케."하고 웃는 케나를, 록시리우스가 "루카 님의 교육에 좋지 않으니 그만하시죠."라고 타일렀다.

"너무 케나 님을 놀리지 마십시오."

"그래요~. 케나 님이 힘을 쓰면 이런 마을은 한 방에 크레이터가 될 거라고요~."

집사와 메이드가 적당한 거리를 유지한 채 위협을 했다.

어째서인지 주인을 옹호할 때만 호흡이 척척 맞았다.

케나가 루카 일행을 데리고 향한 곳은 집의 건설 예정지였다.

그곳에는 촌장인 코우케가 일을 도울 사람 몇을 데리고 와 있었다.

"잘 잤냐, 케나."

"네에, 좋은 아침이에요. 오늘부터 신세 좀 질게요."

케나가 고개 숙여 인사하자 좌우에서 대기하고 있던 메이드와 집사도 깊숙이 고개를 숙였다.

록시리우스 일행의 소개는 어젯밤 연회 자리에서 했던지라 두 사람은 얌전히 케나의 좌우에서 대기하고 있었다.

싸우지 말라고 단단히 못을 박아 둔지라 둘 다 눈을 마주치거나 입을 열려 하지 않았다.

흥미롭다는 듯 두 사람을 빤히 쳐다보고 있던 이는 록시느가 노려보자 다리가 풀려 버렸다.

"그나저나 집사랑 메이드가 따라오다니. 케나 너 역시 좋은 집안 아가씨였나 보다?"

"뭐어, 저는 집안일을 끔찍하게 못하니까 록스랑 시이한테 맡기려고요."

로틀도 이렇게까지 솔직한 답변이 돌아올 줄은 몰랐는지 '괜한 소릴 했나' 싶어 입을 다물고 말았다.

일부 아줌마들은 어머니로서 그래도 되는 걸까 싶어 어이가 없다는 시선을 날렸지만, 사실인 것을 어쩌겠는가.

록시리우스와 록시느가 앞으로 나아가 고개 숙여 인사했다.

"집안일은 저희에게 맡기십시오."

"케나 님은 부디 독재자처럼 떡 버티고 계셔요."

"그렇게 말하면 내가 뭐가 돼……?"

두 사람이 옹호해 주는 것은 좋았지만, 예시의 선택이 살짝 마음에 걸렸다.

케나의 집 건설 예정지에서 【크래프트 스킬】과 대조해서 대략적인 공간이 확보되어 있는 상태임을 확인했다.

촌장은 지금 있는 곳에서 보이는 범위에서라면 얼마든지 공간을 사용해도 좋다고 했다.

부지 면적만 보면 펠스케이로에서 연일 붐비는 관광용 성을 넉넉하게 지을 수 있을 정도의 공간이었다.

이번에 케나가 만들 집은 【건축 : 가옥】에 등록되어 있는 견본 중에서도 L사이즈로 되어 있는 것이다.

대략 여덟 명 정도가 살 수 있고 공간 중 일부를 2층이나 지하실로 설정할 수 있는 타입이다.

면적은 정원을 만들고도 남을 정도지만, 마을의 길을 막아서는 안 되니 최대한 공간 끄트머리에 붙여서 짓기로 했다. 커다란 단층집으로 만들고 일정 부분은 지하로 할당할 예정이다.

카타츠에게서 구입한 목재를 텅텅텅 주변에 출현시키자 준비가 끝났다.

케나는 【땅의 정령】과 【바람의 정령】을 소환해서 곧바로 건축에 착수했다.

아무런 전조도 없이 지면이 함몰되더니 토대가 될 돌이 땅속에서 생겨났다.

지하실을 먼저 심어 넣은 후, 공중으로 떠오른 목재가 순서대로 꽂혀 기둥과 벽을 형성했다.

대들보가 걸쳐지고 지붕이 멋대로 조립되어 단층집 부분이 완성되기까지는 몇 분도 채 걸리지 않았다.

일반 상식을 기준으로 했을 때 비상식적인 광경이었지만 이제 익숙해진 마을 사람들은 환호성과 박수로 응원했다.

어안이 벙벙해진 것은 랙스 공무점 사람들과 미미리 정도였다.

그 후, 마을 여성들이 바구니를 한 손에 들고 하얀 꽃을 현관이며 창가에 장식해 나갔다.

케나가 일종의 주술 같은 건가 싶어서 의아한 얼굴로 지켜보자 코우케 촌장이 설명했다.

"저건 새로 지은 집을 대지에 적응시키기 위한 우리 마을의 풍습이란다."

"아아, 그런 게 있었나요~."

"딱히 걸리적거리지는 않을 테니 시들어서 없어질 때까지는 장식해 두거라."

"그게 이 마을의 관습이라면요. 시이, 부탁 좀 할게."

"알겠어요."

이미 집안일 분담을 끝낸 모양인지 록시느가 그 말에 고개를 끄덕였다.

집안일은 그녀가, 집 밖의 일은 록시리우스가 담당하기로 했다는 듯했다.

말 한마디 한마디가 날카로운 그녀를 너무 자주 밖에 내보내면 마을 사람들과 알력이 생길 것 같아 걱정하던 케나는 이 결정에 가슴을 쓸어내렸다.

모여 있던 마을 사람 한 사람 한 사람에게 인사를 마친 케나는 첫 단추를 무사히 꿰었다는 사실에 안도했다.

직후에 "신의 기적은 저런 일도 가능한 겁니까?"라며 랙스가 달려드는 바람에 당황하기는 했지만.

"네에, 뭐어. 건조물이라면 어느 정도는."

"그것참 굉장하군요! 집뿐 아니라 성이나 요새도 가능합니까?!"

"만들 수는 있지만 재료는 필요하죠. 재료를 긁어모으는 작업만 해도 얼마나 걸릴지 모르는 일이고요."

아무리 그래도 개인이 수백 톤 단위의 재료를 모으는 것은 불가능한 일이라 케나는 두 손을 들어 보였다.

게임이었을 때는 가능했지만, 이쪽에서 성 따위를 만들기는 어려울 것이다.

펠스케이로의 재개발 지역에 만든 것도 주변에 있던 폐허를 모조리 재료로 변환했건만 일반적인 것보다 상당히 작게 만들어졌다.

랙스는 연신 "엄청 부럽군요! 엄청 부러워요!" 라는 말을 반복하다가 스냐에게 머리를 얻어맞고서야 정신을 차렸다.

"죄송해요, 케나 씨. 저희 남편이 폐를 끼쳤네요……."

스냐가 랙스의 머리를 콱 움켜잡고서 억지로 고개를 숙이게 했다.

아무리 봐도 드워프 남편을 완력으로 이길 수 있을 것 같지는 않음에도 불구하고 그녀는 아무렇지도 않은 얼굴로 그렇게 하고 있었다.

케나는 '이 부부 참 대단하네~.' 라고 생각하고, 연구에 대한 열의가 넘치는 것뿐이겠지 싶어서 랙스의 행위를 그 자리에서 용서했다.

"그러고 보니 가게 간판에 '사카이 상회 지점' 이라고 적혀 있던데요?"

케나는 이왕 만난 김에 간판에 관해 물어보았다.

"아아, 그건 그냥 창구가 되어 달라고 큰 주인어른이 부탁하셔서……."

"어쩌면 사카이 상회의 상품도 조금 취급하게 될지도 모른다는, 그냥 그 정도의 표시예요. 네! 그뿐이고말고요!"

랙스가 답변하려는 것을 가로막기라도 하듯, 스냐가 허둥지둥 힘을 실어서 말했다.

동시에 남편이 괜한 말을 하지 않도록 옆구리를 팔꿈치로 후려쳐서 입을 막은 후, 아무것도 아니라는 듯 손을 흔들며 그 자리를 떠났다.

"……수상한데."

『많은 정보를 주면, 케나가 무언가를 알아챌 거라 생각한 것이 아닐까요?』

"창구라고 했으니 헬슈펠까지 가지 않아도 뭔가 부탁을 할 수 있을지도 모르겠네."

받으러 가게 될지 전해 주러 가게 될지는 모를 일이지만, 통신 판매처럼은 써먹을 수 있겠다고 케나는 생각했다.

랙스의 질문에 답하는 동안, 록시리우스 일행은 집 안의 자잘한 부분을 체크했다.

비뚤어진 곳은 없는지, 틈새는 없는지, 문은 제대로 열리고 닫히는지 등등을 살폈다.

케나는 만들어 두었던 가구 중 록시느가 말하는 것을 아이템 박스에서 꺼냈다.

그리고 침대에 서랍장, 테이블과 의자 등을 록시리우스가 각 방에 배치해 나갔다.

방의 배치를 보면 큰 유리창이 있는 식당 겸 거실이 남쪽 중앙에 있고, 벽에는 난로도 있었다.

그곳에서 서쪽에 물을 쓰는 장소인 부엌과 목욕탕이 있다.

기본적으로 목욕은 마을의 공중목욕탕에서 할 예정이다.

거실 동쪽에 방이 두 개 있고 중앙에서 동서로 뻗은 복도를 사이에 낀 북쪽에는 나머지 여섯 개의 방과 화장실이 있었다.

한 방의 면적은 대략 두 평 남짓으로, 방마다 침대와 서랍장이 있다.

록시느는 작은 테이블과 의자를 케나에게 부탁해 자신의 방에 두었다.

남쪽에 있는 두 개의 방을 케나와 루카가 사용하고, 부엌 반대편의 방을 록시리우스가 차지했다.

루카의 방 맞은편에 있는 방은 록시느가 쓰기로 했다. 사용하지 않는 방은 당분간 창고로 쓸 예정이다.

록시리우스의 방 바로 아래쯤에 지하실이 있고 출입구는 복도에 있었다.

케나는 여러 개의 선반을 지하실에 설치하고서 마운석으로 작은 조명을 박았다.

마수정이라고 하는, 정령 등이 반영구적으로 깃들게 하는 아이템을 창고에서 뽑아서 안쪽에 두고【얼음의 정령】을 소환해 거기에 머물게 했다.

시원한 공기가 감돌기 시작했을 즈음, 아이템 박스에서 채소며 과일을 모조리 꺼내 록시리우스와 함께 선반에 정리했다.

대충 준비를 끝내고 위로 올라가자 뜨거운 물을 끓여 둔 록시느가 차를 우리고 있었다.

루카의 방을 냉큼 정리하고 벽지를 어떻게 할지를 묻고 있었다는 모양이다.

주로 말하는 건 록시느였지만.

"루카."

"……네, 에."

"혼자 방에 있기 싫으면 언제든지 내 방이나 시이의 방에 와도 돼."

컵을 든 채 밖을, 창문 그 자체를 멍하니 쳐다보던 루카는 케나를 올려다본 채 천천히 고개를 끄덕였다.

케나는 루카의 머리를 한 차례 쓰다듬은 후, 찻잔을 비우고서 자리에서 일어났다.

"잠깐 둘러보고 올게. 이쪽은 알아서 해 줘. 싸우면 안 된다?"

"맡겨만 주셔요."

"그럼 저는 장작을 찾아오겠습니다."

록시리우스가 먼저 밖으로 나가 문을 연 채 기다리고 있다가 케나가 밖으로 나가자 고개를 숙이고서 배웅했다.

그리고 문을 닫으려 하다가 일단 멈추더니, 허둥지둥 케나를 쫓아 밖으로 나온 루카가 문턱을 넘고서야 닫았다.

다시 두 사람을 향해 고개를 숙인 후, 임업을 생업으로 하는 사람이 있는 곳으로 향했다.

장작을 얻을 만한 곳을 묻기 위해서다.

경우에 따라서는 장작 패기라는 노동이 추가될 가능성이 있는지라 그것에 관해서도 물어볼 필요가 있었다.

마을의 일원으로서 돌아가면서 하는 일도 있을지 모른다.

집에서 뛰쳐나와 허리에 매달린 루카를 쓰다듬어 진정시킨 케나는 딸과 손을 잡고서 여관으로 향했다.

보아하니 당분간은 혼자서 행동하기가 어려울 것 같다.

리트가 친구가 되어 준 덕분에 조금이라도 마음의 안정을 찾았으면 좋으련만.

실내를 정리하다 보니 점심시간이 지나고 말았다.

케나는 루카를 데리고 여관으로 직행해서 말레르에게 점심 식사를 주문했다.

그리고 물을 가지고 온 리트에게 다시금 루카를 소개했다.

"리트, 루카랑 친하게 지내 줘."

"응, 나만 믿어, 케나 언니. 루카, 다음에 같이 놀자."

케나의 옷을 붙잡은 채 옆에 딱 붙어 앉아 있던 루카는 만면의 미소를 띤 리트를 보았다. 그리고 빙긋빙긋 웃는 케나를 올려다보고서 의자에서 천천히 내려가 리트와 마주하더니 고개를 꾸벅 숙였다.

"……응……. 다음, 에. 놀, 자……."

키는 비슷해서 또래로 보이지만, 루카가 두 살 많다고 한다.

하지만 가업 때문인지 말레르의 방침 때문인지 딱 부러지는 성격 탓에 리트가 더 언니 같았다.

이어서 리트는 지금 놀자고 했지만, 루카는 고개를 가로저으며 케나에게서 떨어지려 하지 않았다.

"같이 놀자고 해 줘서 고마워, 리트. 하지만 루카가 조금 더 안정될 때까지 기다려 줄래?"

"응, 알겠어."

순순히 고개를 끄덕인 리트 대신 말레르가 수프와 빵을 가지고 왔다.

야금야금 식사를 하는 루카의 모습을 흐뭇하게 지켜보던 말레르는 케나에게 다가가 작은 목소리로 물었다.

"애가 꽤나 얌전하네."

"조금 멀리 나가서 도착한 마을이 괴멸 상태였는데, 이 아이가 그곳의 유일한 생존자였어요."

"저런, 딱하기도 하지……."

말레르는 얼마간 얼굴을 찌푸리고 있더니 케나와 자신의 사이에 흐르는 어두운 분위기를 떨쳐내려는 듯 "힘내렴."이라고 하며 등을 두드렸다.

"아야. 아프다니까요!"

몸을 떨며 버티던 케나는 퍼뜩 생각이 나서 조리장으로 돌아가려던 말레르를 붙잡았다.

"아~! 잠깐잠깐, 말레르 씨. 맛 좀 봐주셨으면 하는 게 있는데요~?"

"맛을 보라니?"

"술을 만들어 팔려고 하는데, 저는 술맛을 잘 모르거든요."

"나야 상관은 없는데. 다시 말해서 케나 네가 한턱 내겠다는 거니?"

"네에, 뭐어. 나무통 하나 정도면…… 될까요?"

지난번 연회 때 식당이 꽉 차도록 앉아 있던 마을 사람들의 모습을 떠올려 보았다.

양으로 치면 충분할 것 같지만 맛이 합격점을 받을 수 있을지는 모르겠다.

말레르는 케나의 등을 토닥토닥 두드려 안심시켜 주었다.

"문제없을 거야. 부족하면 우리 집 술을 쓰지, 뭐."

가슴을 두드리며 그런 부분은 신경 쓰지 않아도 된다고 하는 말레르의 말을 듣고서야 아이템 박스에서 나무통을 꺼냈다.

“이건데요.”

“매번 그렇지만 어디서 꺼내는 거니? 너도 가만히 보면 꽤나 비상식적이라니깐.”

‘꽤나’ 라는 말로 납득하는 것이 이 마을의 굉장한 점이기는 했지만, 게임이었던 시절의 상식이 아직 머릿속에 남아 있는 케나는 별 감흥이 없었다.

식사를 마치고서 루카와 일단 집으로 돌아가, 두 사용인에게 말했다.

“……그런고로 시음을 겸해서 저녁 식사는 여관에서 할 테니 준비할 필요 없어. 준비하고 있었다면 미안.”

“네에. 저희 두 사람이 먹을 것만 준비하면 되겠군요.”

“………….”

연신 고개를 끄덕이는 록시느를 록시리우스가 의심 어린 눈으로 쳐다봤다.

“왜 그렇게 의심하는 건데? 걱정 안 해도 너 먹을 것도 만들어 줄게. 잔반이면 되지?”

“호오~ 신경 쓸 것 없어. 네가 만든 밥을 먹느니 민물고기를 잡아먹고 말지.”

두 사람 사이에 팽팽한 긴장감이 흘렀다.

케나의 뒤에서 로브 자락을 붙잡고 있던 루카는 머리를 싸쥔 어머니를 올려다본 후, 두 손을 휘휘 휘두르며 두 사람 사이에 끼어들었다.

생각지 못한 중재자의 등장에 두 사람은 눈이 휘둥그레졌다.

""루카 아가씨?""

"싸우면…… 안, 돼……."

평소 고개를 푹 숙이고 다니는 소녀가 강한 의지가 담긴 눈으로 바라보자 록시리우스와 록시느는 거북한 얼굴로 거리를 벌렸다.

싸움이 벌어질 낌새가 사라졌음을 확인한 루카를, 감격한 케나가 끌어당겨 빈약한 가슴에 안았다.

"어어?"

"감동했어! 루카 너 정말 믿음직스러웠어. 이제부터 너를 조정대신으로 임명할게!"

"……조, 정?"

"저 둘이 싸우기 시작하면 말려 줘. 루카한테는 소질이 있어, 딱 맞는 역할이야!"

아주 팔불출이 다 되어 버린 주인의 모습에 록시느와 록시리우스는 식은땀을 흘렸다.

그런 두 사람에게 케나가 날카로운 눈빛을 날리자, 두 사용인은 등줄기를 꼿꼿하게 폈다.

"둘 다 같이 저녁 먹으러 가는 거다?!"

"네? 아니, 저희는 사용인이니 그런 행사에 동참할 수는……."

『같이 가는 거다?』

""네!""

지금 고개를 가로저었다가는 이 자리에서 인생이 끝날 것만 같은 공포에 록시느와 록시리우스는 굳은 얼굴로 즉답했다.

"좋아."라고 말하며 고개를 끄덕인 후, 케나는 다시 루카의 손을 잡아끌고 마을을 둘러보러 나갔고, 두 사람은 그녀들을 배웅하고서 한숨을 쉬며 힘없이 주저앉았다.

""하아아아아아아아…….""

"무, 무서워 죽는 줄 알았네……."

"그 부모에 그 자식이라고 해야 할지……. 앞날이 기대되는 아가씨인걸."

"애초에 록스 네가……."

"먼저 이상한 소릴 한 건 시이 너잖아……."

또다시 얼굴을 마주 보고 으르렁거리려던 두 사람은 굳게 닫힌 현관문에서 두 쌍의 눈이 자신들을 보고 있는 것 같은 기분이 들어서 동시에 얼어붙었다.

"……저기, 록스."

"……왜, 시이."

"우린 분명 지금까지 무척 사이가 나빴어. 하지만 지금 이 순간부터는 태도를 조금 바꾸었으면 해. 정말이지 내키지는 않지만."

"별일이 다 있네, 나도 동감이야. 심히 내키지는 않지만."

"…………."

"…………."

진지한 얼굴로 고갯짓을 주고받은 후, 두 사람은 아무 일도 없었던 것처럼 각자의 일을 하러 돌아갔다.

그때, 절대로 현관문이 있는 쪽을 쳐다보려고 하지 않았다는 사실은 굳이 말하지 않아도 될 것이다.

흔들리는 보리 이삭을 보며 밭일을 하고 있는 마을 사람들에게 인사를 하고, 로틀과 만나 사냥에 관한 이야기를 나눴다.

그렇게 넓은 지역은 아니지만 마을 사람들이 따뜻한 말을 건네주어서, 천천히 다 둘러보고 나니 저녁이 되어 있었다.

케나에게 딱 달라붙어 다니던 루카는 다소 경계심이 풀렸는지, 손을 잡고 다닐 정도가 되었다.

케나의 입에서는 미소가 떠날 줄을 몰랐다.

그녀들이 끝으로 걸음을 옮긴 곳은 '사카이 상회 출장지점'이라고 적힌 간판이 걸려 있는 랙스 공무점이었다.

이곳의 주인인 랙스는 있었지만, 제자인 도다이는 납품을 하러 마을 밖에 나갔다는 모양이다.

아내인 스냐와 아들인 라텀은 남아 있었다.

"안녕하세요, 케나 씨. 앞으로는 이웃으로서 잘 부탁드릴게요. 아가씨도 잘 부탁한다?"

"저야말로 잘 부탁드릴게요, 스냐 씨. 라텀 군도 잘 좀 부탁할게. 자, 루카도 인사해야지?"

케나의 재촉에 루카는 쭈뼛거리며 앞으로 나아가, 간신히 알아볼 정도로만 고개를 숙였다.

케나는 실례가 아닐까 싶었지만 두 사람은 미소로 답해 주었다.

"그리고 죄송해요. 케이릭이 뭔가 무리한 요구를 한 것 같은데."

"아아, 아뇨. 저희는 딱히 불만이 없어요. 오히려 '사카이 상회'의 간판을 걸 수 있게 되어 황송하다고 해야 할지……."

스냐는 오히려 케나 덕분이라는 투로 케이릭의 의도를 설명했다.

유통시킬 만한 것이 있다면 재료는 조달해 줄 테니 마음껏 만들어 보라는 말을 들었다는 모양이다.

"마음껏이라니……. 뭘 만들게 할 셈이람, 케이릭은."

"그나저나 케나 씨가 설마 큰 주인어른의 할머니였다니…… 깜짝 놀랐어요."

"아아, 케이릭은 케이릭이고 저는 저니 지금까지처럼 대해 주시면 돼요."

케나는 쓴웃음을 지은 채 손사래를 쳤다.

스냐도 케이릭에게 할머니는 자신을 어떻게 대하든 아마 신경 쓰지 않을 것이라는 이야기를 들은 터였다.

그 말과 다르지 않은 케나의 반응에 호감을 느낀 스냐는 앞으로도 잘 사귀어나갈 수 있을 것 같다고 생각했다.

"아~ 그럼 샘플을 좀 드릴 테니, 저쪽에서 팔릴지 어떨지 물어봐 주실래요?"

솔직히 말해서 케나가 【전이】로 날아가면 될 일이지만 루카에게서 장시간 동안 떨어져 있을 수가 없는 탓에 상품 발굴은 사카이 상회에 맡기기로 했다.

삼베 주머니에 담긴, 하나에 60킬로그램은 할 듯한 보리를 세 포대 꺼내서 【크래프트 스킬 : 위스키 작성】과 【맥주 작성】을 실행했다.

주머니째 화염과 물의 소용돌이로 사라진 보리는 90리터짜리 술통의 모양새로 완성되었다.

각각 하나씩 생겨난 위스키통과 맥주통을 본 케나는 속으로 머리를 싸쥐었다.

"내용물은 둘째 치고, 나무통은 어디서 나온 건데?!"

『삼베 주머니와 외피에서 난 것이 아닐지요?』

"현실이 되고서 보니 엄청 납득이 안 가네……."

투덜투덜 알 수 없는 대화를 하는 케나를 걱정하던 스냐는 "일단 이것부터."라면서 내민 위스키 통에서 소량을 컵에 따라 맛을 보았다.

맥주통은 이대로 연회 자리로 가져가 그곳에서 선보일 생각이다.

어른들이 대화를 나누는 동안 루카는 라템에게 나뭇조각과 나무 열매로 만든 간단한 양팔 오뚝이를 받고 있었다.

케나에게서 얼마 떨어지지 않은 곳에서 이쪽저쪽으로 기울여 보며 즐거워하고 있다.

그것을 보고 기분이 좋아진 라템도 지금까지 만든 조형물——나무 조각 동물과 실제로 움직이는 마차 등을 끄집어내서 설명을 하며 루카에게 보여 주고 있었다.

한편 술을 맛본 스냐는 '부드럽고 처음 느끼는 맛' 이라고 호평을 했다.

'분명 위스키는 물이나 얼음을 넣어서 마시는 것 같았는데?'

……예전에 아버지가 마시던 모습이 희미하게 기억났다.

하지만 상대는 술고래로 유명한 드워프의 아내다.

딱히 무언가를 타지 않고도 랙스와 함께 아무렇지도 않게 벌컥벌컥 마시고 있었다.

팔리겠냐고 묻자 '드워프가 계속 잔을 비우는 데 무슨 말이 필요하겠느냐' 는 답이 돌아왔다.

"이건 내가 책임지고 큰 주인어른에게 전달하지."

"중간에 다 마시지 말고."

"…………."

스냐가 못을 박자 랙스는 몸을 움찔 떨었다.

콕 집어 말하지 않았다면 텅 빈 나무통만 케이릭에게 도착했을지도 모른다.

"한 통 더 만들까요?"

"……부탁 좀 드릴게요."

케나의 물음에 스나는 쓴웃음을 지은 채 고개를 숙였다.

◆

밤의 여관 식당에 맥주를 가져가자 시음회는 결국 연회가 되고 말았다.

맛으로는 상당히 호평을 받아서, 한 통이 그날 밤에 고스란히 사라지고 말았다.

마음에 쏙 들었는지 시음회에 참가했던 마을의 남자들은 아주 고주망태가 되고 말았다.

바닥에는 남자들이 벌게진 얼굴로 드러누워, 한 손에 컵을 쥔 채 코를 골고 있었다.

말레르가 텅 빈 통을 쳐다보며 어이가 없다는 투로 말했다.

"쯧쯧. 한심한 인간들 같으니."

늘 그랬듯이 술주정뱅이는 가족들이 데리고 갔다.

대부분은 아내나 형제자매가 데려갔고, 독신자는 그대로 방치되었다.

"모포라도 덮어 주는 게 좋지 않을까요?"

"됐어, 내버려 둬. 고생 좀 하면 가정을 꾸리든 어쩌든 하겠지."

말레르 일가는 마중을 온 가족을 도와주며 식당을 정리해 나갔다.

케나도 데리고 온 록시리우스에게 부탁해서 함께 정리했다.

루카는 식사를 마친 뒤로 졸려 보여서 록시느에게 데리고 돌아가 달라고 했다.

"정리하는 걸 돕게 해서 미안해 어쩌니."

"아뇨, 저도 신세를 지고 있으니 괜찮습니다."

누구에게나 공손한 록시리우스의 태도에, 말레르도 그를 어떻게 대하면 좋을지 난감한 눈치였다.

그녀는 곤란한 얼굴로 케나에게 소곤소곤 속삭였다.

"좀 더 평범하게 접해 줄 수는 없다니?"

"죄송해요. 원래부터 저런 성격이다 보니. 그냥 저런 사람이라고 생각해 주세요."

"그……그러니?"

그런 종족으로 만들어졌다고 말할 수는 없는 일이니, 사람에게 봉사하는 일에 보람을 느끼는 일족이라고 생각하게 하는 편이 나을 것이다.

늘 하던 일이라 익숙한 말레르 일가와 척척 일을 배워 나가는 록시리우스 덕분에 정리는 순식간에 끝났다.

케나는 마중을 오는 사람이 없는 주정뱅이들을 한곳에 모은 것이 다였다.

"아까 그 술, 가능하면 정기적으로 팔아줄 수 있겠니?"

"그건, 뭐어 상관은 없지만 아직 가격을 못 정했거든요."

가장 고민되는 문제는 그거였다.

매입가와 이익을 저울질하거나 하지 않고 만들고 만 것이다.

수중에 있던 재료의 절반을 맥주와 위스키로 바꾼 탓에 한 통을 만드는 데 드는 원가를 알 수가 없었다.

애초에 여러 가지를 한꺼번에 구입해서 보리를 얼마에 샀는지조차 가물가물했다.

"일단 이번 건 적당히 쳐 주세요."

"아니, 케나. 그래서 장사를 어떻게 하려고 그래."

"일단 사카이 상회에 넘겨서 가격을 설정해 달라고 할 테니, 싸게 파는 건 이번뿐이에요."

"정말 못 말리겠구나. 그럼 이번에는 네 말대로 할까?"

그렇게 이번에만 말레르가 케나에게 적은 값을 치르고 식당에 맥주를 공급하기로 했다.

본래 에일과 *맥주는 그다지 차이가 없지만, 현대의 주조 기술과 【크래프트 스킬】이 없는 이 세계에서는 하늘과 땅만큼 차이가 날 것이다.

자신의 맥주를 마셔 본 케나의 감상은 '맥주 같네.' 가 다였던 탓에 주정뱅이들은 어이가 없다는 얼굴을 했다.

나이를 속이고 있는 몸인 탓에 그럴 수는 없었지만 '아직 미성년자인데 어쩌라는 거야!' 라고 소리치고 싶은 심정이었다.

도다이는 그로부터 이틀 정도 후에 돌아왔는데, 랙스와 함께

*에일도 맥주의 일종이며, 현대의 맥주 중 대다수는 라거(lager)라고 하는 종류. 효모와 발효 방법으로 종류가 갈림. 여기서 맥주란 라거 맥주를 뜻함.

위스키 견본품을 가지고 다시 헬슈펠로 향해야만 했다.

채용되면 대량의 보리가 케나에게 운반될 예정이다.

그렇게 되면 케나가 마을에서 할 일은 정해지는 것이나 다름없다.

술도 못 하는 사람이 술을 만들어 판다니, 어디선가 '술에 대한 모독이다~!' 라는 비난이 들려오는 것만 같았다.

"……그런 사람이 없어야 할 텐데."

『이미 결정한 일이니, 각오하시죠.』

키의 대포알 같은 조언이 원망스러울 따름이었다.

리아데일의 대지에서

WORLD OF LEADALE

제4장

관람 비행과 구조와 하늘의 소리, 궁지

그리고 변경 마을로 이주한 지 닷새 정도가 지났을 즈음.

루카가 오리 새끼처럼 케나의 뒤를 졸졸 따라다니는 광경이 이제는 당연하게 여겨지고 있었다.

얼핏 보면 흐뭇할 따름이었지만, 루카는 케나가 보이지 않으면 매우 불안해했다.

밤에는 당연하다는 듯 케나의 침대로 들어가 같이 잤다.

그래도 시야 어딘가에 케나가 있으면 문제는 없는 듯했다.

집안일을 돕는 동안 리트, 라템과 같이 놀 수는 있게 되었다.

라템은 루카보다 세 살이 더 많았다.

하지만 가게 주인인 랙스가 없으면 공무점 일을 거들지 못하게 한다는 모양이다.

마을에서 공무점이 맡은 일은 주로 수리였다.

집수리에 가구 수리. 새로 가구를 만들어 달라는 의뢰가 대부분이라고 한다.

점주와 그 제자가 자리를 비운 탓에 스냐는 주문을 받는 것 말고는 할 수 있는 일이 없다고 말했다.

그런고로 라템은 아이들의 대장 같은 역할을 맡게 됐다.

세 사람의 일은 루카가 마을에 적응할 수 있도록 놀아 주는 것이다.

나무 타기. 술래잡기. 밭일. 이상한 게 하나 끼어 있는 것 같기는 하지만, 셋이서 할 수 있는 일 자체가 적은 탓에 어쩔 수 없었다.

케나도 적은 인원으로 할 수 있는 놀이를 별로 몰랐고, 알고 있는 것도 문명의 이기가 필요한 것이라 별 도움이 안 되었다.

그래서 놀이 선배로 지목된 것이 바로 마을 어른들이었다.

몇 사람에게 어릴 적에 무슨 놀이를 했느냐고 묻자, 앞서 말했던 것들이 후보로 떠오른 것이다.

참고로 나무 타기는 살짝 낮은 곳에 있는 가지에 오르자마자 루카가 울음을 터뜨린지라 그 즉시 제외했다.

술래잡기도 루카의 다리가 치명적으로 느린 탓에 제외했다.

많이 움직이지 않고 할 수 있는 놀이로 라템에게 간단한 나무 조각을 배우거나 리트와 꽃으로 왕관을 만들거나 하면서 노는 일이 많았다.

아이도 어엿한 노동력인지라 가끔 밭일에 동원되기도 했다.

수확을 하려면 아직 한참 남아서 대부분은 잡초를 뽑았다.

일궈야 할 밭도 있다기에 그쪽은 케나가 맡았다.

고레벨인 케나가 밭일에 힘을 쓰자, 마을 사람 몇 사람 몫에 필적하는 양을 해치워서 놀라움을 안겨 주었다.

그냥 괭이질을 하면 지면이 폭발하는지라 결국에는 【땅의 정령】을 소환해 땅을 통째로 뒤집어엎거나 진동을 일으켰다.

그런 다음 흙의 표면에 떠오른 작은 돌멩이와 나무뿌리를 걷어내자 몇 사람이 며칠 동안 해야 하는 밭일이 불과 하루 만에 끝나고 말았다.

이 일을 알게 된 마을 사람들은 너무도 빠른 속도에 놀라움을 금치 못했다.

그날은 울창하게 자란 나무 그늘에서 셋이 꽃으로 왕관을 만들고 있었다.

"좋아! 이제 다 됐다. 다음은…… 어, 어라? 왜 안 이어지지?"

"보여 줘 봐~. 라템 군, 앞에서부터 틀렸는데~?"

"이렇게…… 여기를, 붙여야 해. 일단은, 다시 풀고……."

세 아이는 밭 끄트머리에 군생하고 있는 잡초와 꽃으로 꽃 왕관을 만들고 있다.

울타리에 기대어 아이들의 대화를 듣는 케나의 입가에는 미소가 걸려 있었다.(귀를 틀어막고 싶어지는 식물들의 목소리는 완전히 무시해야 했지만)

어쩐 일로 밖으로 나온 록시느는 간식이 담긴 바구니를 들고 그 옆에서 대기 중이다.

오전 중에 아이들이 다 같이 모여서 놀 수 있는 시간은 점심시간 전뿐이다.

오후에는 점심을 먹고 난 후부터 해가 넘어가기 직전까지 놀 수 있었다.

기본적으로 집안일을 돕느라 시간을 많이 빼앗기는 리트에게 맞춘 일정이었다.

"좋았어~! 다 됐…… 아앗?!"

"아~ 아~."

완성품을 번쩍 치켜든 라템의 손에서 화관이 부스스 풀려서 흩어졌다.

어딘가가 잘못되어 있었던 모양이다.

"다 됐, 다……."

"응, 예쁘게 만들어졌네."

리트와 루카가 완성한 화관을 각자의 머리에 쓴 채 기뻐하고 있었다.

라템의 손에서 흩어진 꽃은 요정이 공중에서 신이 나서 주우려 했다.

전부 다 그 손을 통과하고 말았지만.

그 후에는 록시느가 만든 쿠키를 다 같이 먹고서 해산했다.

그런 흐름이 최근에 정착되기 시작한 아이들의 스케줄이다.

랙스가 돌아오면 라템도 가업을 도와야 하니 셋이서 놀 시간도 줄어들 것이다.

오전 중에는 케나가 조금씩 글씨를 가르치고 있었는데, 집에서도 배운 것이 많은 루카가 두 사람 앞에서 자신의 이름을 써 보인 뒤로 학생이 두 명 늘었다.

덕분에 그다음 날부터는 아이들은 물론이고 가끔 손이 비었다는 이유로 얼굴을 비치는 마을 사람들을 상대로 야외 교실에서 선생님 노릇을 하는 시간이 늘었다.

왕도에서 아주 멀리 떨어진 마을이다 보니 거의 모든 사람이 글을 읽고 쓸 줄 몰랐다.

태어나서 죽을 때까지 글과는 인연이 없는 생활을 하는 이들이 대부분이었다.

촌장이 간신히 쉬운 문자를 읽을 수 있는 정도고, 말레르와 가트가 세 자릿수의 덧셈 뺄셈을 할 수 있는 정도였다.

"설마 이런 곳에서 선생님 노릇을 하게 될 줄은 몰랐는데 말이야."

케나는 쓴웃음을 짓고서 현재 상황의 소감을 중얼거렸다.

정말로 살다 보면 무엇이 누구에게 도움이 될지 모를 일들이 참 많다.

그 말을 들은 록시느는 당연하다는 듯 고개를 끄덕이며 대답했다.

"평범한 마을 사람들에게 학식이 있는 케나 님이 내민 손은 최고의 자비라 할 수 있겠죠."

종잡을 수 없는 사고를 하는 메이드는 여전히 케나의 골칫거리 중 하나였다.

"오푸스가 대체 어떻게 만들었기에 이럴까……."

핸드벨로 불러내는 조수 NPC를 작성하려면 방대한 캐릭터 설정이 필요했다.

록시리우스 쪽은 케나의 취향을 반영해 소년 고양이 집사로 만들었지만, 록시느 쪽은 어쩔까 하고 고민하던 중에 찾아온 오푸스가 뚝딱 만들어냈다.

'○○하고 ○○함' 이라는 식으로 성격을 설정해야 하는데 록시리우스는 '성실하고 헌신적임' 이라고 되어 있다.

록시느 쪽은 어떤지 오푸스에게 들은 바가 없었다.

아마도 '자유롭고 분방함' 이라는 식으로 되어 있을 것이다.

오푸스가 가지고 있던 검은 머리 엘프는 '정숙하고 다정함' 인 것 같았으니 그 반대로 했을 가능성이 크다.

"아이참, 시이. 우리와 마을 사람들 사이에 귀천의 차이 같은 건 없어. 다른 사람들한테는 그런 말 하면 안 돼."

"주제넘은 소리를 해서 죄송합니다……."

케나가 혼내자 록시느는 고개를 숙였다.

딱히 반성하는 듯한 낌새가 느껴지지 않아 케나는 어이가 없어서 '이걸 어쩐다…….' 라고 생각할 따름이었다.

어쩌면 '주인 지상주의' 같은 걸로 설정되어 있는 것일지도 모른다.

그런 부분은 스카르고 일행보다 다루기가 어려웠다.

조용히 집안일을 척척 해치워 주니까 고맙기는 하다.

하지만 어째서인지 같은 종족인 록시리우스와는 사이가 괴멸적으로 좋지 않았다.

게임 시절부터 그랬으니까 성격 설정에서 충돌하는 부분이 있으리라.

그 부분도 검증할 수 있으면 좋았겠지만, 얻기 위한 조건이 좀 까다로운 탓에 그럴 수가 없었다.

폐인 인증이나 다름없는 1만 시간 플레이라는 조건은 케나처럼 일상을 내버리지 않는 이상 충족시키기가 불가능했다.

록시리우스가 자신이 있었던 장소에 관해 말한 것을 토대로 생각하자면, 소유한 플레이어는 많았으리라.

하지만 대놓고 데리고 다닌 사람은 케나가 아는 한 오푸스 정도뿐이었다.

"케나 님. 시간이 있을 때라도 상관없으니, 무기를 만들어 주실 수 있을까요?"

"어라. 무장 안 하고 있었어?"

여자아이 둘에게 지적받으며 화관을 다시 만드는 라템을 흐뭇하게 바라보던 중, 어쩐 일인지 록시느가 케나에게 부탁했다.

케나의 기억이 맞다면 게임이었던 시절에 소환하자마자 장비를 건네줬었다.

하지만 어째서인지 현재 입고 있는 것을 제외한 소지품은 사라졌다는 모양이다.

이동 중에는 【청정】 마법으로 청결함을 유지하고 있었던지라 그런 부분까지는 신경을 쓰지 못했다.

"이쪽으로 소환됐을 때는 어느샌가 이렇게 되어 있던 걸요."

"펠스케이로에 도착했을 때 말해 줬으면 사 줄 수도 있었을 텐데. 왜 지금 와서 말하는 건데~!"
엉겁결에 목소리를 높이는 바람에 루카 일행이 놀란 얼굴로 움직임을 멈췄다.
"미안미안." 하고 사과하고서 "그냥 얘기하는 중이었어."라고 둘러대자 세 사람은 납득하고 화기애애하게 다시 화관을 만들기 시작했다.
난감하게 됐다는 듯 케나가 손으로 이마를 짚자 록시느가 죄송하다는 듯 고개를 숙였다.
"죄송합니다. 당분간은 필요 없을 것 같았거든요. 설마 이런 촌구석에서 생활하게 될 줄은 몰라서……."
풀이 죽기는 했지만, 독설을 그만둘 마음은 없는 모양이다.
하지만 메이드 의상 자체가 이미 이쪽 수준으로 따지면 국보급 성능을 지니고 있었다.
흔한 옷가게에 널린 물건이 아니다.
기본적으로 이쪽 세계에서 파는 옷은 중고품이 많았다.
기성품, 대량 생산품도 일반적이라 할 수 없었다.
주문 제작으로 만들려면 귀족들이 이용하는 상회에 가는 수밖에 없다.
그렇게까지 할 바에는 옷감을 사서 직접 만드는 편이 낫다.
"케이릭이나 에리네 씨한테 부탁하는 수밖에 없으려나."
"옷감이 있으면 저희 둘 다 【재봉】(【옷 작성】의 기본 스킬)을 쓸 수 있으니 괜찮겠네요."

"그리고 완성품에 내가 방어 효과를 부여하면 되고. 좋아, 그렇게 하자."

착착 이야기를 진행시키고 있자 세 아이가 의아하다는 눈으로 케나 일행을 올려다보고 있었다.

"어머, 왜 그러니?"

"언니, 옷 만들 줄 알아?"

케나가 물어보자 리트가 눈을 빛내며 록시느에게 바짝 다가섰다.

아무리 록시느라도 케나의 앞에서 아이를 아무렇게나 대할 수는 없는 노릇이라 "네에, 뭐어." 하고 무난한 말로 답했다.

애초에 조수 NPC가 사용할 수 있는 스킬의 개수는 불러낸 플레이어가 지닌 것의 12.5퍼센트다.

케나가 불러낸 록시느와 록시리우스는 최대 500개의 스킬을 쓸 수 있는 셈이다.

록시리우스는 전투도 가능한 집사라는 콘셉트로 스킬을 구성했지만, 록시느는 청소, 세탁, 요리와 같은 집안일을 완벽하게 해낼 수 있도록 구성했다.

전투도 가능한 록시리우스에 비하면 할 수 있는 일이 그렇게까지 많지는 않다.

"어디 보자. 그럼 다음에 봉제 인형이라도 만들어 볼까?"

입을 다문 록시느 대신 케나가 아이들에게 제안해 보았다.

록시느는 루카에게라면 여러 가지를 가르쳐 주기는 할 것이다.

리트와 라템이 상대라면 케나가 중간에서 중재해야 할 테니 대응하기가 귀찮아질 거다.

그럴 바에는 애초에 케나가 가르치는 편이 편하리라.

글을 가르칠 때처럼 루카를 먼저 가르쳐 두면 두 사람도 부러워서 분발할지 모른다.

예상한 대로 리트와 라템은 두 손 들어 찬성했다.

루카는 조금 늦게 고개를 끄덕이기는 했지만, 표정은 기뻐 보였다.

다 같이 뭐든 작업을 하는 것이 즐거운 것이리라.

이 세계는 재봉 기술을 어머니에게 배워도 옷을 수선하는 데만 쓰이는 일이 많았다.

무언가를 새로 만드는 것을 가르칠 만큼 경제적인 여유가 없기 때문이다.

그러한 이유 탓에 케나의 국어 수업은 마을 사람들에게 평가가 좋았다.

"케나 님도 조금은 느긋하게 쉬시지 그러세요? 아무것도 생각하지 않고 하루 종일 누워서 쉬는 것도 좋은 기분 전환이 되지 않을까요?"

해의 높이를 보고 시간이 됐다고 판단한 록시느는 따뜻하게 보관하고 있던 물수건을 꺼내 아이들에게 건넸다.

그렇게 물수건을 나눠 주고 케나에게도 건넨 참에 걱정 어린 말을 입에 담았다.

"집안일과 아가씨는 저와 그 들고양이에게 맡겨 주셔요."

"……화해한 거 아니었어?"

"아뇨. 타협점을 찾기는 했지만, 화해는 당치도 않죠. 저희는 불구대천의 원수니까요."

딱 잘라 말하는 록시느를 보고 있자니 대체 무엇 때문에 이렇게까지 사이가 나쁜 걸까 싶어 더더욱 의아해졌다.

"그나저나 이 이상 느긋하게 쉬라고?"

케나는 푸른 하늘을 올려다보며 중얼거렸다.

뭐어, 화관을 만드는 데 희생된 식물들의 목소리를 듣는 일은 정신건강상 매우 좋지 않았다.

시야 끄트머리에서는 요정이 나비를 쫓아다니고 있었다.

케나에게서 일정 거리 이상 떨어질 수 없는지, 어느 정도 멀어지면 그 이상 가려 하지 않았다.

케나에게는 손을 댈 수 있지만 다른 인물이나 물건은 통과해 버리는 듯했다.

집안에서도 아무렇지도 않게 벽을 무시하고 이동하는 모습을 곧잘 볼 수 있었다.

이쪽 주민들과 조수 NPC인 록시리우스 일행은 눈으로 보지 못한다.

카타츠 일행도 마찬가지였다.

유일한 예외는 플레이어였지만 그쪽과는 적극적으로 교류할 생각이 없는 눈치였다.

키도 요정을 인식하는 듯했지만, 요정은 어떤지 모르겠다.

성령이라는 키의 존재에 관해서도 밝혀지지 않은 사항이 많기 때문이다.

요정은 표정으로만 의사소통이 가능하고, 아직은 말을 하지 않았다.

입을 뻐끔거리는 모습이 보이기는 하니까 말을 못 하는 것은 아닐지 모른다.

하지만 케나는 요정이 무슨 말을 하고 싶은지 대충 이해할 수 있었다.

직관적으로 느끼는 것인지 어떤지는 모르겠지만 머릿속에 말이 떠오르고는 했기 때문이다.

책에서 나온 직후에는 그렇지 않았지만, 가끔 케나가 무언가를 잊으면 지적해 주고는 했다.

그 빈도가 많아지면 오푸스를 만나기 위한 힌트를 알려주지 않을까, 하고 케나는 생각하고 있었다.

그 요정의 지적 덕분에 하늘과 관련된 약속이 있었다는 사실이 떠올랐다.

이전에 리트와 했던 약속을 실행에 옮겨 볼까 생각하기 시작하던 참에 화관이 눈앞으로 다가왔다.

"이, 거……. 케나, 엄마…… 줄게."

"어머. 고마워, 루카."

루카가 화관을 머리에 씌워 줬다.

리트도 '케나 언니, 예뻐.' 라고 칭찬해 주기에 루카를 끌어안아 감사 인사를 했다.

아이들 앞인 탓인지 루카가 괜히 쑥스러워하는 모습이 인상적이었다.

요전에는 아이가 리트뿐이었던지라 하늘 산책에는 단순하게 【비행】을 사용할까 싶었다.

그랬던 것이 셋으로 늘어났으니 이래저래 안전책을 마련해야만 하리라.

"키. 뭐 좋은 방법 없어?"

『탑승시키는 것이 목적이라면, 융단이라도 상관없지 않을지요?』

아마도 마법의 융단이라는 아이템을 두고 하는 말이리라.

탑승할 수 있는 것은 한 명에서 다섯 명까지다.

지상에서 1미터 정도 되는 높이에 떠올라, 사람이 뛰는 정도의 속도로 이동하는 물건이다.

"그건 만드는 게 귀찮은데……."

마력을 듬뿍 머금은 마물의 실이 필요한 탓에 재료를 수집하는 데 품이 들 듯했다.

게임이었던 시절의 마물이 이쪽에 있을지 어떨지도 모를 일이다.

실은 직접 만들 수도 있지만 그 역시 많은 시간이 필요했다.

"응, 기각. 다음!"

『그럼 소환수밖에 없습니다만…….』

“그렇지~?”

아이들을 태울 만한 소환수 몇 가지가 머릿속에 떠올랐다.

하지만 그리폰이나 드래곤 등, 겉모습이 무섭게 생긴 것들뿐이라 아무것도 모르는 사람은 겁을 집어먹을 것이다.

하물며 이곳은 국경에 가까운 탓에 병사가 목격하는 날에는 나중에 문제가 될 수도 있다.

“나무 높이를 넘기지 않을 정도로 낮게 날 수 있는 게 뭐가 있었지?”

무엇보다도 아이들의 안전을 최우선으로 생각해야만 한다.

아이들은 록시느가 만든 쿠키를 먹으며 허공을 본 채 뭐라 중얼거리는 케나를 의아한 눈으로 쳐다보았다.

“언니, 뭔가 기뻐 보이지 않는데?”

“응……. 뭔가, 슬퍼, 보여?”

“그러고 보니 아버지한테 들은 적이 있는데. 하이엘프는 식물의 목소리를 들을 수 있다나 봐.”

““어?!””

리트와 루카는 깜짝 놀라 지금까지 자신들이 있던 장소를 둘러보았다.

그곳은 흰색과 보라색, 노란색 등이 드문드문 피어난, 이름 없는 식물로 된 꽃밭이었다.

자신들이 잔뜩 꺾은 탓인지 일부는 이파리만 남아 무참한 모양새가 되어 있었다.

두 사람이 죄책감에 고개를 푹 숙이자 차를 우려서 나눠 주던 록시느가 안심시켜 주듯 입을 열었다.

"케나 님은 그 정도 일로 두 분을 나무랄 정도로 마음이 좁지 않으세요. 정 마음에 걸리시면 케나 님에게 안 보이는 곳에서 만드시죠."

"언니한테."

"보이지…… 않는 곳."

"그런 꽃밭이 마을에 있었던가?"

끄으으응. 이마를 맞대고 의논하기 시작한 아이들의 모습이 흐뭇해 보인 나머지 록시느는 작은 소리로 웃음을 터뜨렸다.

케나가 지금 생각하고 있는 것은 아이들을 깜짝 놀라게 할 만한 일이니, 딱히 걱정할 필요는 없을 것이다.

다음 날, 말레르와 스냐에게 계획을 실행하겠다고 밝히고 어쩌면 아이들이 위험에 빠질 수도 있다고 전달했다.

하지만 두 사람 모두 아비타를 쩔쩔매게 한 모험가인 케나가 동행한다는 이유만으로 덜컥 믿고 아이들을 맡겨 주었다.

오전 중에는 평소처럼 읽고 쓰기를 가르친 후, 케나는 오후에 랙스 공무점 앞에 아이들을 모아 두고 말했다.

"그럼, 오늘은 하늘을 날아 보자."

"""어?"""

세 사람은 무슨 말인지 이해하지 못하고 고개를 갸웃했다.

케나는 쓴웃음을 지은 후 그 자리에서 오랫동안 쓰지 않았던 마법을 행사했다.

【서먼 매직 : 이중 행사(더블 로드) : 그리폰】

녹색으로 빛나는 선이 몇 미터 상공에 마법진을 그려 나간다.

이중원에 육망성. 신비로운 문자가 육망성을 둘러싸듯 이중원 안쪽에 새겨졌다.

그것이 두 개 나란히 형성되자 완성된 마법진에서 농밀한 녹색이 아래쪽으로 쏟아졌다.

그 빛의 회랑을 따라 천천히 미끄러져 내리는 모양새로 앞쪽 절반은 순백색 독수리, 뒤쪽 절반이 씩씩한 사자의 몸으로 된 환수가 두 마리 현현했다.

""피오오오오오오오오오~!!""

그리폰이 날카로운 발톱으로 땅을 두드리는 동시에 날카로운 울음소리를 마을 구석구석에까지 퍼뜨렸다.

그리고 상공에 있던 마법진이 소실되자 용맹한 모습을 과시라도 하듯 날개를 활짝 펼쳤다.

아프리카 코끼리보다 다소 커다란 덩치에 구경을 하고 있던 마을 사람들이 술렁거리기 시작했다.

【서먼 매직 : load : 토그 Lv.5】

이어서 그 옆에 그리폰의 두 배쯤 되는 크기의 체스 말이 출현했다.

폰보다 굵직하고, 표면이 벽돌처럼 울퉁불퉁 튀어나온 룩이었다.

위에서 아래까지 새하얀, 대리석 같은 석재를 깎아 만든 예술품처럼 생겼다.

동화나 전설, 음유시인의 노래 등으로만 접했던 진짜 환수를 본 마을 사람들은 입을 떡 벌린 채 멍하니 있었다.

내려선 그리폰 두 마리는 케나가 뻗은 손과 몸에 깃털이며 부리를 비비적거리고 그릉거리며 어리광을 부렸다.

제3자의 눈에는 그것이 맹수 조련사는 상대도 되지 않을 정도로 엄청난 일처럼 보였다.

아닌 게 아니라 맹수 조련사가 봤다면 다들 자신감을 잃었으리라.

'소환수' 는 본래 전투 목적으로 사용된다.

그런 탓에 그들은 쳐다보기만 해도 주변에 위압감과 공황 상태를 퍼뜨리는 스킬이 상시 발동되고 있는 상태다. ……라는 것이 게임이었을 때의 설정이었다.

몇 번인가 소환수를 불러 보니, 도구가 아니라 친구로 인식하고 있는 케나에게 답하기라도 하듯 그들은 자신이 지닌 스킬을 제어해 주고 있는 듯했다.

케나가 소중한 이웃으로 생각하는 마을 사람들을 배려해서 격렬한 기운이라고 해야 할 스킬을 억눌러 주고 있는 덕분에 겉모습을 보고도 그렇게까지 겁먹지 않은 것이다.

"그르르르~."

"피오오~."

루카는 케나에게 딱 붙어 있었던 탓에 도망치지도 못하고 그리폰의 목덜미에 난 부드러운 깃털에 파묻히거나 하고 있었다.

성인의 몸도 간단히 찢을 듯 날카로운 부리를 지닌 머리와 둥그렇고 금색을 띤 눈이 몇 번이나 루카의 머리 위를 통과했다.

처음에는 공포심에 얼어붙어 있었지만 폭신폭신한 깃털에 파묻혀 있다 보니 무서움이 가셨다.

얼어 있던 루카가 긴장을 풀었음을 알아챈 케나는 그녀를 안아 올려 두 마리의 그리폰에게 소개했다.

"자자, 애들아. 이번에 내 딸이 된 루카야. 무슨 일이 생기면 우선적으로 지켜 줘."

아무리 그래도 거대한 두 마리가 얼굴을 들이밀자 무서울 수밖에 없었다.

루카가 작은 소리로 비명을 지르자 두 마리는 거리를 벌리고 고개를 꾸벅 숙였다.

나란히 고개를 갸웃거리거나 목에서 고롱고롱 소리를 내는 모습은 애완동물로 키우는 잉꼬를 보는 듯했다.

우스꽝스러운 행동에 무서움이 가신 소녀는 쭈뼛거리며 손을 뻗어 그리폰의 폭신폭신한 깃털을 만졌다.

그리폰이 기분 좋은 듯 눈을 가늘게 뜨자 루카도 살며시 미소를 지었다.

케나에게서 떨어져 있던 록시리우스의 등 뒤로 도망친 리트와 라템은 루카가 그리폰을 마구 쓰다듬는 광경을 보더니 얼마쯤 지나 케나의 옆으로 다가왔다.

"케나 언니……. 마, 만져 봐도, 돼?"

"괘, 괜찮은, 거야?"

리트보다 겁을 먹은 듯한 라템의 모습에 케나가 웃음을 터뜨렸다.

그 바람에 울컥한 라템은 씩씩거리며 그리폰에게 돌격했다.

하지만 키 차이 탓에 라템의 손이 닿는 위치에는 뻣뻣한 앞발의 이음매 부분밖에 없었다.

의아하게 여긴 그리폰이 머리를 숙이는 바람에 부리에 쪼일 뻔한 라템은 비명을 지르며 도망치고 말았다.

"우와아아아아악?!"

""……""

"으음……."

설마 남자애가 제일 먼저 도망칠 줄은 몰랐던지라 케나는 당황했다.

속으로 '루카를 맡길 사람으로는 감점' 이라고 체크한 것은 비밀이다.

물론 제3자의 시점으로 보고 있던 마을 사람들은 웃음을 터뜨렸고 어머니인 스냐도 어이없어했다.

가장 부조리하다고 생각한 것은 가만히 서서 고개를 숙였을 뿐인 그리폰이리라.

위압감을 한없이 낮췄건만 비명을 지르며 도망치니 난감할 따름이다.

한 마리가 풀이 죽어 고개를 푹 숙이자 나머지 한 마리가 날개로 상대를 품어 주며 몸을 비볐다.

아무래도 위로해 주려는 듯했다.

"위압감이 없어지니 뭔가 귀여운 동물이 되어 버렸네."

『명백하게 소환한 사람의 영향이 아닐지요?』

도망친 라템은 스냐에게 한쪽 귀를 붙잡힌 채 끌려왔다.

"아야야야야야야야얏?!"

"여자애는 아무렇지도 만지고 있는데 남자가 돼서 도망치다니, 부끄럽지도 않나요?!"

그리폰의 앞에 내동댕이쳐진 라템은 둥그런 두 쌍의 눈동자가 자신을 바라보자 눈을 맞추지 못하고 고개를 홱 돌렸다.

그리고 얼마쯤 지나 "미안해."라고 사과하자 위로하고 있던 그리폰이 괜찮다는 듯 라템을 날개로 팡팡 두드렸다.

이제야 준비를 할 수 있겠다며 안심한 케나는 두꺼운 로프를 아이템 박스에서 꺼냈다.

"이걸로 날 거야?"

"로프로?"

리트와 라템은 로프가 자동으로 하늘을 나는 걸까 생각한 듯했지만, 케나의 설명은 아직 끝나지 않았다.

"떠 있는 【땅의 정령】을 두 그리폰에게 끌게 하려고."

【땅의 정령】은 중력을 자유자재로 조종할 수 있지만 그 힘으로 하늘을 날려 한들 높은 고도로 올라가지도 못하고 속도도 매우 느렸다.

그런 【땅의 정령】을 그리폰 두 마리에게 끌게 해서 공중 마차로 쓰려는 것이다.

처음에는 골렘 마차를 끌게 할 예정이었다.

하지만 로프가 끊어지면 위험할 것이라는 결론에 도달했다.

그렇다면 골렘 마차가 공중에 뜨도록 개조할까 싶었지만 재료인 마운석이 너무도 부족한 탓에 단념했다.

그리고 최악의 경우가 벌어졌을 때 토대가 안정성을 유지할 수 있는 것을 꼽아 보니 남은 후보가 【땅의 정령】이었던 것이다.

【땅의 정령】이라면 로프가 끊어져도 스스로 떠 있을 수 있고, 만에 하나 케나와 거리가 벌어진다 해도 자기 방어가 가능하다.

방어력만으로 치면 최고 수준이기에 아이들이 위험에 처할 확률이 확 줄어들게 되는 것이다.

"일단 이것도 가지고 가십시오."

록시리우스가 코트와 망토 등의 방한구를 가지고 나와 아이들에게 나눠 주었다.

"그렇게까지 높이 날 생각은 없지만 말이야."

고도는 나무들의 키를 조금 넘길 정도로 잡고 그리폰들은 【은신】으로 감출 예정이다.

이렇게 하면 국경에서 보았을 때 케나 일행은 콩알만 한 무언가로만 보일 것이다.

"하늘 위는 추우니 이걸 단단히 껴입으십시오."

"자자, 셋 다 어서 타."

케나와 록시리우스는 그리폰의 몸통에 로프를 단단하게 두르는 작업을 하며 아이들을 재촉했다.

룩의 표면이 일렁거리더니 바깥쪽 가장자리를 따라 나선 계단이 생겨났다.

새하얀 대리석으로 된 체스말처럼 생겼지만 단단하게 뭉친 모래흙인 탓에 형태는 자유자재로 바꿀 수 있었다.

로프는 【땅의 정령】이 몸 안으로 끌어들여 단단하게 고정할 테니 풀릴 일은 없을 것이다.

쭈뼛거리며 올라간 리트와 라템은 집의 지붕보다 높은 곳에서 보이는 경관에 곧바로 눈길을 빼앗겼다.

루카만은 솔선해서 높은 곳에 올라가려 하지 않고 케나의 망토에 매달려 있었다.

그래서 케나가 공주님처럼 안아 훌쩍 날아올라서 위로 옮겨 주었다.

"루카 부럽다아~."

"그럼 내릴 때는 리트도 같이 가자."

"응! 괜찮지, 루카?"

"……으, 응."

루카가 고개를 끄덕이자 리트가 폴짝폴짝 뛰며 기뻐했다.

케나는 '여자한테 공주님처럼 안기는 게 그렇게 좋아할 일인가?' 처럼 초점이 엇나간 생각을 하며 고개를 갸우뚱했다.

코트를 껴입은 후, 세 사람은 케나를 꼭 붙잡았다.

【땅의 정령】의 머리 부분에 있는 울퉁불퉁한 융기(톱날형 틈새)는 아이들의 키로 넘을 수 있는 높이이기는 했지만, 【장벽】이 쳐져 있어서 밖으로 튀어나가지는 않게끔 되어 있었다.

로프의 강도를 확인한 록시리우스가 신호를 보내자 케나가 그리폰들에게 날아오르라고 지시를 내렸다.

그리폰들은 한 차례 울음소리를 내더니 천천히 날갯짓해서 수직으로 상승했다.

동시에 케나의 【은신】으로 인해 날갯짓 소리 이외의 모든 것이 사라졌다.

마을에 있는 가장 큰 나무의 높이를 넘은 순간 수평 이동으로 전환해서 마을 상공을 크게 선회하는 코스로 날았다.

겁을 먹었던 아이들도 금세 익숙해졌는지 "와아!" 라느니 "우와아!" 같은 탄성을 지르기 시작했다.

루카는 여전히 케나에게 꼭 붙어 있었지만 즐거운 듯한 리트와 라템의 목소리에 천천히 주변을 둘러보기 시작한 듯했다.

그 모습을 확인한 후, 케나도 미소를 지은 채 그리폰들에게 속도를 올리라고 명령했다.

"애들아 속도 좀 높일게. 무섭지는 않지~?"

"괜찮아~!"

"우와~! 끝내줘~! 진짜 끝내줘어어어!"

라템은 어휘가 빈약한 탓에 조금 전부터 "끝내줘~."라는 소리만 했다.

읽고 쓰기 공부에 상황별 어휘도 추가해야 할까, 라는 생각이 문득 들었다.

바람을 가르는 소리에 기운 넘치는 목소리가 섞여 들려서 문제없겠다고 판단한 케나는 예정대로 동쪽 산맥 쪽으로 진로를 잡으라고 두 마리에게 지시했다.

케나의 수호자 탑을 한 바퀴 돌아 에지드 대하 위를 지나서 마을로 돌아올 예정이다.

마을 사람들은 "다녀와라~."라느니 "조심하고~!" 따위의 말을 하거나 손을 흔들거나 하며 케나 일행을 배웅했다.

【장벽】 덕분에 그렇게까지 강한 바람은 불지 않아서 케나는 루카의 어깨에 손을 얹고 몸을 180도 회전시켰다.

"자, 루카. 아래는 보지 말고 먼 곳을 바라봐."

"……어, 으, 응……."

대답은 했지만, 몸이 뻣뻣하게 굳어 있는 것으로 미루어, 눈을 꼭 감고 있는 듯했다.

그런 루카의 손을 리트가 다정하게, 라템이 힘껏 좌우에서 잡아주었다.

"루카, 괜찮아. 여긴 안 흔들리는 데다 바람도 그렇게까지 세지 않아.”

“우리가 지탱해 줄 테니까 한 번만 눈 떠 봐봐. 한 번이면 돼.”

두 사람의 말에 용기가 났는지, 루카가 아주 천천히 긴장을 풀기 시작했다.

이윽고 케나의 귀에 “우, 와아…….”라는 루카의 가녀린 목소리가 들려왔다.

“어때! 굉장하지? 진짜 굉장하지?!”

“그치? 저기 좀 봐! 저기에 은색 막대가……. 가만, 저게 뭐야?!”

확실히 얼빠진 목소리로 외친 라템의 눈에는 은색 막대처럼 보일지도 모르겠지만, 그것은 나쁜 마녀가 산다고 알려진 탑이었다.

너무 가까이 가면 탑 주변에 쳐진 【무효 결계】로 인해 서먼 매직이 해제되어 버리는지라 그리폰들에게는 넉넉하게 거리를 두고 크게 우회시켰다.

아이들의 시선은 태양 빛을 반사해 주변에 반짝이는 입자를 발생시키고 있는 은의 탑에 못 박혀 있었다.

리트만이 케나에게 소곤소곤 귓속말을 했다.

“저게 언니의……?”

“응~ 맞아~. 저게 나쁜 마녀의 탑이야.”

둘이서 얼굴을 마주한 채 히죽거리고 있자 따돌림을 당했다고 느꼈는지 라템이 뺨을 부풀렸다.

"뭐야아. 무슨 얘기 했어?"

"아니~. 암것도 아냐~."

"그래그래. 둘만의 비밀이거든."

"에에에에. 치사해~. 나한테도 알려줘~."

라템이 우~ 우~ 하고 불평했지만, '여자들의 비밀' 이라고 하자 마지못해 물러났다.

좌우간 이 하늘 위에서는 3대 1로 여성의 발언력이 강하기 때문이다.

케나가 어깨를 붙잡아 지탱해 주고 있던 루나가 케나를 올려다보며 "나, 는……?" 이라고 묻기에 리트와 잠시 눈빛을 주고받았다.

그리고 리트가 고개를 끄덕이더니 루카를 끌어안으며 즐거운 듯 "돌아가면 알려 줄게." 라고 선언했다.

날기 전까지 고생했던 탓에 그 후에는 느긋하게 경치를 감상할 수 있을 줄 알았던 케나는 생각보다 신이 난 듯한 라템과 리트의 모습에 놀라고 있었다.

"누나! 나 저 탑에 가고 싶어!"

"아, 안 돼, 라템 군! 저 탑에는 아~주 무서운 마녀가 있다고!"

굳이 말하자면 라템이 심하게 들떠 있었다.

조금 더 분별력이 있는 아이인 줄 알았는데, 그렇지도 않았다.

고삐가 풀렸다고 해야 할지, 억제하고 있던 무언가에서 해방

된 것 같다고 해야 할지.

어쨌든 눈에 띄는 모든 것에 관심을 보이고 있었다.

"제트코스터에 탄 애들의 반응이 이런 식이려나아?"

"……? 제트?"

"아아~ 아무것도 아니야, 아무것도. 루카는 신경 안 써도 돼."

"으, 응."

라템은 반짝반짝 빛나는 눈으로 은의 탑을 응시하고 있었다.

케나는 그리폰에게 명령해서 탑에서 거리를 벌린 후, 일단 스피드를 늦췄다.

"체엣, 탑에 가 보고 싶었는데."

이쑤시개처럼 보이는 탑 쪽을 바라보며 라템이 혀를 차자, 케나는 초조함을 감출 수가 없었다.

"바보 같은 소리 마. 저기 가까이 갔다가는 그리폰이 잠시도 못 버틸 거라고. 가고 싶다는 이유만으로 리트랑 루카를 위험에 빠뜨려가면서까지 가도 될 곳이 아니야."

케나가 진지한 얼굴로 쏘아보자 라템은 오들오들 몸을 떨며 그 자리에 굳어졌다.

케나의 탑에는 몬스터가 전혀 배치되지 않았지만, 주변에는 눈에 보이지 않는 야생 마물도 다수 서식 중이다.

접근하는 것 자체가 일반인에게는 무리인 것이다.

만에 하나 탑의 영역 안으로 들어간다 해도 걸음을 멈추는 순간 강제 전이된다.

마물들은 경치가 바뀌었다는 사실에 동요해서 주변에 대한 경계가 소홀해졌을 때 덤벼들 것이다.

어린애가 그런 위험지대에 들어가도 될 리가 없다.

그야말로 몬스터들이 봤을 때는 호박이 넝쿨째 굴러들어오는 격일 테니.

케나도 책임지고 다른 집 아이들을 맡은 처지다.

이런 소리를 하고 싶지는 않았지만, 바깥세상에 대한 동경만으로 헤쳐 나갈 수 있을 정도로 만만한 세계가 아니라는 사실은 알아줬으면 했다.

『워워~. 어른스럽지 못하게 왜 이러시나요, 케나.』

엉겁결에 【위압】을 발동할 뻔할 뻔한 참에 키가 끼어든 덕분에 멈추고 어떻게 타이를지를 생각하던 중에 대변자가 라템의 발을 콱 밟았다.

"아야아아아아앗?!"

"떼쓰면 못써! 케나 언니가 친절하게 데려와 준 거잖아!"

발을 움켜쥔 채 웅크려 앉은 라템의 앞에 리트가 떡 버티고 서 있었다.

라템이 입을 시옷자로 구긴 채 눈물을 글썽거렸다.

발을 밟힌 것이 꽤나 아팠던 모양이다.

"루카가 없었으면 안 데려와 줬을지도 몰라! 얼마나 많이 애를 써 줬는데. 안 그랬으면 우리는 평생 하늘을 날지 못했을지도 모른다고!"

케나는 손을 허리에 얹은 채 라템을 제지해 준 리트에게 머리라도 숙이고 싶은 심정이었다.

'리트 정말 멋지다.'

이곳에 누군가가 있었다면 '이것 봐. 네가 감탄하면 어쩌자는 거야.' 라고 딴죽을 걸었으리라.

하늘 어딘가에서는 원수 같은 친구가 얼굴을 가린 채 어이없어하고 있을지도 모를 일이다.

"미, 미안해……. 그렇게 화낼 건 없잖아……."

물어뜯기라도 할 듯 화를 내는 리트에게 라템도 결국 고개 숙여 사과했다.

"왜 나한테 사과하는 건데! 사과는 케나 언니한테 해야지!"

리트가 버럭 화를 내며 위협하자 초조해진 라템은 케나에게도 고개를 숙였다.

"저, 저기. 잘못, 했어요."

병원에서 만났던 아이들은 떼를 쓰는 일이 없었던지라 케나도 그런 아이들에게만 익숙해져 있었다.

새삼 평범한 아이들은 떼도 쓰고 자기주장도 강하게 하는구나 싶었다.

'병원은, 나를 비롯해서 이런저런 것들을 포기한 사람들이 많았던 것 같으니까…….'

과거에 대한 감상은 옆으로 미뤄 두기로 하고, 지금은 눈앞에서 고개를 숙인 라템에게 의식을 집중하기로 했다.

"뭘 잘못했는데?"

본인이 반성한다 해도 무엇이 원인인지 모르면 또 난감한 일이 생길 거다.

그렇게 되묻자 라템은 큰 소리로 말하며 다시 고개를 숙였다.

"어? 그게. 떼, 떼써서 미안해!"

케나는 라템의 머리를 가볍게 주먹으로 쥐어박고서 "알았으면 됐어."라고 말하며 용서해 주었다.

"저 탑에 가까이 가면 있지, 그리폰이랑 이 【땅의 정령】은 존재가 사라져 버리거든."

그리고 발판이 되어 주고 있는 룩을 발꿈치로 톡톡 두드리며 중요성을 설명했다.

"느닷없이 허공에 내던져지면, 너희는 어떻게 할 거니?"

"어, 어어……."

지금은 지면에서 10미터 이상 떨어진 곳을 날고 있다.

탑 주변을 크게 우회했을 때는 100미터 정도의 고도를 날고 있었다.

라템뿐 아니라 리트와 루카도 그 사실을 기억해냈는지 순식간에 표정이 굳어졌다.

"내가 붙잡는다 해도, 마법을 쓸 수 없을 테니 그대로 낙하할 거야. 루카만이라면 품에 안고 떨어져도 살아남을 자신이 있지만, 너희는 어떻게 될 것 같니?"

원인을 알아챘다면 그 결과가 어떻게 될지를 알아야 한다.

잔소리처럼 들릴지 모르겠지만 그런 경험을 해 두면 앞으로 도움이 될 것이다.

"떠, 떨어져?"

루카와 함께 케나에게 매달려 있던 리트는 파랗게 질린 얼굴로 그렇게 물었다.

그다음까지 또렷하게 말할 생각이 없었다. 높은 곳에서 떨어지면 어떻게 될지는 굳이 말하지 않아도 알 것이다.

"미안! 정말로 미안해!"

라템은 얼굴이 파랗게 질려서 이번에는 리트와 루카에게 사과했다.

자신들이 얼마나 위험한 상황에 있었는지 똑바로 자각한 모양이다.

익숙하지도 않은 질책 같은 것을 하려니 죽을 맛이라 케나는 땅이 꺼져라 한숨을 쉬었다.

"애초에 이런 건 내 역할이 아닌데."

태클을 걸 인간이 넘쳐났던 과거의 길드 멤버들을 떠올리며 쓴웃음을 지었다.

본인들은 이른바 '글러먹은 어른들의 집단'이었던지라 혼내는 역할은 대부분 오푸스나 에베로페 등이 맡았다.

그런 탓에 케나는 '이럴 때 있었으면'이라는 공허한 바람을 품을 수밖에 없었다.

"피오오오~!"

계속해서 삼림 위를 날고 있던 도중에 한쪽 그리폰이 무언가를 경계하는 듯한 울음소리를 냈다.

소환주인 케나는 그들이 조심하라고 경고하고 있다는 것을 알 수 있었다.

아이들은 먼 곳에 있는 산맥을 보거나 흘러가는 구름을 보거나 하고 있어서 이변을 알아채지 못했다.

케나도 깜박하고 있었지만 하늘에도 위협이 될 만한 비행형 마물은 존재했다.

본래 그리폰이 모습을 드러내고 견제하면 약한 마물이 다가올 일은 없다.

하지만 현재는 아이들을 배려하기 위해 위압 계통의 스킬은 쓰지 않고 있는 데다 모습도 감추고 있었다.

공중에 무방비 상태로 떠 있는(것처럼 보이는) 케나 일행이 먹잇감으로 인식되는 데는 그리 오랜 시간이 걸리지 않았다.

콰앙!

마물이 돌진해 와서 【땅의 정령】의 【장벽】에 격돌했다.

갑작스럽게 출현한 탓에 소리가 크게 들린 감은 있지만, 실제 충돌음은 '퍽' 정도에 그쳤다.

정신이 들어 보니 【땅의 정령】 주변은 검은 새떼에 둘러싸여 있었다.

날개의 길이가 2미터 정도 되는 까마귀와 비슷한 대형 새 마물이다.

무리가 커지면 혼 베어까지도 습격하는 사나운 녀석으로, 이름은 카로베아라고 한다.

콘도르처럼 송장 고기를 찾아다니기도 한다는 모양이다.

그것들은 주변을 선회하며 까악까악끄아끄아, 시끄럽게 울며 케나 일행을 위협했다.

완전히 겁에 질린 리트와 루카가 케나의 망토 안에 숨어서 몸을 웅크리고 있었다.

라템은 간신히 서 있기는 했지만, 안색이 조금 전처럼 새파랗게 질려 있었다.

"케나, 어, 언니……."

"……윽?!"

"아아, 괜찮아괜찮아. 저런 피라미는 【땅의 정령】의 벽을 못 뚫으니까."

케나는 손을 팔랑팔랑 내저으며 가벼운 투로 말했지만, 아이들의 얼굴은 이 세상의 종말이라도 맞은 듯한 비장함으로 물들어 있었다.

그러는 동안에도 몇 마리나 되는 카로베아가 공격하려고 했지만, 【장벽】에 가로막혀 달려든 기세로 인해 자폭하고 아래로 후두둑후두둑 떨어졌다.

그런데도 포기하지 않는 것은 학습 능력 없이 본능만으로 살아가는 마물다운 행동이라 할 수 있었다.

"애들한테 이렇게까지 겁을 주는 데 가만있을 수는 없지."

내버려 두면 포기하지 않을까 싶었지만 그럴 낌새가 전혀 없기에 케나는 오른손을 머리 위에서 휘둘렀다.

그 순간, 【장벽】 바깥쪽에 자리한 허공에서 광채가 스며 나오듯 출현하여 여러 차례에 걸쳐 굳어지고 응결되었다.

빙결 계열 공격 마법 중 초급에 해당하는 【빙쇄시(氷碎矢)】다.

맞으면 얼어붙는 데서 그치지 않고, 얼어붙은 부분에서부터 분쇄되는 지독한 마법이다.

그것이 펜 정도 되는 크기의 화살이 되어 【장벽】을 에워싸듯 무수히 많이 생성되었다.

그 숫자는 수백에 이르렀다.

카로베아 한 마리 당 열 발은 꽂힐 듯한 숫자다.

그것을 보고도 전혀 동요하지 않는 카로베아는 정말로 새대가리인 걸까, 아니면 위협을 느끼지 못하는 것일까.

슬슬 끈질기게 구는 녀석들이 지긋지긋해지기 시작한 케나의 "발사."라는 한마디에, 불쌍한 카로베아의 무리는 3초 만에 말끔하게 사라졌다.

시끄러운 울음소리가 사라지고서 얼마쯤 지나자 리트 일행도 스르륵 고개를 내밀었다.

"……무서운 건?"

"해치웠으니 괜찮아. 자, 루카도 얼굴 좀 내밀어 봐!"

등을 쓰다듬으며 재촉하자 루카도 겨우 고개를 내밀었다.

몸으론 아직 케나의 망토를 돌돌 두르고 있었지만 더 이상 떨지는 않는 듯했다.

“여, 역시 모험가 누나야. 끝내줘.”

간신히 졸도하지 않고 있었던 라템만이 카로베아를 격추하는 모습을 끝까지 지켜보았다.

케나를 보는 눈이 존경심과 선망으로 물들어 있기는 했지만, 평범한 마법사도 그럴 수 있으리라 생각하는 것은 잘못이다.

손을 흔드는 것만으로 마법을 행사할 수 있는 데서 이미 케나는 비상식의 결정체라 할 수 있었다.

평범한 마법사는 솔로로 카로베아의 무리를 상대할 수도 없고 한꺼번에 수백 발의 마법을 쏘지도 못한다.

그녀를 기준으로 삼으면 그 어떤 궁정 마술사를 만난다 해도 실망하고 낙담할 수밖에 없을 거다.

라템의 흥분한 얼굴에 리트도 관심이 동했는지 케나의 무용담을 듣는 시간으로 이어지고 말았다.

본인은 ‘쏴서 떨어뜨렸다’ 는 식으로밖에 말할 수가 없어서 라템이 대변해 주었다.

“끝내줬어. 반짝반짝하는 게 우리 주변을 막 둘러싸더니. 그게 사라졌을 때는 마물이 모두 다 떨어지고 있었어!”

새삼 해설하는 것을 듣고 있자니 케나는 어쩐지 쑥스러웠지만, 그 설명에는 쓴웃음을 지을 수밖에 없었다.

리트와 루카도 그것만으로는 설명이 충분하지 않았는지 “좀 더 자세히 말해 봐."라고 라템을 조르고 있었다.

"어, 그러니까……."

"그런 설명으로는 잘 모르겠다니깐! 케나 언니, 뭘 한 거야?"

"결국 나한테 물어보네. 음~ 얼음 마법을 잔뜩 쐈어."

"어, 그게 얼음이었어?! 그런 건 처음 봤어."

"……케, 에나, 엄, 마는. ……굉장, 한, 마법을…… 써."

"루카도 본 적 있어?!"

루카가 본 것은 모두 【서먼 매직】이라 굉장하다고 말하는 기준은 거대한 블루 드래곤인 듯했다.

리트가 본 것은 일상생활을 살짝 편리하게 해 주는 마법 정도라 아주 대단하다고 할 정도는 아니었다.

마을에서 나가지 않고 일생을 마치는 사람들의 눈에는 파격적인 마법으로 보였겠지만.

"자자, 얘들아. 다음은 에지드 대하 위를 날 거야. 강폭이 넓으니까 잘 보도록 해."

너무 마법에 흥미가 생겨서 가르쳐 달라고 하는 날에는 케나가 난감해질 게 뻔하다.

그러니 그러한 대화보다 주변으로 눈을 돌리게 하고자 그렇게 말했다.

"에지드 대하 정도는 나도 알아. 건너편 물가까지 엄청 멀어."

랙스 일가가 건너온 때가 모자가 힘을 합쳐 만든 다리가 세워진 후라면 그때 본 것이리라.

이번에는 횡단하는 것이 아니라 강의 흐름을 따라 하류까지 가볼 생각이다.

너무 많이 내려가면 펠스케이로 왕도까지 가게 될 테니 다리만 잠깐 넘었다가 돌아올 예정이다.

중간에는 폭포에 가까운 계류도 있어서 과거에 목재를 강에 실어 운반하던 장인들은 고생이 많았을 것이다.

일단 헬슈펠 국경 경비대에게는 보이지 않을 테지만, 발각될 경우에는 손녀의 연줄을 의지할 예정이다.

우선은 수면에 닿을 듯 말 듯 날 생각이었지만 그러다 자신들이 만든 다리에 부딪히기라도 하면 여러모로 찜찜할 것이다.

그래서 되도록 고도를 높여서 강 위를 고속으로 날았다.

좌우에 위치한 물가에 숲이 있는 만큼, 레이스 코스 같은 느낌이 들어서 아이들도 매우 기뻐했다.

아이들의 환호성을 들으며 케나는 '전쟁 때는 물에 들어가서 잠복하다가 적국 녀석들을 등 뒤에서 쳤었지.' 따위의 생각을 하고 있었다.

지금은 무엇이 살고 있을지 모를 일이니 물속에 들어가고 싶지는 않았다.

이길 수는 있겠지만 물속에서 대왕얀마의 유충 같은 것과 맞닥뜨리는 날에는 혼란 상태에 빠져 온 힘을 다해서 마법을 날릴 자신이 있다.

그 결과, 아마도 강의 흐름이 바뀌거나 토석류(土石流) 현상이 발생할지도 모른다.

뒷수습할 생각만 해도 겁이 날 정도다.

먼눈을 하고서 이런저런 추억을 돌이켜보던 중, 어머니와 아들의 공동 작업 결과물인 다리를 훌쩍 넘어 버렸다.

"어라……?"

넘은 것은 상관없었지만 뭔가 이상한 것까지 동시에 본 것 같은 기분이 들어 케나는 고개를 갸웃했다.

아이들의 안전 확보에만 정신이 쏠려 있던 나머지 다리 위에 펼쳐져 있던 풍경 중 일부를 또렷하게 인식하지 못한 것이다.

회상에 너무 집중했나 생각하던 참에 리트가 옷을 휙 잡아당겼다.

"케나 언니! 아까 다리에 마차가 있었어!"

라템도 "다리가, 다리가!" 라고 마구 소리쳤다.

어쩔 수 없이 제3자에게 확인해 보기로 했다.

"키. 아까 다리에 뭐 있었어?"

『몬스터가 습격하는 마차 말고는 없었습니다.』

"응. 몬스터가 습격을…… 뭐어어어어어어?!"

허둥지둥 그리폰에게 정지 명령을 내렸지만 지상에서와는 달리 공중에서 급정지하는 것은 무리였다.

성실하게 소환주의 명령을 접수한 그리폰들은 일단 고도를 높여 선회했다.

그러는 도중에 【원시(遠視)】를 사용해 그 다리 위를 확인해 보니 몇 대의 마차가 다리 위에서 오도 가도 못 하고 있었다.

그리고 그 앞뒤를 오거가 가로막아 궁지에 처한 듯 보였다.

몇몇 마차는 눈에 익었다.

아마도 에리네 상단의 일부일 것이다.

하지만 아이들을 데리고 있기도 해서 케나는 혼란 상태에 빠졌다.

◆

"이것 참, 진퇴양난의 상황이 따로 없군요."

다리 한복판에서 꼼짝하지 못하게 된 상황을 확인한 에리네는 각오를 굳혀야 하나 싶어 눈을 가늘게 떴다.

전방에는 오거, 후방에는 고블린.

아무리 실력이 있기로 유명한 아비타의 '불꽃창 용병단'이라 해도 단장이 없는 데다 숫자가 절반도 되지 않는 상태로 세 대의 마차를 지켜내기는 어려울 것이다.

"운수가 트였구나 싶었는데 말이죠……."

짐칸에 실린, 결코 많지는 않은 나무상자.

그것을 흘끔 쳐다본 후, 그는 체념한 표정조차 짓지 않고 중얼거렸다.

사카이 상회의 큰 주인에게 직접 의뢰받은 물품은 변경 마을에 살게 되었다는 케나에게 보내는 것이다.

이것 몇 개의 운송료가 다른 마차에 가득 담긴 화물의 운송료에 필적했다.

아마도 그만큼 값어치가 큰 물건이리라.

조금 전까지 옆에 있던 아비타와 '아가씨 만만세로구만.' 이라는 소리를 속 편하게 주고받았던 일이 거짓말 같았다.

그리고 순식간에 찾아든 위기에, 이 세상은 불운과 행운이 기가 막히게 균형을 이루고 있는 것 같다는 생각이 들어 혀를 차지 않을 수 없었다.

애초에 에리네의 상단이 이런 궁지에 처한 것은 마물의 습격 때문이었다.

지지난번에도 비슷한 지점에서 케니슨이 치명상을 입는 사태가 벌어졌던 탓에 경계를 소홀히 하지는 않았다.

첫 번째 습격은 헬슈펠 국경을 넘어 얼마쯤 전진했을 즈음에 있었다.

오거 한 마리와 고블린 세 마리가 후방에서 나타나 아비타가 동료 중 절반을 데리고 대응에 나섰다.

상단은 약간 떨어진 곳에서 기다릴 예정이었다.

하지만 그 습격의 목적은 호위인 아비타 일행을 분단시키는 것이었던 모양이다.

곧이어 상단은 옆쪽 숲에서 나타난 고블린 다섯 마리에게 쫓기게 되었다.

부단장의 판단으로 마차의 속도를 높여 뿌리치는 작전을 취했다.

끈질기게 따라붙는 고블린을 따돌렸을 즈음에는 다리까지 도달한 뒤였고 거의 다 건넜을 때쯤에 반대쪽에서 오거가 세 마리 나타났다.

남은 단원이 어찌어찌 막고 있을 즈음 후방에서 고블린이 쫓아왔다.

아마도 한참이나 돌아올 낌새가 없는 아비타 일행 쪽으로도 증원군이 향해서 발을 묶고 있을 것이다.

아무리 봐도 '약간의 지혜' 가 있을 뿐이라고 알려진 오거들이 쓸 만한 전법이 아니다.

배후에서 누군가의 입김이 작용한 듯 조직적인 행동에 에리네는 전율을 금할 수 없었다.

조금 전 머리 위를 통과한 거대 생물의 존재도 무언가 터무니없는 일이 비밀리에 진행되고 있는 전조가 아닐까.

……그건 지나친 생각일지도 모르겠지만 가슴이 술렁거려 견딜 수가 없었다.

지금은 폭이 한정적인 다리의 구조 덕분에 버티고 있지만 증원군이 더 올 경우에는 아무리 봐도 막아내지 못할 듯했다.

【매직 스킬 : load : 전광이여 쓸어 버려라(보아루루드)】.

구원의 손길이 내려온 것은 바로 그때였다.

강의 하류에서 공기를 달구며 뻗어온 몇 줄기의 번개뱀이 다리와 마차를 무시하고 부단장들과 공방을 펼치고 있던 오거 세 마리에게 꽂혔다.

그 상상을 초월하는 파괴력은 절대적이어서 어깨에 그것을 맞은 오거는 상체 부분이 순식간에 까맣게 탔다.

번갯불을 배에 맞은 오거는 무릎 아래쪽과 머리만 남기고 몸통이 통째로 까맣게 타서 무너졌다.

몇 줄기를 한꺼번에 맞은 오거는 아예 숯덩이가 되어 버렸다.

부단장과 에리네 일행이 시선을 마법이 날아온 방향으로 돌려보니, 그리 멀지 않은 허공에 케나가 둥실둥실 떠 있었다.

""케나 양?!""

놀랄 새도 없이 다음 이변이 상단의 후열이 있는 다리 옆에서 일어났다. 수면이 부풀어 올라 가장 앞에 있던 마차까지 흠뻑 젖을 정도의 물기둥이 솟구친 것이다.

물론 그것을 예상한 케나가 상단 전체에 【결계】를 친 덕분에 한 방울도 튀지 않았다.

영향을 받은 것은 제일 뒤쪽에서 찔끔찔끔 일행을 괴롭히던 고블린들뿐이었다.

다섯 마리 모두 지향성 물기둥에 의해 날아가, 강물에 빠져 떠내려갔다.

어찌어찌 다리에 남았다 해도 물속에서 나타난, 물로 된 거인에게 유린당했을 것이다.

고블린에게는 어느 쪽이 더 나은 일이었을까.

"케나 양! 부탁이 있습니다!"

다리에 내려선 케나가 숯덩이가 된 오거들을 걷어차던 중에 부단장이 그녀를 불렀다.

"아, 부단장님이네. 무사하세요~?"

"죄송합니다, 케나 양. 잠시만 상단의 호위를 부탁드려도 되겠습니까?"

"네에, 뭐어 상관은 없는데요."

영문을 모르는 채로 케나가 고개를 끄덕이자 부단장은 에리네에게 양해를 구하더니 남은 단원을 이끌고 왔던 길로 달려갔다.

"단장님, 무사하십쇼오오오오오!!" 라고 소리치며.

어안이 벙벙해져서 배웅한 케나에게 에리네가 고개를 숙였다.

"고맙습니다, 케나 양. 덕분에 사람도 짐도 무사하군요."

"네? 아아. 우연히 지나가던 중이었거든요."

"피~오~."

"피오오오~"

그러던 중에 그리폰 두 마리와 거기에 매달린 거대한 체스말이 날아들었다.

그리폰은 허공에 머무르고 있었고 성벽처럼 생긴 체스말 위에서는 아이들 셋이 고개를 내밀고 있었다.

그중 한 명은 에리네도 아는 여관집 딸인 리트였다.

"아까 지나간 건 이거였나요……."

"조촐하게 유람 비행을 하고 있었거든요. 늦지 않아 다행이네요."

에리네는 체공 중인 그리폰 두 마리를 보고 눈을 가늘게 떴다.

"유람이라고 하기에는 꽤나 무시무시한 수행원이로군요."

"그렇지도 않아요. 폭신폭신한 정도로 치면 에리네 씨도 이길 정도일 걸요?"

"……폭신폭신?"

에리네를 보는 케나의 눈이 맹금류처럼 빛났다.

온몸의 털이 곤두서는 불길한 예감에 에리네는 엉겁결에 케나에게서 거리를 벌렸다.

"……아."

케나는 아쉬운 표정을 짓기는 했지만, 그 이상 손을 대려고는 하지 않았다.

언제까지고 다리 위에 있을 수는 없는 일이라 일단 다리를 건넜다.

탁 트인 장소에 마차를 세우고 사건의 전말을 들은 케나는 루카를 소개했다.

참고로 무슨 일이 생길지 모를 일이라 리트와 라템은 체스말 위에 있게 했다.

그리폰은 체스말의 좌우에서 휴식을 취하고 있다.

"호오, 케나 양의 따님인가요?"

"……루카, 예요."

나직하게 중얼거린 후, 루카는 케나의 허리에 매달려 고개를 꾸벅 숙였다.

"에리네라고 합니다. 잘 부탁드립니다."

루카가 어쩐 일로 재촉하기 전에 스스로 인사를 한 것이 케나는 기쁜 듯했다.

얼마나 루카를 아끼는지를 대충 알게 된 에리네는 쓴웃음을 지을 수밖에 없었다.

"그나저나 오거가 이런 짓을 하는 경우는 드물지 않나요?"

"뭐어, 이렇게까지 치밀한 전법을 쓰는 일은 거의 없지요. 그 이야기는 아비타 공이 돌아와서 한숨 돌리고 나면 하도록 할까요."

게임이었던 시절에는 퀘스트에서 마물이 조직적인 행동을 하는 일이 드물지 않았다.

그런 면에서 현재 세상과의 괴리가 느껴져, 케나는 좀처럼 납득이 안 됐다.

"피오오오~."

생각에 잠긴 주인 대신 보조 임무를 수행하던 그리폰이 경계심을 담아 울음소리를 냈다.

한 집단이 웅성웅성 소란스럽게 다리를 건너오는 것을 발견했기 때문이다.

선두에서 걷고 있던 아비타는 그리폰을 보자마자 표정이 굳어졌다.

그렇게 쭈뼛거리며 다가오다가 케나의 모습을 보고 안심한 표정을 지었다.

험상궂게 생긴 남자들에게 있는 대로 겁을 집어먹은 루카는 케나의 뒤로 숨고 말았다.

"수고 많으세요, 아비타 씨."

"여, 여어, 아가씨."

"죄송합니다, 케나 양. 그리고 감사합니다."

부단장은 감사 인사를 하고서 단원들을 배치한 후, 상단을 전진시킬 준비에 착수했다.

아비타는 루카가 있다는 사실을 알아채기는 했지만, 억지로 인사하려고는 하지 않았다.

"부상자는 있나요?"

"아아, 괜찮습다. 이 정도는 다친 것도 아닙다."

가장 부상이 심한 것은 왼팔에 붕대를 감은 케니슨이었다.

케나가 '또 너냐' 라고 말하는 듯한 얼굴로 다가가자 그는 손사래를 쳐서 자신이 멀쩡하다고 주장했다.

이제 자신이 없어도 괜찮겠다고 판단한 케나는 루카를 데리고 체스말 위로 돌아갔다.

"그럼 마을에서 기다릴 테니 이야기는 거기서 해요."

그리폰에게 이륙하라고 명령한 후, 에리네에게 그렇게 말했다.

주인의 명령을 받은 그리폰은 강풍을 발생시키며 상승해서 변경 마을을 향해 날아갔다.

그 모습을 배웅한 아비타의 얼굴에는 불만이 한가득이었다.

"뭐야, 뭐. 아가씨가 못 본 새에 꽤나 박정해졌구만……."

"우선순위상 따님에게 진 것 같군요."

에리네는 푭, 하고 웃음을 터뜨리고서 그녀의 팔불출 같은 성격상 당연한 일이라고 말해, 아비타를 당혹스럽게 했다.

이번 일로 같은 마물이 습격한 것이 두 번째니 경계와 척후에도 힘이 실릴 수밖에 없었다.

그 때문에 상단은 해가 다 저물고 나서야 마을에 도착했다.

에리네가 밤이 되기 전에 일을 처리하고자 랙스 공무점 앞으로 보내진 화물을 건네러 갔다가, 가게 앞에 당당하게 걸린 간판을 보고 화들짝 놀라는 장면도 연출됐다.

밤의 여관에는 케나가 얼굴을 내밀러 와 있었는데, 어째서인지 록시느를 대동하고 있었다.

루카는 낮에 있던 일로 지쳐서 일찌감치 잠들었고, 록시리우스는 집을 지키고 있다.

록시느가 따라온 것은 "이참에 얼굴을 내밀어서 경박한 녀석들을 모조리 쳐내면, 앞으로 껄떡대지 않겠죠."라는 난폭한 이유 때문이었다.

당연히 용병단원 중 일부가 만들어진 미모에 홀려 록시느를 꼬시려 들었다.

하지만 록시느는 무표정한 얼굴로 자신에게 수작을 부리는 이들을 차례차례 격파해 나갔다.

그때 입에 담은 답변은 아래와 같았다.

"머리를 교체하고서 다시 오시죠."

"그렇게까지 취해야만 여성에게 말을 걸 수 있나요."

"입 냄새 풍기며 다가오지 마시죠. 불결하게."

"처자식을 부양할 만큼 벌이가 좋은 것 같지는 않군요."

그렇게 미묘하게 정론이 섞인 말로 남자들의 마음을 분질러 나갔다.

쳐낸다기보다는 두꺼운 화살을 푹푹 박아 넣는 듯한 말에, 작업을 걸었던 자들은 픽픽 격침되었다.

"이봐, 아가씨. 아가씨네 메이드는 악마의 화신이라도 돼?"

처음에는 "다들 적당히들 해라~."라고 말하며 술안주 삼아 지켜보던 아비타도 언어로 된 크로스보우로 부하들을 처리해 나가는 록시느의 모습에 식겁했다.

"뭐어, 제 원수 같은 친구의 계보이다 보니, 성격이 닮은 걸지도 모르겠네요."

몇몇 단어는 불똥처럼 튀어서 마을의 독신 남성 중에서도 가슴을 움켜쥐고 고개를 푹 숙이는 이들이 속출했다.

개중에는 '마누라가 눈치를 줘서' 라고 둘러대고는 술도 대충 마시고 귀갓길에 오르는 이도 있었다.

피해가 커지자 말레르도 어이가 없다는 눈치였다.

"나 원, 말발에서 밀린 것 갖고 저 지경이 되다니, 저렇게 간이 작아서 어디에 쓴담."

아니, 남자들의 한심한 꼬락서니에 질린 것뿐인 듯했다.

영업 방해라는 소릴 듣지 않아 다행이라 생각하며 케나는 가슴을 쓸어내렸다.

"이봐, 여주인! 이 에일, 계속 좀 내 와!"

"에일이 아니라 맥주라던데. 매입처는 케나지만 말이야."

맥주가 마음에 들었는지 아비타가 계속해서 추가 주문을 하자 말레르가 술에 관한 사정을 공개하고 말았다.

"뭐라고요?! 케나 양. 자세하게 좀 설명해 주시겠습니까!"

"역시 에리네 씨네. 행동이 엄청 빠르셔."

에리네가 가장 먼저 반응을 보이자 케나도 쓴웃음을 지을 수밖에 없었다.

"하지만 죄송해요, 에리네 씨. 이건 이미 원료 매입과 판매를 케이릭에게 타진해 둔 상태거든요."

"흠, 사카이 상회의 큰 주인어른에게 말씀이십니까……. 그렇다면 말 나온 김에 우선권만이라도 얻고 싶군요."

사카이 상회의 판매 루트가 확정되는 것까지 염두에 둔 발언이었다.

"너무 성급하신 거 아닌가요?"

"무슨 말씀이신가요. 이렇게까지 맑은 맛이 나는 에일은 전에 본 적이 없습니다. 분명 수요가 있을 겁니다."

"에일이 아니라 맥주지만 말이에요."

꽤나 마음에 든 모양이다.

에리네뿐 아니라 그의 동료들, 그리고 불꽃창 용병단 멤버들도 계속해서 마시는 모습을 보니 그들도 마찬가지로 마음에 든 듯했다.

상단 관계자들은 록시느의 독설 탓에 술을 마시는 마을 사람들이 줄어든 매출을 메우고도 남을 정도로 주문을 해댔다.

술안주 주문이 끊임없이 날아와서 루이네와 리트도 카운터와 자리를 오가느라 정신이 없었다.

그러한 기세도 계속해서 술을 퍼붓다가 쓰러지는 자들이 나오기 시작하자 점차 수그러들었다.

케나는 오늘도 술주정뱅이들을 방으로 옮겨 주는 역할을 해야만 했다.

"이건 케나 양 앞으로 온 화물입니다."

에리네 일행이 케나에게 운반해 온 것은 현관 앞에 쌓인 귤 상자 사이즈의 나무상자 다섯 개였다.

안에서는 달그락달그락, 딱딱한 소리가 나고 엄청나게 무거웠다.

케나는 장도리를 가져오려는 록시리우스를 제지하고 룬블레이드를 뽑아 가로로 휘둘러서 상자의 덮개 부분만 베었다.

느닷없이 엄청난 기술을 보게 된 에리네는 "뭐어, 케나 양이니 이 정도는 하시겠죠." 라며 쓴웃음을 지었다.

에리네의 앞에서는 아무리 굉장한 일을 해도 그런 말로 넘길 듯했다.

그런 태도는 게임이었던 시절, 끝내 체념했던 고참 친구들과 통하는 면이 많아서 케나는 아련한 눈으로 추억에 잠겼다.

안에는 진한 회색을 띤 자잘한 광석들이 빼곡히 들어 있었다.

마력 반응으로 미루어 봐서는 다른 상자에도 똑같은 것이 담겨 있는 듯했다.

"돌?"

"헤에~ 특징만 말했는데 벌써 이만큼이나 모았구나. 케이릭의 수완도 굉장한걸?"

다섯 개의 상자에 가득 담긴 마운석을 본 케나는 감탄해서 말했다.

케이릭에게는 '마법을 봉인할 수 있다' '마력 반응이 있다'는 정보만 전달했건만. 이렇게 많은 양을 준비할 수 있는 수완이 감탄스러울 따름이었다.

에리네의 감정안으로 보아도 그것들은 길바닥에 널린 돌과 별반 차이가 없어 보였다.

설마 비싼 운송료를 받고 운반한 화물이 돌이리라고는 생각도 못했던지라 그는 다소 실망한 눈치였다.

케나가 덮개를 열 때마다 감탄하는 걸로 봐서는 평범한 물건이 아닌 모양이었지만.

애초에 이것을 판별하려면【매직 스킬 : 감정】이 필요할 터다.

케이릭은 플레이어나 그에 준하는 자를 수하로 두고 있는 것 같다.

케나는 향후 마운석을 쉽게 확보할 수 있겠다고 생각하며 그 사실만으로도 손자에 대한 평가를 상향 조정했다.

상자 하나에서 한 움큼의 돌을 꺼낸 케나는 그 자리에서 합성해서 불순물을 제거하고 탁한 색을 띤 직경 5센티미터 정도의 둥그런 구슬로 바꾸었다.

【크래프트 스킬 : 봉입(인스톨) : 화염】

케나의 손바닥 위에서 구슬의 색이 눈 깜짝할 새 붉게 바뀌자 상황을 지켜보던 에리네와 아비타는 의아한 표정을 지었다.

그녀는 그대로 구슬을 땅바닥에 툭 하고 떨어뜨리더니 옆에 있는 에리네에게 말했다.

"에리네 씨, 명령 좀 해 보시겠어요? 들여다보시지는 말고요."

"네에, 뭐라고 하면 되겠습니까?"

" '신이시여, 우리에게 불을 내리소서' 라고요."

에리네는 반신반의하며 구슬을 향해 케나에게 들은 말을 내뱉었다.

말 끝나기 무섭게 구슬에서 높이가 3미터는 될 듯한 불기둥이 치솟았다.

속성과 키워드를 한꺼번에 설정하고 일정량의 MP를 주입해서 기동시키는 간이 마법진이다.

사용법은 다양했지만, 무기와 방어구 등에 봉입해서 전투에 쓸 수 있게끔 하거나 일상적으로 사용하는 물건에 봉입해서 일상생활을 편하게 할 수도 있었다.

요전에 도적에게서 입수한 '화염구를 열 번까지 쓸 수 있는 지팡이'가 좋은 예라 할 수 있었다.

그러한 무기는 작성자가 키워드를 설정해 놓는 경우가 많은데, MP를 재충전하지 못해 결국은 일회용 무기로 쓰였다.

하지만 작성자의 레벨에 따라 위력이 정해지는지라 게임이었던 시절에 마법 공격력이 최고 수준이었던 케나가 만든 무기에는 엄청난 수치가 붙고는 했다.

그 외에 던전 안이나 길드하우스에 계절이나 다른 환경을 만드는 데도 자주 쓰였다.

극단적인 예를 들자면 던전 내부에 용암 지대며 북극권을 재현하고자 하는 사람까지 있었을 정도다.

수호자의 탑에 설치된 것도 이것의 상급 버전이다.

디자인은 플레이어에 따라 천차만별이지만 설치는 운영진의 손에 의해 이루어져서 지속성이 부여되었다.

하지만 스킬 마스터만이 사용할 수 있었다.

운영진도 설마 그런 설정이 다른 세계에 이어질 줄은 몰랐으리라.

케나의 집에 설치된 조명에도 이것이 사용되어서 손가락을 튕겨서 켜거나 끌 수 있도록 되어 있었다.

상자를 운반해 온 상단 작업원과 용병단원들은 느닷없이 눈앞에서 불기둥이 치솟자 깜짝 놀랐다.

아닌 게 아니라 거리를 벌려 엄폐물 뒤에 숨어서 상황을 살필 정도로 겁을 먹었다.

MP를 그리 많이 싣지 않은 탓에 불기둥은 금방 소실되었지만 미안한 짓을 했음을 알아챈 케나는 “놀라게 해서 죄송해요.”라고 사과했다.

사용법이 여러 가지라지만 케나 일행이 사용하기에는 너무 많았다.

일단 케이릭에게 가서 어떤 식으로 판매하면 좋을지 물어보는 것이 좋을 듯했다.

그것들은 록시리우스에게 부탁해서 창고방으로 옮겨 두었다.

“과연, 옛날에는 이러한 물건이 유통되었던 거군요.”

“검에 넣거나 해서 장비에도 사용했지만, 대부분은…… 던전용으로 썼다고나 할까요?”

그 단어를 들어 본 적이 있는지 에리네는 요상한 표정으로 얼어붙었다.

그러던 도중에 리트와 라템이 후다닥 뛰어왔다.

평소처럼 루카와 함께 놀려고 온 것이리라.

“케나 언니, 안녕! 루카 있어~?”

“안녕, 얘들아. 걔는 금방 올 테니 조금만 기다릴래?”

“오늘도 화관 만드는 거 알려줘. 나만 못 만드는 건 왠지 싫단 말이야."

출입문에서 몸을 반만 내밀고 있던 소녀에게 달려가더니 셋이서 인사를 나눴다.

그리고 아이들은 루카의 손을 잡고 마을 중앙에 위치한 우물로 향했다.

케나의 시야가 닿지 않는 곳이기는 했지만, 아이들끼리 특훈이라도 하려는 것일지도 모른다.

뭐어, 케나에게서 떨어져서 놀 수 있게 된 것을 기뻐해야 할지 섭섭해해야 할지는 모르겠지만.

몇 시간 후, 그대로 보낸 것을 심하게 후회하게 될 줄은 케나도 전혀 알지 못했다.

"그럼 케나 양, 이 영수증에 서명해 주십시오."

"이거 가지고 다시 케이릭한테 가실 거죠? 왕복하는 데 한 달 가까이 걸리는데 힘들지 않으세요?"

"확실히 여행길은 힘들지요. 하지만 저는 이 일이 체질에 맞습니다."

"그렇게나 번듯한 가게가 있는데도요?"

영수증에 사인을 해서 에리네에게 건네며 말하자 그는 빙긋 웃으며 답했다.

"어라, 방문해 주셨군요. 저희 가게를 이용해 주셔서 감사합니다."

“어땠어, 아가씨. 나리네 가게, 굉장했지?”

아비타가 끼어들어 케나의 머리를 마구 쓰다듬었다.

케나는 그 손을 꼬집어 떼어내며 만족스러운 얼굴로 “좋은 쇼핑을 했어요.”라고 답했다.

“오호라. 손님께서 만족하실 만한 만남이 있었다니 다행이군요.”

응응, 하고 고개를 끄덕이는 에리네의 뒤에서는 아비타가 한쪽 손을 부여잡은 채 괴로워하고 있었다.

지켜보고 있던 단원들은 저건 아주 피부를 벗겨내려고 작정을 한 반격이었다고 수군거렸다.

그 후 최근 유통 사정이며, 어쩌면 사카이 상회까지 술통 운반을 부탁하게 될지도 모른다는 이야기를 하던 중에 부단장과 촌장, 로틀이 나란히 다가왔다.

“드디어 왔구만.”

“단장님, 어쩐 일로 빨리 오셨군요…….”

“두 번이나 매복을 당했는데 신경이 안 쓰일 수가 있나.”

“죄송합니다, 오래 기다리셨습니다.”

어제는 무산되었던 오거 대책 회의를 위해 촌장까지 불러서 의논하기로 한 것이다.

상단이 두 번이나 습격받은 데다가 조직적인 행동을 취하는 것이 확인되었기 때문이다.

경우에 따라서는 불꽃창 용병단과 케나가 합동 토벌에 나설 예정이다.

"마을에도 경계를 위해 우리 쪽 인원을 다소 남겨 두죠."

"록스랑 시이가 있으니 괜찮을걸요?"

"고양이 아가씨랑 소년만으로는 숫자로 밀어붙였을 때 당해내지 못할 텐데. 문제는 녀석들이 얼마나 남아 있는가 하는 거야."

"어제는 케나 양이 쓰러뜨린 오거 세 마리와 고블린 다섯 마리뿐이었죠. 보스 쪽은 부상을 입고 도망친 모양이니 말입니다."

어째서인지 케나의 집 앞에 선 채로 회의가 시작되고 말았다.

록시리우스가 작은 테이블을 가지고 나왔고 록시느가 차를 따랐다.

떠들썩한 토론 끝에 토벌에 나설 인원과 마을을 지킬 인원이 정해졌다.

아비타와 정예 용병단원 몇 명을 토벌대, 부단장과 나머지 인원을 수비팀으로 분배했다.

케나가 록시리우스와 록시느가 있으면 경비는 완벽할 것이라고 호언장담하자 '이런 소년 소녀가 뭘 할 수 있다고?!' 라고 반박하는 단원들도 있었다.

아비타가 '정 그러면 싸워 보면 되잖아~.' 라는 소리를 하는 바람에 폭언을 내뱉은 단원과 록시리우스가 갑작스럽게 모의전을 치르게 되었다.

장소를 마을 입구로 옮기기로 해서 다 같이 우르르 이동했다.

우선 랙스 공무점에서 떨어진 장소를 무대로 정했다.

뭐, 그 근처에는 상단의 마차를 제외하면 아무것도 없지만.

"시이, 어떻게 될 것 같아?"

"당연히 들고양이가 이기겠죠. 저 녀석의 실력은 저도 아— 주 잘 아니까요. 티끌만 한 역량으로 들고양이를 당해낼 수 있을 것 같나요? 보는 눈이 형편없군요, 제게 맡겨 주셨다면 목을 쳤을 텐데."

"아니, 이건 모의전이야. 의욕적으로 목을 치려 하면 못써."

이 말을 들은 단원 중 일부는 울컥했지만, 모의전의 결과를 보고 입을 다물 수밖에 없었다.

결과는 록시리우스의 압승이었다.

모의전에 나선 상대는 순식간에 목과 심장 앞쪽에 단검을 들이미는 바람에 1밀리미터도 못 움직여 보고 패배했다.

그런 상대가 둘이나 있다는 사실을 받아들인 아비타는 패배한 이를 비롯한 소수 정예 부대를 이끌고 가기로 했다.

참고로 아비타는 케나를 마법과 근접전을 그럭저럭 할 줄 아는 아가씨 정도로만 여겼다.

사실 마법 실력은 나라를 멸망시킬 정도고, 근접전 실력은 오푸스에게 배운 마구잡이 싸움 전법을 사용하면 용병단이 괴멸할 정도였다. 본인이 실력을 얼마나 발휘하느냐에 달린 일이기는 했지만.

"……그래서, 궁금한 것이 있는데 말입니다, 아비타 공."

"뭐야, 나리도 가겠다고 하려는 건 아니지?"

"그 이전에 상대가 어디에 있는지는 아십니까?"

"""…………."""

에리네의 소박한 질문에 조금 전까지 사기가 충만했던 용병단이 침묵했다.

아비타의 경우엔 명백하게 시선을 피했다.

다른 문제들도 많기는 했지만, 그중에서도 중요한 정보를 알지 못했기 때문이다.

바로 핵심 문제인 오거들의 본거지에 관한 정보다.

"아지트가 어디에 있는지도 모르는데 가려고 한 거예요, 아비타 씨……?"

그 반응 앞에서는 '어느 정도 짐작은 하고 있겠지' 라고 생각하고 있던 케나도 어이가 없는 나머지 말이 나오지 않았다.

"어제 뛰어다닐 때는 그런 것까지 신경 쓸 여유가 없었거든."

관람 비행을 할 때 케나는 아이들의 안전을 우선적으로 고려하고 있었다.

일반적으로 생각하자면 모종의 아지트가 숲속에 있을 것 같지는 않았다.

"로틀은 뭐 짚이는 바가 없는 게냐?"

"아무리 나라도 그렇게까지 숲속 깊은 곳까지 들어가 본 적은 없어서 말이지."

로틀은 기껏해야 숲의 입구 정도까지만 가는지라 짚이는 바는 없다고 답했다.

활과 함정밖에 쓸 줄 모르는 마을 사람에게 이 이상의 성과를 기대하는 것은 잔인한 짓이다.

지도를 꺼낸 에리네에게 아비타 일행이 추측을 늘어놓았다.

물을 확보하기 쉽고 사람들 눈에 잘 띄지 않는 나무숲에 둘러싸인 장소라는 이유로, 나쁜 마녀가 사는 탑(케나는 눈물을 훔쳤다) 앞에 위치한 깊은 숲속의 강가가 지목되었다.

확실히 그 위치라면 숨어서 다리를 건너는 이도 볼 수 있으니 습격하기도 쉬울 듯했다.

일단은 만약을 위해 케나도 자신의 스킬을 사용해 확인해 보았다.

【엑스트라 스킬 : 신탁】.

'운영진이 없는 세계에서도 효과가 있으려나, 이거?'

의문이 생기기는 했지만, 불확정 정보를 확인하는 데는 이 스킬이 최선이었다.

어째서인지 요정이 케나의 눈앞으로 뛰어들어, 두 팔을 수평으로 뻗고서 다리를 딱 붙여 십자가 자세를 취했다.

그리고 진지한 얼굴로 눈을 감더니 희미한 빛을 내뿜기 시작했다.

뭘 하고 있는지는 전혀 모르겠지만 물어본다고 답해 줄 것 같지도 않았다.

케나는 일단 요정이 하는 것을 지켜보기로 했다.

물론 이 요정의 모습은 케나 이외의 사람에게 보이지 않았다.

"저기, 잠깐만 실례할게요."

"뭐야? 아가씨 점도 칠 줄 알아?"

"하하하……. 뭐어, 그거랑 비슷한 거긴 해요. 약간 이상한 일이 일어날지도 모르지만 신경 쓰지 마세요."

"""이상한 일?"""

케나가 사람의 머리보다 커다란 수정 구슬을 턱! 하고 꺼내자 다른 사람들은 어리둥절한 표정을 지었다.

과거 게임 속에서【오스칼】과는 다른 의미로 이상하다는 말을 들었던 스킬 중 하나였다.

효과는 플레이어의 질문에 다섯 개까지 답해 주는 것.

그 답변 방법은…….

"반경 60킬로미터 이내에 오거의 본거지가 있어?"

띵동~!

머리 위에서 갑자기 경박한 전자음이 울리자 그 자리에 있던 모든 사람이 당황했다.

푸른 하늘만 펼쳐져 있는 머리 위에서 평소 들어보지 못한 소리가 났으니 그럴 만도 했다.

또한 이 소리는 플레이어 주변에 있는 사람 모두에게 들리도록 되어 있었다.

게임 시절에는 현실에서 가져온 크로스워드 퍼즐의 답 맞추기에 사용되는 일이 많았다.

어째서 VRMMO 게임에 아날로그 게임을 심심풀이로 가져

왔느냐는 의문은 남았지만…….

아무튼 옳고 그름을 물을 수 있는 스킬인 것이다.

사용하기 위한 조건이 몇 가지 필요하기는 했지만.

첫째. 사용자는 질문을 소리 내어 말해야만 한다.

둘째. 수정 구슬을 준비해야만 한다.

셋째. 야외에서 행사해야만 한다. 이렇게 세 가지다.

여담으로 어째서 60킬로미터로 조건을 설정했는가 하면, 케나가 맡은 수호자의 탑까지의 거리가 대충 그 정도이기 때문이다.

"남쪽에 있어?"

때앵~!

"여기서 북쪽에 있어?"

띵동~!

"동굴이야?"

띵동~!

"늘 생각하는 거지만 이 스킬, 수정 구슬 필요 없지 않아?"

땡──!

"…………뭐야, 이거. 무서워."

일동이 아무것도 없는 머리 위를 올려다본 채 당황한 가운데 질문을 계속한 결과, 아비타의 추측에 어느 정도의 확신을 가질 수 있게 되기는 했다.

그리고 마지막 답변이 웃음보를 건드린 것인지, 록시느가 혼자서 어깨를 들썩이며 웃는 결과만 초래했다.

요정이 스킬 행사가 끝나자마자 뿌듯한 얼굴로 이마에 배어 난 땀을 훔치는 시늉을 했다.

어쩐지 나이 든 육체노동자처럼 보이는 동작이었다.

반경 60킬로미터 이내에 있느냐고 물었지만, 에지드 대하까지는 20킬로미터도 떨어져 있지 않았을 터다.

아마도 그렇게까지 먼 곳에 있지는 않을 것이다.

아비타의 예측에 의하면, 케나가 도와줄 경우 점심까지는 찾아낼 수 있을 것이라고 한다.

"아비타 씨도 결국 사람을 해결사 취급하시네요……."

"아니아니, 써먹을 수 있는 건 다 써먹어야지. 모험가라면 당연한 거 아니야?"

"네에, 애초부터 이것저것 다 써 볼 생각이었으니 상관은 없지만요~."

【바람의 정령】을 소환해서 척후로 보낸 케나는 이어서 기린(麒麟)을 소환했다.

모 맥주 상표에 그려져 있는 것과 완전히 같은 모습이었다.

참고로 *갈기와 꼬리에 '기린' 이라고 적혀 있지는 않았다.

대충 당나귀 정도 되는 크기에, 다리는 땅에 붙어 있지 않고 약간 떠 있었다.

---

*일본의 맥주 회사인 '키린(기린)'에 관한 이야기. 상표에 그려진 기린의 갈기와 꼬리에 일본어로 '기린' 이라는 글씨가 숨겨져 있다.

물론 아비타 일행도 본 적이 없었는데, 겉모습에서 느껴지는 장엄한 분위기에 차마 다가가지 못하고 바라보고만 있었다.

"케나 씨, 저게 뭡니까?"

동료의 재촉에 못 이겨 케니슨이 대표로 물었다.

케니스는 경계팀이었지만 용병단 안에서는 아비타 다음으로 친한 편이다.

그 때문에 케나가 무언가를 했을 때 대표로 질문을 하는, 방패막이 같은 역할을 맡은 불쌍한 인물이었다.

기린의 갈기를 쓰다듬으며 "부탁 좀 할게."라고 말한 케나는 자신들을 경계하는 사람들을 보고 고개를 갸웃했다.

"기린이라고 하는데, 모르시나요?"

용병단원들과 에리네, 로틀은 일제히 고개를 가로저었다.

기린은 게임 안에서 레어 몬스터로 분류되어 있었지만 그렇게 널리 알려지지는 않았다.

서식지가 천계라는 지역인 데다 레벨이 없는 비전투원 캐릭터로 취급되고 있기 때문이다.

대신 플레이어도 취득할 수 없는 특수 스킬을 여러 가지 가지고 있어서, 경우에 따라서는 상당히 유능한 해결사가 되어 주고는 했다.

그 특수성 때문에 소환한 플레이어들에게도 여러 가지 제한이 붙는 것이 난점이라 할 수 있었지만.

하지만 단독으로 탐색 퀘스트를 할 때는 매우 유용하다는 것도 사실이었다.

출발하기 전에 장비 점검과 용병단을 나누기 위한 회의를 하러 다녀오겠다는 아비타와 헤어진 케나는 록시느를 데리고 루카를 찾았다.

그리고 머지않아 공중목욕탕 뒤쪽에 모여 수군대고 있는 아이들을 발견했다.

"루카?"

"……윽?!"

"우와왁?!"

"으갸악?!"

말을 걸었더니 아이들은 깜짝 놀라 펄쩍 뛰더니 엉덩방아를 찧었다.

케나는 아이들을 부축해 일으키며 "미안해." 하고 사과해 주었다.

루카와 시선을 맞추기 위해 웅크려 앉아 머리를 쓰다듬었다.

"미안하지만 잠깐 나갔다가 올게. 무슨 일 있으면 시이한테 부탁하고, 응?"

성의를 담아 천천히 말하자 루카는 놀라서 눈이 휘둥그레져 등 뒤에 있는 록시느와 케나를 번갈아 쳐다보았다.

"주인님보다는 안 미더우시겠지만, 모쪼록 무엇이든 분부하셔요, 아가씨."

"괘, 괜찮아, 언니!"

"그, 그래 맞아! 우리가 같이 있어 줄게!"

당황한 듯한 리트와 라템이 루카의 양쪽 손을 잡고서 몇 번이나 고개를 끄덕였다.

케나는 루카를 끌어안고 등을 토닥토닥 두드려 주고는, 두 사람에게 잘 부탁한다고 말한 후 그 자리를 뒤로했다.

어째서인지 나란히 깊은 한숨을 내쉰 후, 리트와 라템은 그 자리에 남아 있던 록시느의 싸늘한 시선을 느끼고는 "아무것도 아니에요."라는 말을 반복하며 루카를 데리고 건물 뒤로 향했다.

록시느는 기본적으로 주인과 루카 이외의 사람은 아무래도 상관없었던 탓에 집안일을 하기 위해 일단 돌아갔다.

"그럼 록스. 마을을 잘 지켜 줘."

"네. 아가씨도 저희가 잘 지키고 있겠습니다."

마을 입구에서 출발하는 단체를 배웅하러 나온 사람은 록시리우스와 촌장, 말레르였다.

나머지 단원들은 이미 마을 곳곳으로 흩어진 상태다.

아비타 일행은 평소처럼 완전 장비를 했는데, 탱커 역할을 할 이는 풀 플레이트 아머까지 입었다.

케나는 평소처럼 요정왕의 로브와 액세서리로 귀에 달고 있는 여의봉, 그리고 몸 주변에 일곱 빛깔을 띤 수정 구슬을 띄워 두었다.

그것 하나만 해도 막대한 마력을 내뿜고 있어서 아비타는 결전 장비라도 되나 싶어 겁이 다 났다.

일곱 빛깔을 띤 구슬은 직접 만든 마법 증폭 도구였다.

은색 고리를 본떠 만든 것인데 비용과 성능의 사정으로 방어에만 사용할 수 있는 물건이다.

플레이어가 상대가 아니라면 이걸로 충분할 것이다. 아마도…….

『정북 방향은 대충 저쪽이군요.』

“그럼 기린, 저쪽으로 똑바로 가 줘.”

이전에 키와 작성했던 주변 지도와 예정한 진행 루트를 대조해 보았다.

에지드 대하는 대륙을 비스듬히 가로지르고 있고 케나의 수호자의 탑은 아슬아슬하게 강의 남쪽에 해당했다.

헬슈펠로 향하는 도로는 북서쪽으로 이어져 있어서 정북 방향으로 향하면 숲에 돌진하게 된다.

케나는 기린에게 그쪽으로 가라고 지시를 내렸다.

기린은 고개를 끄덕이더니 지시에 따라 도로를 무시하고 삼림을 향해 걸어갔다.

이후에는 척후로 보냈던 【바람의 정령】이 가져올 정보와 취합해서 조금씩 진로를 수정해 나갈 예정이다.

“이, 이봐, 아가씨. 숲을 가로지를 셈이야? 시간이 걸릴 텐데.”

“뭐어, 보면 알 수 있을 테니 딱 붙어서 따라오세요.”

반신반의하는 얼굴로 뒤를 따라가던 아비타 일행은, 숲이 한 걸음을 내디딘 기린을 피해서 갈라지는 것을 보고 눈이 휘둥그레졌다.

그대로 일행이 전진하자 자신들의 뒤에서 나무들이 원위치를 되찾았다.

거목과 가시덩굴, 잡초까지도 그들에게 길을 열어 주었다.

그들은 기린으로 불린 짐승보다도 그것을 사역하는 여성이 신의 사도가 아닐까 하는 착각에 빠질 수밖에 없었다.

"기린, 【행군】도 부탁해."

케나의 명령에 고개를 끄덕인 기린에게서 녹색 바람이 불어서 일동을 감쌌다.

굳이 말하자면 진행 방향에 뚫린 구멍을 향해 뻗은 통—— 바람의 회랑 안에 들어온 듯한 기분이었다.

이전에 그녀가 사용했던 마법보다 고도의 것이 전개되었는지 풍경이 흘러가는 속도가 눈에 띄게 빨라졌다.

주변을 감싼 바람의 회랑이 대열을 통째로 옮겨 주고 있는 듯한 착각에 사로잡힌 아비타는 못 빠져나가면 어쩌나 싶어 초조해지기 시작했다.

"뭐어? 들켰다고오?!"

그런 기분을 박살 낸 것은 이 상황을 만들어 낸 장본인의 얼빠진 목소리였다.

◆

시간을 거슬러 올라 토벌대가 출발하기 전, 마을 안.
집으로 몰려가서 루카를 납치한 리트 일행은 케나와 대화를 한 후에도 공중목욕탕 뒤에서 비밀 작전 회의 중이었다.
"어제 찾아냈어. 마을에서 그렇게 멀지 않던데?"
"빨리 갔다 올 수 있겠다!"
"?"
두 사람은 묘하게 들떠 있었는데 아무 설명도 듣지 못한 탓에 루카는 영문을 알 수가 없었다.
기분이 들뜬 두 사람에게 찬물을 끼얹는 것 같아 미안했지만, 리트의 옷자락을 잡아당기며 고개를 갸웃해 보였다.
루카는 원래 말이 적었지만 요 며칠 동안 함께 어울리며 그녀의 사람됨을 알게 된 두 사람은 루카를 안심시키듯 어깨를 두드리며 말했다.
"왜, 전에 케나 누나가 안 보는 데서 화관을 만들면 된다고 했었잖아."
"어제 날아가면서 발견했어. 꽃이 가득 피어 있는 꽃밭."
"케나 누나가 없을 때 가서 예쁜 화관을 후딱 만들어서 오자!"
"……하지만, 바깥…… 위험, 해."
고개를 푹 숙인 채 중얼거린 루카의 앞에 드워프 소년은 푸른 눈물 모양의 보석을 내밀어 보였다.

리트도 처음 보는 것이라서, 의아해하는 얼굴로 그것을 들여다보았다.

"헤헤엥~. 가게에서 슬쩍했어. 주술을 쓸 때 사용하는 물건이야."

주술에 사용하는 아이템 중에서는 흔한 물건이다.

도시에 가면 작은 도구점은 물론이고 노점에서도 취급하는 일반적인 물건이었다.

사용하려면 최소한 다섯 개로 오망성을 그릴 만큼 있어야만 한다.

애초에 주변을 둘러싸듯 무수히 많이 배치해서, 돔 형태의 안전지대를 형성하는 주술 용품이었다.

일단 그것 하나에도 마물을 쫓아내는 힘이 있기는 하지만 효과는 아주 미미하다.

보통 가게에서는 세트로 판매하지만 마을에서 나가 본 적이 없는 아이들은 하나가 어느 정도의 효과를 지녔는지 전혀 알지 못했다.

라템도 변경 마을까지 여행을 해서 오기는 했지만, 그것을 사용해 본 적은 없는 탓에 자세히는 몰랐다.

직접 마물이라는 위협 앞에 서본 적이 없는 두 사람은 낙관하고 있었다.

라템도 케나에게 혼난 경험을 살려 주술석을 가져오기는 했지만, 아이들의 머리로는 어설픈 지식이 위험을 더 키울 수도 있다는 생각을 하지 못했다.

케나라는 수호자가 마을에 정착한 탓에 마을 사람들의 마음에 '마물 따위 별것 아니다' 라는 안심감이 생겨난 것도 원인 중 하나였다.

물론 그러한 분위기를 좋게 여기지 않은 촌장과 마을 밖이 위험하다는 것을 몸으로 느끼고 있는 로틀을 비롯한 사냥꾼들이 어른들을 타이르고는 있지만, 아이들에게까지는 그런 교육이 미치지 못했다.

여러 가지 우연과 불행이 만난 결과, 두 사람의 방심은 근거 없는 자신감으로 바뀌어 있었다.

하지만 마을이 멸망하는 사고를 당한 루카만은 마물의 존재에 대한 공포심이 마음속에 남아 있었다.

그래서 두 사람의 '케나가 안 보는 꽃밭에서 왕관을 만드는 일' 에서 모순을 느낀 것이다.

'케나 엄마가 마을에 없으면 마을에서 화관을 만들면 되는데, 얘네는 무슨 소릴 하는 걸까?'

하지만 시야가 좁아져 잔뜩 들뜬 두 사람을 막지 못한 채, 준비하는 모습을 바라볼 수밖에 없었다.

결국 '어른들한테는 비밀이야!' 라는 라템의 말 때문에 록시느에게 이야기하지도 못한 채, 리트에게 떠밀려 살금살금 마을에서 나오게 되었다.

루카는 '무슨 일 생기면 도움을 청하는 거다?' 라는 말과 함께 건네받은 펜던트를 움켜쥐고서, 케나가 친구들까지 지켜 주기를 기도했다.

아침과 저녁의 일과가 된 마을 순찰에서 돌아온 록시리우스는 심기가 불편해 보이는 록시느가 주인의 집 현관 앞에 서 있는 것을 발견하고 눈살을 찌푸렸다.

짜증 난 얼굴로 팔짱을 낀 채 떡 버티고 선 그녀는 어째서인지 날카로운 눈빛을 주변에 뿌려대고 있었다.

그 날카로운 눈빛은 마을을 종횡무진으로 배회하는 닭들을 졸도시킬 정도였다.

"무슨 일이야?"

"아가씨와 요리를 하기로 약속했는데 보이지가 않아서. 너, 매일 하는 것처럼 지금도 마을을 돌아보고 왔지? 혹시 그 얼빠진 눈으로 아가씨 못 봤어?"

늘 그랬듯 의지하려는 것인지 무시하는 것인지 판단하기가 어려웠지만, 록시느는 기본적으로 이런 태도이니 딴죽을 걸면 지는 거다.

록시리우스는 오전 중에 자신이 지났던 길을 떠올렸다.

공중목욕탕의 남탕을 청소하고 마을 사람의 부탁으로 어느 집의 지붕을 수리했다. 그곳에서 답례로 소박한 과자를 받았다.

그리고는 마을 바깥 순찰도 겸해서 한 바퀴 돌아보다가 소형 마물을 몇 마리 발견한 것이 전부다.

그것들은 록시리우스와 눈이 마주치자마자 벌벌 떨며 도망쳤다.

밭도 둘러 보았지만 평소 같았으면 그곳 어딘가에서 놀고 있었을 아이들의 목소리도 모습도 보이지 않았다.

"그러고 보니 모습이 안 보이는걸."

"주인님이 자리를 비우자마자 이런 실수를 하다니. 신속히 발견해서 보호해야만 해. 잘못돼도 꾸짖음은 록스만 받겠지만."

마을 안에 없다면 밖으로 나갔을 가능성이 있다.

아무리 주변에 위험 요소가 적어도 마물이 아예 없는 것은 아니다.

다시 한번 록시리우스가 한 집씩 둘러보던 중, 욕조 골렘에 탄 미미리가 말을 붙였다.

"아~ 찾았다, 찾았어. 저기 그쪽! 케나 씨네 사람이지?"

"그렇습니다만. 분명 세탁소 일을 하는 인어 미미리 님이셨던가요."

"읏, 그렇기는 하지만. 그런 식으로 주인님 이외의 사람은 아무래도 좋다는 태도는 좀 그렇지 않아?! 정중한 말투를 써도 다 티가 난다고."

록시느라면 모를까 록시리우스는 그런 말을 들으니 어쩐지 씁쓸했다.

그는 마을 사람들에게도 존경심을 가지고 접하고 있건만.

하지만 존경심은 있어도 친해질 생각은 없다는 것이 그의 근본적인 속내였다.

좋은 의미에서나 나쁜 의미에서나 그와 그녀는 케나를 섬기기 위해 만들어진 존재이기 때문이다.

설마 몇 번 만난 정도로 간파당할 줄은 몰랐지만.

"그 말을 하려고 불러 세우신 겁니까? 갈 길이 바빠서 실례하겠……."

"와~! 잠깐, 잠깐! 그쪽, 지금 리트랑 애들을 찾고 있는 거지?"

미미리는 욕조 안의 물을 첨벙첨벙 튀기며, 떠나려는 록시리우스를 허둥대며 불러 세웠다.

"그렇습니다만, 어디로 갔는지 아십니까?"

"아까 목욕탕 밖에서 소리가 들렸는데. 꽃이 어쩌니 바깥이 어쩌니 하더라고. 대화 내용으로 볼 때 셋 다 있었을 거야. 뭔가 불길한 예감이 들어서 말리려고 했는데 이미 가고 없지 뭐야. 어쩔 수 없이 직접 찾으려던 참에 그쪽이 돌아다니기에……."

조금씩 주눅이 들면서도 그렇게 말하는 미미리의 모습을 보고 록시리우스는 감탄했다.

종족 특성상 자유롭게 움직일 수도 없건만 아이들이 걱정되어 밖으로 나왔다니.

"정보 제공에 감사드립니다, 미미리 님."

"어? 아……."

록시리우스는 그 자리에서 미미리에게로 몸을 돌려 몸을 반듯하게 폈다가 90도로 숙였다.

집사로서의 진지한 감사 인사였다.

최대한 감사의 뜻을 전해야만 할 것 같은 기분이 들었기 때문이다.

미미리도 그 기품 넘치는 감사 인사에 넋이 나가 움직임이 멈추고 말았다.

방향을 바꾸어 그 자리를 뒤로하려던 록시리우스는 “아아, 그리고.”라고 덧붙여 말했다.

“찾아다니는 것은 상관없습니다만, 그 골렘으로 밖에 나가지 않는 게 좋을 겁니다.”

“……어?”

“명색이 케나 님이 만드신 물건이니. 당신을 지키기 위해 변형 합체할지도 모릅니다.”

“…………뭐?!”

케나에 대한 이해도의 차이가 나타난 순간이었다.

미미리는 자신이 들어가 있는 욕조를 기묘한 물건을 보는 듯한 눈으로 둘러보며 얼어붙었고 록시리우스는 달려 나갔다.

케나가 그 자리에 있었다면 ‘평범한 운반용 골렘이거든?!’이라고 소리쳤을 것이다.

또한 이 오해는 케나가 마을에 돌아올 때까지 풀리지 않았다.

록시리우스는 록시느와 합류하고자 이동하던 중 랙스 공무점 앞에서 이야기를 나누던 말레르와 스냐의 부름을 받았다.

“당신 꽤나 서두르고 있는 것 같은데, 무슨 일이야?”

“중대하면서도 긴급한 사건이 발생했습니다. 아가씨를 못 보셨습니까?”

그러자 두 주부가 씁쓸한 표정을 지었다.

그것만으로 록시리우스는 미미리에게 얻은 정보를 확신하게 되었다.

“곧 점심시간인데 리트가 보이질 않아서 말이야.”

“죄송해요. 우리 라템이 주술석을 꺼내 간 것 같은데, 아마 그걸 믿고 밖에 나간 모양이에요…….”

주술용 결계석은 하나만으로는 마음의 위로조차 되지 않는 물건이라고 스냐는 말했다.

록시리우스 일행은 사전에 마을 사람들에게 힘이 되어 주라는 명령을 받았다.

그는 록시느와 합류한 후, 말레르와 스냐에게 아이들을 무사히 데리고 돌아오겠다고 약속하고서 마을에서 뛰쳐나갔다.

불꽃창 용병단원 중 잔류팀은 2인 1조가 되어 주로 마을 입구와 가장자리를 경계하고 있었다.

그래서 랙스 공무점 뒤쪽에서 풀숲을 지나 타이밍을 살피다가 도로를 횡단한 아이들을 보지 못했다.

아이들은 그대로 반대쪽 숲으로 들어가, 깜깜한 숲속을 쭈뼛거리며 나아갔다.

상공에서 보기는 했지만, 실제로 숲에 발을 들여놓아 보니 분위기가 달라도 너무 달랐다.

아이들의 걸음 속도와 험한 길 탓에 목적했던 꽃밭에 도착하니 해가 중천에 떠 있었다.

그곳은 아담하기는 해도 탁 트인 광장처럼 되어 있었는데, 한쪽 구석에는 흰색과 파란색 꽃이 군생하고 있고 약간 떨어진 곳에는 노란색과 빨간색 꽃도 있었다.

꽃밭 중앙에는 무언가를 파낸 듯한 흔적이 있고 부풀어 오른 흙은 이미 잡초와 이끼, 양치식물류로 뒤덮여 있었다.

이곳은 이전에 케나가 혼 베어를 발로 차 퇴치했을 때 거목이 쓰러졌던, 나무 도미노 붕괴 현장이었다.

라템이 꽃밭 근처에 위험한 생물이 없는지를 확인한 후, 세 사람은 뭉쳐서 이동했다.

하지만 그러는 도중에 이쪽 방면의 전문가라면 고려할 법한 바람의 방향 등은 전혀 고려하지 않은 듯했다. 참고로 이곳은 바람이 지나가는 곳이다.

그런 상황에 빠져 있다는 사실은 전혀 모른 채 세 사람은 둥그렇게 모여 화관을 만들기 시작했다.

적어도 한 명은 주위를 경계하는 역할을 맡았어야 했지만, 아무런 지식도 없는 아이들에게 그러기를 바라는 것은 지나친 일이리라.

루카만은 주변을 두리번두리번 둘러보지만, 라템을 가르치다 보니 그것도 점점 소홀해지고 말았다.

세 사람은 마을 안에는 없는 색채를 띠거나 송이가 큰 꽃을 정신없이 따서 열심히 화관을 만드는 작업에 몰두했다.

등줄기가 오싹오싹해지기 시작했을 때는 이미 늦은 뒤라서, 짐승 떼가 꽃밭 주변을 둘러싸고 있었다.

사냥감을 궁지로 몰기 위해 으르렁거리며 나무 뒤에서 모습을 드러낸 것은, 다갈색 비늘이 등과 배에 돋아난, 가울 리저드라고 불리는 마물이었다. 그것도 여덟 마리나 되었다.

개와 같은 모습에 늘씬하게 뻗은 다리를 지닌 갈색 도마뱀으로, 무리를 지어 사냥한다.

겨드랑이에 피막이 있기는 해도 날다람쥐처럼 활공이 가능한 정도다.

주로 약한 사냥감을 노리니까 마을과 같은 집단이 사는 곳에는 잘 접근하지 않지만, 멀리서 지켜보다가 무리에서 이탈하는 사람이나 짐승을 먹잇감으로 삼는다.

상대가 여덟 마리나 되니 아이들의 다리로는 도망치기가 어려울 것이다.

도망친다고 해도 가울 리저드의 움직임이 훨씬 더 민첩하기 때문이다.

진퇴양난에 빠진 라템은 씩씩하게 나이프를 빼들었지만 몸이 심하게 떨리고 있었다.

리트는 마을에서 거의 나온 적이 없는 데다, 로틀이나 케나에게 이야기를 듣기는 했지만, 실제로 마물을 보는 것은 이번이

처음이었다.

그런 탓에 공포심을 고스란히 몸으로 느끼고 얼굴이 새파랗게 질려 뻣뻣하게 굳어 있었다.

루카도 두 사람처럼 얼굴이 새파래져 떨고 있었다.

손은 자연스럽게 목에 건 펜던트를 쥐었다.

이곳에 온 뒤로 케나에게 받은 물건으로, 록시리우스 일행도 예쁘다고 말해 줘서 아끼는 펜던트였다.

케나는 '무슨 일 생기면 그걸로 도움을 청하는 거다? 내 최대의 수호자를 담아 두었거든.' 이라고 말했었다.

눈앞으로 다가오는 구현화된 공포에 루카는 지푸라기라도 잡는 심정으로 있는 힘껏 펜던트를 움켜쥐었다.

그리고 도와 달라고 빌었다.

"살려, 줘, 케나…… 엄, 마."라고 작은 목소리로 중얼거렸다.

——알겠다.

그 자리에 있던 세 사람의 머릿속에 갑자기 힘찬 목소리가 울려 퍼졌다.

그와 동시에 펜던트를 움켜쥔 루카의 손에서 하얀 빛이 솟구쳐 주변을 새하얗게 물들였다.

그것은 눈이 부시다는 느낌을 주기보다는 아이들을 감싸 안는 따뜻한 빛이 되어 쏟아졌다.

야생의 본능으로 먹잇감을 보고 입맛을 다시던 가울 리저드에게는 전멸의 징조이기도 했다.

1초인지 1분인지 모를 시간이 지난 후.

빛이 수그러들고 나자 아이들은 뭔지 모를 커다란 물체의 뒤에 있었다.

쭈뼛거리며 올려다보니, 거대하고 새하얀 물체가 그들을 지키는 모양새로 우뚝 서 있었다.

머리는 앞뒤로 길어서 집 한 채를 짓이길 수 있을 듯했다.

머리 옆에서 똑바로 자라난 백은색 뿔.

어지간한 거목은 살짝 집기만 해도 부러뜨릴 듯한, 날카로운 네 개의 발톱이 돋아난 우람한 팔.

거구를 지탱하며 대지를 단단히 딛고 선 두 개의 다리와 그 사이로 보이는 굵고도 긴 꼬리.

표면을 뒤덮은 것은 비늘이 아니라 하얀 빛을 내뿜는 깃털이었다.

제대로 팔불출이 되어 버린 케나가 펜던트에 봉입한 루카의 수호자는――.

레벨 990의 화이트 드래곤이었다.

등 뒤에 돋아난 두 쌍의 날개를 펼친, 꼬리 끝까지 포함시키면 성채만큼 거대할 듯한 용은 가느다란 눈구멍에 위치한 다정한 눈으로 아이들을 바라보더니 자신에게 맡기라는 듯 입꼬리를 올렸다.

어안이 벙벙해진 아이들과는 반대로 가울 리저드들은 겁에 질려 꼬리를 다리 사이로 집어넣고 있었다.

상대는 한참 올려다보아도 전체 모습이 보이지 않을 정도로 거대하다.

몸에 두른 마력도 가울 리저드의 존재감이 흐려질 정도로 강대…… 아니, 막대했다.

약한 목소리로 "끼잉~ 끼잉~." 하는 울음소리를 내며 슬금슬금 물러서던 가울 리저드들은, 그 존재의 시선이 자신들에게서 떨어지자마자 한꺼번에 뒤로 돌아 걸음아 나 살려라 하고 달아났다.

하지만 '루카의 안전을 위협하는 자를 제거한다' 는 명령을 받은 탓에 액세서리 봉입형 소환식 드래곤은 제거를 우선했다.

때문에 그 몸에 갖춰진, 지금의 세상에는 너무도 흉악한 공격 방법을 망설임 없이 선택했다.

한껏 숨을 들이쉼과 동시에 주변의 빛이 일그러지고 화이트 드래곤의 입으로 모였다.

그러자 살짝 벌어진 턱, 날카로운 이빨 사이에서 무지개 색 빛이 번뜩이기 시작했다.

고개를 들고 목을 뻗어, 일직선으로 도망치는 불쌍한 작은 동물(화이트 드래곤의 시점으로는)을 조준했다.

다음 순간, 활짝 벌린 입에서 직선상에 있는 모든 것을 소멸시키는 〈프리즘 버스터〉가 뿜어져 나왔다.

직경이 10미터 남짓은 될 듯한, 끊임없이 변화하는 무지갯빛 탄환은 대지에 부딪히더니 지면을 후벼 파고 나무를 집어삼키며 직진했다.

무지갯빛 탄환이 지나간 궤도에서는 지면에서 뻗어 나온 오로라가 나무들보다 높이 솟구치며 숲을 찢어놓고 있었다.

필사적으로 도망치는 가울 리저드의 무리는 눈 깜짝할 사이에 무지갯빛 탄환에 따라잡혀 비명도 못 지르고 증발했다.

목표가 사라졌음에도 직진한 빛의 탄환은 점차 줄어들며 수 킬로미터에 이르는 숲을 가르고서야 위력이 사라졌다.

본래는 목표를 집어삼키고 폭발하게끔 되어 있었지만 아이들이 휘말려 들지 않도록 화이트 드래곤 쪽에서 위력을 줄인 것이리라.

루카 일행이 있는 곳에서 보면 몇 초 만에 숲에 골짜기가 생긴 것 같았다.

"…………끄, 끝내준다……."

"……으, 응……."

"………………."

유사상 예를 찾기 어려울 정도로 흉악한 위력을 목격한 아이들은 할 말을 잃었다.

루카가 지닌 펜던트를 만든 케나의 힘에 새삼 놀랐다는 것은 말할 필요도 없을 것이다.

라템이 아는 한, 헬슈펠에서도 저러한 일을 할 수 있는 인물이 있다는 이야기는 들어 본 적이 없었다.

화이트 드래곤은 그들의 머리 위에서 천천히 주변을 훑어본 후, 서서히 윤곽에서 빛을 흩뿌리며 흐릿하게 사라져 갔다.

그리고 루카가 쥐고 있던 펜던트에 균열이 감과 동시에 그 몸을 구성하고 있던 모든 마력을 반딧불이 같은 작은 불빛으로 전환시켜 안개처럼 흩어졌다.

그와 거의 동시에 록시느와 록시리우스가 아이들 앞으로 달려왔다.

화이트 드래곤 같은 거대한 것이 출현한 덕분에 그들이 찾던 이들이 그곳에 있다는 사실을 알아챈 것이다.

여담이지만 너무도 거대한 나머지 마을 쪽에서도 보인 탓에, 마을에서는 난리가 났었다.

제5장 돌격과 오열과 팔불출과 의뢰

한편, 침공 중인 토벌대 쪽으로 말하자면…….

"이봐, 아가씨, 무슨 일 있었어? 갑자기 왜 이상한 비명을 지르고 그래."

케나의 머리 위에서는 인형보다 조금 큰 소녀가 면목 없다는 얼굴로 손가락과 손가락을 거듭 맞대며 떠 있었다.

케나가 척후로 보냈던 【바람의 정령】이다.

맑은 녹색을 띤 아름다운 소녀였는데 아비타 일행의 상식에 의하면 정령은 눈에 보이는 존재가 아니라는 모양이었다.

케나는 팔짱을 낀 채 복잡한 표정을 짓고서 아비타 일행에게 간단하게 설명했다.

"정찰을 나갔던 정령이 상대에게 들켰다나 봐요. 상대에게 술사가 있는 모양이네요. 강습은 무리일 것 같아요."

"오거 술사인가?!"

단원 중 한 명이 내뱉은 단어에 일동의 몸이 긴장감으로 굳어졌다.

오거 중에서도 아주 드물게 태어나는 술사는 다른 오거들과 달리 머리가 좋기 때문이다.

개중에는 오거 킹조차도 조종해서 무리를 지휘해 도시를 멸망시키는 개체도 있다는 모양이다.

지금까지 멸망한 도시가 있다는 소문은 못 들어 봤으니 도시 전설 정도의 이야기일 듯했다.

"술사는 아가씨한테 맡겨도 될까?"

"그럴게요."

아비타는 이에는 이라는 식으로 케나에게 강자를 맡기는 전법을 취하려는 듯했다.

아무리 케나라도 아비타의 변칙적인 지령에 따라 움직이는 용병단과 그 자리에서 연계를 취할 수 있을 것 같지는 않았다.

그렇다면 유격 임무를 맡거나 가장 강한 적과 붙는 쪽이 건설적이리라.

'아무래도 오거보다는 훨씬 수준 높은 술사 같으니까요.'

게다가 【바람의 정령】도 술사가 오거라고는 말하지 않았다.

아마도 정령을 눈으로 볼 수 있을 정도의 기량을 지닌 엘프 등의 종족이리라.

목적지가 가까워진 참에 부가 마법을 모두 해제하고서 기린도 송환했다.

케나의 뺨을 날름 핥고서 사라진 장엄한 짐승을, 아비타는 의아한 얼굴로 쳐다보며 아깝다는 투로 물었다.

"방금 그 녀석은 안 도와주고?"

"아아, 기린은 그게 결점이에요. 소환 시간 동안 제 모든 공격적인 행동이 봉인되거든요."

완벽하게 탐색과 고속 이동에만 사용할 수 있는 소환수였다.

목적이 그것뿐이라면 많은 이득을 볼 수 있지만 그 이외의 행동에서는 족쇄밖에 안 되었다.

케나의 해설에 떨떠름한 얼굴로 팔짱을 끼고 있던 아비타는 "소환이라는 것도 꽤나 성가신 면이 있구만."이라고 중얼거렸다.

아비타는 발각당했다면 거꾸로 기습당하기 전에 돌격하는 게 좋겠다고 말했다.

상대에게 생각할 시간을 줘서는 안 된다는 것이다.

조언에 따라 케나는 아군 전체에 방어력 상승, 마법 저항 상승 마법을 걸어 두었다.

일단 함정이 있을 가능성도 고려해서, 대열의 선두에서 동굴이 있는 장소를 향해 물줄기 계열 직선 마법을 행사했다.

쿠아 드로가

【매직 스킬 : load : 격류탄파(激流彈波) : ready set】

허공에서 출현한 대량의 물이 케나의 전방에 집중되었다.

그리고 그녀를 원통형으로 감싸듯 자리해서 쿠우우우 하고 요란한 소리를 내며 포신 형태로 변화하기 시작했다.

물로 된 포탑의 끄트머리에는 창을 모아 비튼 듯한 형태의 탄환이 열 개 이상 세팅되었다.

"꿰뚫어라!"

포신 안에 있던 케나가 손을 전방으로 내민 순간, 사냥감을 노리는 뱀처럼 고속 회전하는 무수히 많은 물의 창이 돌격했다.

수십 톤에 이르는 물의 격류가 나무를 쓰러뜨리고 대지를 후벼 파고 지면과 평행하게 미쳐 날뛰어 전방에 있는 모든 것을 깨부수며 직진했다.

그 위력에 단원들은 깜짝 놀랐지만 "뭐, 뭐어, 케나니까……." 라는 이유로 납득했고, 각 단원이 호령에 따라 달려 나가려던 그 때, 케나는 귀를 틀어막고 웅크려 앉아 있었다.

물론 숲에서 '너무해' 라느니 '짐승~' 이라느니 '마귀~', '악마~' 따위의 항의가 빗발쳤기 때문이다.

"왜, 왜 그래, 아가씨?"

"아니, 이렇게 될 걸 알고는 있었어요, 네에. ……아, 신경 쓰지 마세요. 제 개인적인 사정 때문이니까요."

하이엘프의 특성을 알지 못하는 아비타는 주변에 있는 나무들에게 고개를 숙이는 케나의 이상한 모습을 쳐다보면서도, 지금의 기세가 무너져서는 안 된다는 생각에 부하들을 채찍질해서 적의 아지트 앞으로 쳐들어갔다.

목적한 곳에는 주변에 보이는 땅보다 몇 미터나 높은 바위산이 있었고, 그 입구로 보이는 장소에는 조금 전의 마법이 관통한 듯한 흔적이 남아 있었다.

아닌 게 아니라 바위산이었던 것으로 보이는 장소는 함몰되어 있고, 입구로 보이는 장소는 위에서 무너진 바위의 잔해로 완전히 막혀 있었다.

잔뜩 기합을 넣었던 것이 아까울 정도로 맥 빠지는 광경에 아비타 일행은 허탈함을 느낄 수밖에 없었다.

주변을 확인해 보니 바로 앞에는 몇 명이 난전을 벌일 수 있을 듯한 넓은 공간이 있었다.

그리고 키 작은 잡초로 뒤덮인 곳에 조잡한 가죽 갑옷으로 무장한 오거가 다섯 마리 있었다.

일정 숫자가 뭉쳐서 매복하고 있었던 모양인데, 그런 녀석들의 중앙을 케나의 마법이 관통한 것이다.

살아남은 녀석들은 좌우로 퍼져 있었던 덕분에 목숨을 건진 듯했다.

그 증거로 무리의 중앙 부분에서 바위산을 향해 똑바로 난 길의 주변에는 잘게 다져진 오거의 피와 살, 뼈가 흩뿌려져 있었다.

녀석들은 갑자기 달려온 아비타 일행을 보자마자 서로 얼굴을 마주 보더니 허둥지둥 자신들의 무기인 곤봉이며 단검을 들고 고함을 지르며 덤벼들었다.

아비타 일행도 전투에는 익숙해서 전혀 당황하지 않고 냉정하게 대처해 나갔다.

"한 마리는 내가 맡고, 나머지는 너희한테 주마! 실수하지 마라!"

"물론이죠, 단장님."

단원들이 그 말을 신호로 일제히 산개했다.

둘이서 한 마리를 상대해, 확실하게 빈틈없이 처리하는 것이 그들의 기본 전술이었다.

아비타는 한 마리를 혼자 맡아서 창으로 공격을 받아내고 후리다가, 상대의 무기를 얽어매서 공중으로 튕겨내 버렸다.

오거의 시선이 허공으로 날아간 무기로 향한 그 순간, 빈틈투성이인 목을 단숨에 베었다.

오거는 순간적으로 어이가 없다는 눈을 하더니 피를 내뿜기 시작한 목을 부여잡은 채 분노로 가득한 고함을 지르려 했지만, 결국 그러지 못하고 그대로 앞으로 쓰러졌다.

단원들도 한쪽이 상대의 공격을 봉하면 또 한쪽이 빈틈을 발견해 급소를 벴고, 그래서 화가 난 오거의 빈틈을 또다시 나머지 한쪽이 찌르는 착실한 전법으로 쓰러뜨려 나갔다.

아비타만큼 깔끔하지는 않았지만 그래도 덕분에 찰과상 정도의 부상밖에 입지 않았다.

"여어, 쓰러뜨렸냐. 왜 이렇게들 느려."

"느리긴요. 단장님이 이상한 거 아닙니까!"

창을 한 손에 든 채 무심하게 바라보던 아비타에게 단원들은 분한 듯 대들었다.

"다른 것도 아니고 오거 아닙니까? 딱딱한 피부와 탄탄한 근육을, 무슨 재주로 창으로 순식간에 뚫냐고요!"

"핑계는. 단련을 제대로 안 하니까 그렇지."

"크윽――?! 마법의 무기만 놓고 보면 비슷비슷한데, 어째서 이렇게까지 차이가 나는 겁니까아!"

"만날 술 마시고 히죽거리기만 하는데, 어디서 저런 힘이 나는 건지……."

아비타가 가진 불꽃창과 이 자리에 있는 단원들이 가진 마법의 무기(장검이나 단검) 사이에 명확한 공격력 차이는 없었다.

이번에 이곳에 온 단원들은 기사단이었던 시절부터 알고 지낸 사이였지만, 매번 적지 않은 실력 차이만 확인하게 되니 분통함에 발을 동동 구를 수밖에 없었다.

이를 갈며 분해하는 부하들을 보던 아비타는 후위에 있던 케나가 아무리 기다려도 쫓아오지 않는다는 사실을 그제야 알아챘다.

"이봐들, 아가씨는 어디 두고 왔냐?"

"아뇨, 조금 전까지 저희 뒤에…… 가만, 어디 갔지?"

자신들이 온 숲을 돌아본 단원들은 고개를 갸웃하고서 서로 얼굴을 마주 보았다.

분명 숲에서 나올 때까지는 같이 있었을 터인 케나가 홀연히 모습을 감춘 것이다.

케나는 나무들에게 고개를 숙이던 도중에 숲의 경고를 받고 돌을 주워 후방을 향해 있는 힘껏 던졌다.

숨을 죽이는 낌새가 느껴지더니 돌이 아무것도 없는 공간에 파문을 일으켰다.

환영을 씌워 둔 모양인지 일그러진 풍경 너머에서 흘러나오

듯 사람이 모습을 드러냈다.

탄탄하게 만들어진 가죽 갑옷에 망토를 걸치고 너클 가드가 달린 활과 비슷하게 생긴 지팡이를 든, 거뭇한 피부의 여성 엘프였다.

케나보다는 나이가 들어 보였는데, 그 단정한 얼굴은 명확한 분노로 물들어 있었다.

"칫, 아무래도 들킨 것 같……."

"뭐야, 흑프였어?"

자신의 말을 끊고 케나가 입에 담은 약칭에 상대방은 더욱 눈썹을 치올렸다.

'흑프' 라는 것은 '적프(붉은 엘프)' '청프(푸른 엘프)' 와 같은 맥락에서 비롯된, 피부색으로 뭉뚱그려 지은 별종들의 약칭이었다.

플레이어 중에는 캐릭터 작성 단계에서 피부색을 빨간색이나 파란색으로 설정하는 이들도 있었다.

그런 것에 익숙지 않은 플레이어들이 '기분 나쁘다' 거나 '뭐 저런 게 다 있어' 라는 식으로 꺼려하고 기피했다는 것은 굳이 말하지 않아도 되리라.

물론 그런 기발한 피부색이 유행한 것은 게임 서비스 개시 후 몇 개월 동안뿐이었고, 그 후에는 자연스럽게 줄어들었다.

만약 아비타가 이 자리에 있었다면 최대급의 경계심을 품었을 것이다.

이 땅에서 어둠에 영혼을 팔았다고 알려진 검은 피부를 지닌 생물(마인족은 예외)은 금기로 여겨져 혐오의 대상이 되고 있다는 모양이다.

하지만 리아데일에서는 캐릭터 작성시에 피부의 배색을 바꾸면 흑엘프는 물론이고 흑드워프, 흑드라고이드도 손쉽게 만들 수 있어서 플레이어들에게는 검은색을 기피하는 풍습이 없었다.

게다가 이 세계의 상식에 어두운 케나가 그런 사실을 알 리가 없었다.

처음에는 그 흑엘프가 지역민인 줄 알았다.

하지만 얼굴을 마주하고 탐색해 보니 상대의 이름이 '시나웹의 고동' 이라고 표기되어 있어서 의구심이 생겨났다.

그리고 순간적으로 키가 검색해 준 덕분에 과거 게임이었던 시절에 클리어했던 이벤트 보스라는 사실이 판명되었다.

'요전에 봤던 유령선도 그랬지만, 왜 운영진도 없고 NPC도 없고 퀘스트도 없는데 이벤트 보스가 기동한 거지?'

『누군가가 진행 도중에 방치, 게임이 종언을 맞은 후에도 그대로 남아 있었던 것은 아닐까요?』

흑엘프가 지팡이활(마법 발동체 겸 활)에 전격 마법을 메기는 동작을 취하기에 숲속을 지그재그로 달리며 거리를 벌렸다.

개의치 않고 사출한 번개 화살은 몇몇 나무를 깎아낸 탓에 위력이 감소하며 이쪽으로 다가와, 케나의 마법 저항을 뚫지 못하고 직전에 소실되었다.

"단단한 녀석 같으니!"

나무들 너머에서 욕지거리를 하는 목소리와 함께 몇 개의 번개 화살이 더 날아들었다.

【매직 스킬 : 즉응대응뢰(卽應對應雷)】

케나는 중얼거리는 것만으로 마법을 행사했다.

그리고 오른손을 자신에게 날아드는 번개 화살을 향해 내밀었다.

그 순간, 오른팔에 있던 고리에서 보라색 번갯불이 솟구치더니 사자의 머리가 출현해서 번개 화살을 이빨로 깨부수었다.

"뭐얏?!"

사자는 빠직빠직 번개를 내뿜으며 케나의 팔을 둘러싸는 모양새로 머물렀다.

그리고 머리만 있는 데도 날카로운 눈으로 흑엘프를 노려보며 포효했다.

"아~ 거기 흑프 씨~! 얌전히 무기를 버리고 투항해~!"

"너, 엘프면서 인간들에 섞여 친하게 지내다니! 이 배신자!"

원만하게 교섭해 볼 생각이었건만 매도가 돌아왔다.

애초에 게임 속 설정에서도 인간과 엘프가 대립하는 관계라거나 하지는 않았을 터다.

"으음~ 뭘 주장하고 싶은지 도무지 모르겠는데."

『이벤트 설정에 따라 행동하고 있는 것이 아닐지요?』

"아아, 그렇구나. 근데 이벤트에 이렇게 말이 많은 NPC는 없지 않았어?"

『상황 증거가 부족합니다. 단언은 하지 못할 듯합니다.』

"혼자서 뭐라고 꿍얼거리는 거야!"

화가 치밀어 올랐는지 흑엘프는 마법을 쏘았다.

술법을 행사한 것치고는 지나치게 빨랐으니 모종의 마도구를 사용한 것이리라.

가슴 앞으로 뻗은 두 손 사이에서 집속된 번개를 위아래로 잡아당기자 거대한 창이 되었다.

그리고 그것은 흑엘프가 머리 위로 손을 치켜든 직후에 사출되었다.

두꺼운 전격창이 대상인 케나에게 도달하기까지 나무를 부러뜨리고 수풀을 증발시키며 돌격해 왔다.

케나는 차분하게 오른팔에 있는 사자의 머리를 집어던졌다.

그녀의 손을 떠난 순간, 사자의 머리에서 몸통과 네 발과 꼬리가 출현했다.

하지만 크기는 중형견 정도라 상대의 창과 비교하면 3분의 1 정도 밖에 되지 않을 듯했다.

아무것도 모르는 사람의 눈으로 보자면 누가 이길지는 뻔해 보였다.

흑엘프의 생각도 같았는지 케나의 말로를 상상하고는 유쾌한 웃음소리를 터뜨렸다.

"꺄하하하! 그런 쬐그마한 사자로 내 비장의 카드를 당해낼 수 있을 것 같아?!"

흑엘프가 환희에 젖어 일그러진 미소를 지어 보이는 반면, 케나는 진지한 얼굴로 술법의 행방을 주시했다.

케나에게서 다소 가까운 공간에서 격돌한 창과 사자는 주변에 요란하게, 종횡무진하게 번개를 뿌려댔다.

중앙 부분에서는 조명 장치가 터진 듯 빛이 나서, 상황을 정확히 살필 수가 없을 정도였다.

하지만 균형을 이룬 것은 아주 잠시뿐이었다. 1초도 되지 않는 찰나의 순간 동안이었다.

새하얀 빛 속에서 상대가 있는 쪽으로 뛰쳐나간 것은, 코끼리만큼 거대하게 부풀어 오른 번개 사자였다.

"뭐, 뭐야아아아아아아아아아앗?!"

일그러진 미소가 순식간에 경악한 얼굴로 바뀌었다.

공격 마법의 뇌격은 【번개의 정령】에게는 한낱 먹잇감에 불과했다.

케나가 최소한의 대처로 불러낸 정령이었음에도 흑엘프의 실력을 훌쩍 뛰어넘고 말았다.

흑엘프는 지팡이활을 방패처럼 내밀었지만 잠깐밖에 버티지 못했다.

흑엘프가 무사한 것은 손에 들고 있던 무언가를 번개 사자에게 던진 다음 앞발 후리기를 맞고 날아가 버렸기 때문이다.

땅에 내려선 번개 사자는 무언가를 씹고 있었다.

케나가 있는 곳까지 으득으득, 이라는 소리가 들려왔다.

"마도구를 먹어 버린 거야?"

『아마도…….』

케나가 팔을 옆으로 휘두르자 번개 사자는 가로로 날아가는 한 줄기의 번개가 되어 오른팔에 찬 고리로 돌아왔다.

"젠장! 젠장젠장젠장젠장젠장젠장! 빌어먹으으으으을!!"

무릎을 꿇고 웅크려 앉아 몸을 떨던 흑엘프는 용수철을 튕긴 듯 몸을 일으키더니 세상 모든 것을 증오하는 듯한 원망으로 가득한 소리를 질렀다.

원판은 미인인데 이렇게까지 인상이 달라질 수 있나 싶은 얼굴로, 원통함이 가득한 눈으로 허리에 찬 칼을 뽑더니 케나에게 돌진해 왔다.

증오로 굳어진 얼굴에 케나는 놀랐지만, 귀걸이로 걸어둔 여의봉을 뽑아 다루기 쉬운 사이즈로 늘여서 흑엘프와 맞섰다.

직선으로 돌진하던 흑엘프가 맞부딪히기 직전에 궤도를 바꿨다.

왼쪽으로 스텝을 밟아 타이밍을 어긋나게 해서 케나의 목을 향해 칼을 내지른다.

여의봉을 돌려 그것을 튕겨낸 케나는 회전력을 이용해 반대쪽 끄트머리로 반격했다.

"위험하잖아!"

"아직 멀었군!"

흑엘프는 상체를 젖혀 일격을 피하고 튕겨 나온 검과 함께 몸을 팽이처럼 회전시켜 케나의 오른쪽 머리 쪽을 베었다.

아니, 베고자 했던 그 팔은 다시금 회전시킨 여의봉에 맞고 검을 떨어뜨리고 말았다.

히죽, 하고 음흉한 미소를 지은 케나를 본 흑엘프는 당황해서 거리를 벌리려고 다리를 움직였지만, 무언가에 붙잡힌 듯 꿈쩍도 하지 않아 균형을 잃고 고꾸라졌다.

곧바로 고개를 들어 마른 잎이 쌓인 대지로 시선을 돌려보니, 그녀의 두 다리는 땅바닥에서 솟아난 흙빛 손에 붙들려 있었다.

그 건너편에는 여의봉을 빙글빙글 돌리며 짓궂은 미소를 지은 채 자신을 내려다보는 마녀가 있었다.

"자자~ 항복하실래요~?"

"술사 주제에 제법 날쌘데?! 하지만 이런 우연이 또 일어날 것 같아?!"

그녀는 전방으로 무기를 던지고 칼자루 끄트머리를 손바닥으로 쳐서 칼을 케나에게 날렸다. 상대의 빈틈을 찌르는 묘수였다.

일련의 동작으로 방심하고 있는 적에게 치명타를 가하려던 흑엘프는 적에게서 농밀한 마력이 뿜어져 나오는 것을 느끼고 그 자리에 얼어붙고 말았다.

던졌던 칼은 허무하게 땅바닥을 굴렀다.

조금 전 자신의 모든 힘을 실어 날렸던 전격창보다 훨씬 강력한, 전부 다 해방하면 주변 일대가 공터가 될 듯한 비취(그린)색 광채가 앞으로 내민 오른손에 천천히 집속되었다.

【매직 스킬 : load : 2식 남격교렬(단라기가)(嵐激巧裂) : ready set】

"날려 버려!"

농구공보다 조금 큰 크기로 압축된 공기탄이 케나의 손에서 발사되었다.

옆에 줄무늬가 새겨진 멜론 같은 공처럼 보이는 그것은, 초소형으로 압축된 태풍(허리케인)으로, 인간의 생활에 무자비하게 피해를 입히는 자연재해와 거의 같은 에너지가 담겨 있었다.

느릿한 속도로 흑엘프에게 날아든 바람의 멜론이 흑엘프와 접촉했다.

순간, 넉백 효과가 발동해 대상이 멀리 날아가 버렸다.

속도가 붙은 흑엘프의 육체는 등 뒤에 있던 나무를 몇 그루나 부러뜨리며 그 자리에서 사라지듯 날아갔다.

건물 해체용 철구와 같은 기세로.

육체에 치명상을 초래할 듯한 불쾌한 소리를 내며, 흑엘프는 숲속에 있던 거목에 격돌했다.

고통의 비명을 지를 새도 없이 흑엘프의 육체는 거친 노이즈를 발생시키며 서서히 안개처럼 흐려지기 시작했다.

그리고 끝내는 모자이크 된 그래픽처럼 되어 도트 조각으로 분해돼 소실되었다.

그것을 본 케나의 표정에 약간의 놀라움이 섞였다. 그것은 게임이었던 시절, 적 캐릭터를 쓰러뜨렸을 때 보았던 광경이었기 때문이다.

"…………아~ 진짜! 미치겠네~ 영문을 모르겠어~!"

"오? 아가씨, 괜찮아?"

머리를 북북 쥐어뜯으며 마구 소리를 치던 도중, 아비타가 나무숲 너머에서 모습을 드러냈다.

부상은 약간 있는 듯했지만, 다들 무사했다.

그들은 한 건 끝냈다는 표정으로 케나의 상태와 현장의 참상을 살피고 있었다.

"여어, 이쪽은 끝났어. 아가씨 쪽은……."

불탄 나무.

곳곳이 파여 있는 지면.

뭔가 단단한 물체가 일직선으로 통과한 모양새로 부러진 나무가 이어져 있는 공간.

숲 한 구석에 뻥 뚫린 공백 지대 등, 좌우간 처참하게 자연이 파괴되어 있었다.

따라오지 않기에 별동대와 마주친 건가 싶어 걱정했지만, 멀쩡하기만 한 케나의 모습을 보고 캐묻지는 않기로 했다.

"일단 오거를 이끌었던 주모자는 쓰러뜨렸어요."

"이쪽에 남아 있던 오거는 다섯 마리뿐이더군. 만약을 위해 동굴에 기름과 불씨를 던져 뒀지만 말이야."

"나 참, 뭣 때문에 이런 일이 일어나는 건지……."

케나가 투덜투덜 불평을 하기 시작하자 그렇게 까다로운 상대였나 싶어서 아비타도 의아한 표정을 지었다.

그들의 시선을 느낀 케나는 신경 쓰지 말라는 뜻을 담아 손을 팔랑팔랑 흔들었다.

일단 주변을 탐색해서 생존자의 흔적이 없을지 확인하려던 그때.

멀리서 산울림이 일어난 듯한 소리가 나더니, 다소 늦게 땅에서 지진이 일어난 듯한 미미한 흔들림이 전해져 왔다.

"……오?"

"뭐지?"

단원들이 주변을 둘러보며 소리가 들려온 방향을 찾기 시작했고, 소리의 진원지가 그들이 온 방향임을 알아챘다.

아무리 생각해도 소리가 울린 원인이 있는 것으로 추측되는 곳은 마을뿐인 듯했다.

아비타는 탐색을 중단하고 동료들에게 서둘러 마을로 돌아가라고 지시를 내렸다.

"아가씨는 먼저 가! 무슨 일 있으면 부탁 좀 할게!"

"아, 네! 먼저 갈게요!"

케나는 달려 나가며 【비행】을 발동시켜 속도를 높이며 하늘로 날아올랐다.

고도를 높이자 주변 일대에 숲이 펼쳐진 가운데, 탁 트인 공간에 마을이 있는 것이 보였다.

하지만 도로를 사이에 끼고 보이는 동쪽 숲에서 어제는 없었던 갈라진 부분을 발견한 케나는 고개를 갸웃했다.

숲을 몇 킬로미터에 걸쳐 벌채한 듯한 흔적을 보고, 조금 전에 들린 소리와 진동의 원인은 이거였구나, 라고 생각했다.

록시리우스나 록시느라면 만들 수 있을 테지만, 기본적으로 마을의 방어와 딸을 수호해 달라는 명령에 따르고 있을 터다.

굳이 마을 밖까지 나올 이유가 없다.

불길한 예감에 케나는 【비행】에 【가속】도 추가해서 마을로 향했다.

마을에 내려선 케나의 앞에서는 마을 어른들이 모두 나와 리트와 라템을 혼내고 있었다.

"안 그래도 마물 때문에 마을 전체가 신경이 곤두서 있는데 밖에 나가다니, 얘가 정말 생각이 있는 거야 없는 거야?!"

"훌쩍, 흑……. 자, 잘못했어요오."

"자자, 엄마. 리트도 이렇게 기가 죽어서 반성하고 있으니 그만 용서해 주지그래……?"

말레르 앞에서는 리트가 눈물콧물로 얼굴이 범벅이 되어 울고 있었다.

루이네가 말레르를 달래려 하고는 있었지만, 불에 기름을 부은 격이 되었다.

"넌 조용히 하고 있어! 이래서야 무상으로 마을을 지켜 주고 있는 케나랑 아비타 나리를 무슨 낯으로 보냐고!"

말레르는 온 마을에 울려 퍼질 정도의 목소리로 호통을 쳤다.

남편과 루이네의 중재는 귓등으로도 듣지 않고 불같이 화를 내는 통에 리트는 아예 통곡을 했다.

그 건너편에서는 딱딱한 땅바닥에 꿇어앉은 라템이 무서운 미소를 띤 스냐에게 조곤조곤 설교를 듣고 있었다.

"무슨 소리인지 아시겠나요, 라템 군? 다른 집 아가씨들을 꼬드겨서 밖으로 데리고 나가다니, 아버지가 알면 뭐라고 생각할까요?"

"저, 저기, 어, 엄마?"

"변명이라도 하려고요? 이렇게나 남자답지 못하다니. 당신이 그러고도 랙스의 피를 이은 긍지 높은 드워프인가요? 한심하군요!"

"네, 네, 죄송합니다……."

"애초에 당신은 평소부터…… 구시렁구시렁구시렁구시렁구시렁구시렁……."

스냐는 아들과 상관이 없는 평소의 불만까지 쏟아내고 있었다.

자세히 보니 눈에 미소가 걸려 있기는 해도 눈빛은 싸늘해서, 라템은 말을 더듬을 정도로 벌벌 떨었다. 많은 마을 사람들이 지켜보는 가운데 과거에 저질렀던 사고까지 들먹이며 끊임없이 설교를 늘어놓자, 라템은 얼굴이 새파랗게 질렸다.

“훌쩍, 흐에에…….”

“아가씨, 안심하십시오. 케나 님은 이 정도 일로 화를 내거나 하지 않으실 겁니다.”

“망가진 펜던트도 케나 님한테 보여드리면 괜찮을 거예요. 원래대로 만들어 주실 거라고요.”

눈물을 뚝뚝 흘리는 루카에게는 록시리우스와 록시느가 붙어서 계속해서 달래 주고 있었다.

“하아~~~.”

최악의 사태를 상상했었지만 아이들은 무사했다.

하지만 뭔가 문제가 있었던 모양이다.

걱정했던 광경은 아니었구나 싶어서 케나는 힘이 풀려 어깨를 축 늘어뜨렸다.

길게 안도의 한숨을 쉬자 케나가 온 것을 알아챈 루카는 깜짝 놀라 그 자리에 얼어붙었다.

케나가 고개를 푹 숙인 채 휘청거리며 다가가자, 말레르 일행도 설교를 중단하고 주목했다.

땅바닥에 주저앉은 루카를 끌어당겨, 케나는 그 작은 몸을 꾹 끌어안았다.

느닷없이 야단을 치지 않을까 가슴을 졸이며 지켜보던 마을 사람들도 가슴을 쓸어내렸다.

……하지만 그 후에 들려온 울음소리는 루카의 것이 아니었다.

"크, 에흐으……. 루, 루카가 무사해서 다행이야아아…….
우와아아아~앙."

"훌쩍?"

"어? 저기…… 케나 님?"

루카를 끌어안은 채 엉엉 우는 주인의 모습에 록시느 일행은 어안이 벙벙해졌다.

마을 사람들도 그러기는 마찬가지라 아주 오열하는 케나를 보는 눈에 당혹감이 가득했다.

"아, 아니, 케나! 네 딸은 멀쩡한데, 그 앞에서 어린애처럼 울면 어떡하니!"

"그래요, 케나 씨! 잘못은 우리 라템한테 있으니, 당신이 울 정도로 죄책감을 느낄 필요는 없다고요!"

"미, 미안해! 다 루카를 억지로 끌고 간 내 잘못이야."

"케나 언니, 미안해."

"케, 케나 님?! 저, 정신차리십시오!"

가장 당황한 것은 품에 안긴 루카였다.

혼이 날 줄 알았건만 다정하게 안아 주니 안심감이 들었다.

하지만 '아아, 아직 이 다정한 사람들이랑 같이 있을 수 있구나' 라고 생각하자마자 보호자가 오열했다.

힘은 케나 쪽이 훨씬 강한 탓에 품 안에서 탈출하기는 힘들다.

주변에 있는 어른들은 케나를 달래거나, 난처한 얼굴로 자신을 쳐다볼 따름이다.

나아가 좌우에서 자신을 끌어안은 리트와 라템도 케나와 함께 울기 시작해서, 완전히 자신이 울 타이밍을 놓치고 말았다.
게다가 옷은 아주 흠뻑 젖어 버렸다.
허둥댈 수밖에 없지 않은가?
이 소란은 아비타 일행이 돌아올 때까지 계속되었고, 겨우 울음을 그친 케나가 루나를 풀어줄 즈음에는 해가 거의 기울어져 있었다.
"피, 곤…… 해."
영문 모를 피로감에 젖은 루카는 그날 밤, 친부모에게 위로를 받는 꿈을 꿨다나 뭐라나.
더불어 이 사건의 여파는 이어져, 며칠 동안은 오리 새끼처럼 루카의 뒤를 졸졸 따라다니는 케나의 모습이 종종 마을 사람들에게 목격되었다.

이를테면 아침에는.
"응, 루카 어디 가니? 나도 같이 가 줄까?"
"……화장실, 가는 거니까. ……괜찮아."
이를테면 오전 중. 공부 시간에는.
"괜찮아, 루카? 어디 모르겠는 부분 있니?"
"……괜찮, 아. 그, 보다, 저쪽……."
"케나 누나, 이거 모르겠어~!"
"록스, 저쪽에 있는 라템 군 좀 부탁해."

"네에, 알겠습니다."

빙긋빙긋(←루카의 앞에서 만면의 미소를 띤 채 떨어지려 하지 않음.)

"…………."(←케나의 행동에 커다란 땀방울이 주르륵.)

이를테면 밤에는.

"좋아, 루카. 오늘은 정말 나랑 같이 자자!"

"……케나, 엄, 마……는, 혼자, 서도…… 잘, 수, 있잖, 아."

"음~~~! 시이! 시이! 루카가 '엄마' 래! 들었어, 들었어?"

"케나 님, 그 말씀만 오늘 아침부터 열두 번째예요."

루카는 이런 상태가 된 케나의 보살핌(?) 덕에 두 번 다시 그녀에게 걱정을 끼치지 않기로 굳게 다짐했다고 한다.

케나의 딸에 대한 과도한 보호는 본인이 "케나, 엄마…… 귀찮, 아."라는 말을 내뱉고서야 겨우 끝났다.

양딸의 입에서 나온 잔인한 한마디를 들은 본인은, 자신의 방에서 새하얗게 탈색되어 멀거니 서 있었다고 한다.

그 마음에 꽂힌 화살로 인한 대미지는 필설로 형용하기가 어려울 정도였다.

뭐어, 그것도 하룻밤 동안 회복해서 다음 날에는 주눅이 든 낌새가 남기는 했어도 기운을 차린 모습을 마을 사람들에게 보여 주기는 했지만.

에리네 일행은 사건이 있었던 다음 날에 펠스케이로로 곧장 출발했다.

부상자는 발생했지만, 아비타는 '찰과상 따위에 마법은 무슨. 그런 건 진짜 중환자용으로 남겨 두라고.' 라는 말로 케나의 치료를 거절했다.

문제는 아이들의 무모한 행동이었다.

그것도 본래는 케나가 식물들의 목소리를 듣지 못할 곳에서 화관을 만든다는 목적으로 한 일이라 그녀는 직접적으로 혼을 낼 수가 없었다.

대신 어른들이 아주 혼쭐을 내놓았다는 모양이다.

라템은 엎친 데 덮친 격으로 스냐에게 혼이 난 것도 모자라, 배송을 마치고 돌아온 랙스에게도 혼이 났다고 한다.

심지어 흠씬 두들겨 맞아 얼굴이 퉁퉁 부어서, 케나의 포션이 출동하게 되었다.

아무리 그래도 너무 심했다며 스냐가 랙스에게 화를 낼 정도였다.

"아가씨. 다음에도 또 이러한 일이 생기면, 영원토록 간식은 없는 것으로 아세요!"

"으……. 응. 잘못, 했어, 요."

록시느가 입 밖에 내놓은 벌의 내용에 루카도 기가 죽어서 고개를 숙였다.

"평화로운 건지, 아닌 건지……."

그 광경을 보고 있던 케나가 뭐라 형용하기 어려운 얼굴을 하고 있기에, 록시리우스가 쓴웃음을 지으며 설명해 주었다.

"우리 집의 간식 시간은 특별하다는 모양이더군요. 아마도 귀족이 아닌 이상은 지나치게 사치스럽다는 평가를 하고도 남을 겁니다."

케나의 집에서는 케나가 인간이었을 적의 생활 패턴에 따라 시간을 나누고 있었다.

아침 식사, 점심 식사, 간식, 저녁 식사다.

하지만 마을에서는 보통 하루에 두 끼를 먹고, 간식은 여유가 많을 때가 아니면 만들지 않는다는 모양이다.

만든다 해도 나무 열매를 반죽에 섞은 쿠키 정도다.

재료도 밀가루와 양젖에 짓이긴 나무 열매뿐이라 단맛은 거의 나무 열매의 당도로 결정되었다.

그러던 중, 요전에 케나가 가져온 케이크를 먹은 마을 사람들은 말로 표현하기 어려울 정도로 감동했던 것이다.

"세상에 이렇게나 달콤한 것이 있었다니!"

"맛있어맛있어맛있어맛있어!"

"신이…… 이곳에……."

"우와악~?! 잠깐만. 더 가면 안 돼~!"

다소 큰 사건이 있기는 했지만, 연회에서 장기자랑이라도 하듯 선보인 탓에 마을 사람 중 태반은 연회 때 케나가 만들어 주는 음식 정도로 인식하고 있었다.

"시작부터 케이크를 선보여서 눈이 너무 높아졌으려나."

잠시 향후 자신의 레퍼토리를 어떤 순서로 선보일지 고민하던 케나를 록시느가 제지했다.

"여기서 원점으로 돌아가면 돼요, 케나 님. 이쪽은 호의로 만들어 주고 있는 거니, 굳이 저쪽의 요구에 상세하게 답할 필요는 없어요. 불평한다면 그 서비스는 여기서 끝이고요."

한없이 오만하기만 한 록시느의 태도를 보고 있자니 쓴웃음만 지어졌다.

지적해 봐야 대응은 바뀌지 않을 거다.

더욱 과격한 발언이 늘거나, 부드러운 태도로 독설을 내뱉거나 할 것이다.

"정 그러시면 평범한 쿠키를 만들되, 저기 있는 들고양이한테 사탕발림이라도 하라고 하세요."

"사탕발림이라니, 맛있게 보이도록 선전을 하라고?"

"그 쿠키가 세상에 하나밖에 없다는 식으로 느낄 만한 미사여구라도 읊으라고. 그 몸을 360도 정도 비틀면 쥐어짜 낼 수 있을 것 아니냐. 물론 그대로 묘지로 가 준다면 더 바랄 게 없겠지만."

여전히 호흡을 하듯 동족 혐오를 해 대서 보는 쪽이 괴로워질 정도였다.

창조주가 오푸스인 탓일까, 아니면 녀석이 속으로는 자신을 싫어했던 것일까. 그런 생각을 하니 살짝 슬픈 것 같기도, 섭섭한 것 같기도 한 기분이 마음속에 스며들어, 케나의 어깨는 갈

수록 더욱 움츠러들었다.

"잠깐, 케나 님?! 왜 그런 구석에서 쭈그리고 있는 거죠?"

"……이봐."

"뭔가 암흑의 구름이 소용돌이치고 있어?! 이 녀석의 발언에 기분이 상하셨다면, 이 녀석이 배를 가를 거예요!"

"네가 내뱉은 독설 때문이잖아!"

콩트 같은 장면이 끊이질 않았다. 곁에서 보면 즐거운 가정처럼 보이기는 하리라.

그건 둘째 치고, 어느 날 아이들의 문제 행동에 관한 회의가 열렸다.

회의라 한들 촌장과 사냥꾼 로틀과 여관 여주인 말레르. 밖에서 막 이주해 온 랙스와 케나가 정오가 조금 지나 조용한 식당에 모였다.

회의라는 이름이 붙기는 했지만, 마을의 자질구레한 일들을 논의하기 위한 조촐한 회합 같은 것이었다.

"일단 라템은 마을 밖에 있는 위험과 순간적으로 대처할 방법을 로틀 공에게 배우고 있다. 이번 일은 모두 내 교육이 부족했던 탓이야. 정말로 미안하군!"

시작부터 복잡한 표정을 짓고 있던 랙스가 힘껏 고개를 숙였다.

"자, 자자, 랙스 씨. 이번 일은 아이들도 벌을 받았으니, 이 이상은 아무도 고개를 숙이지 않아도 돼요.”

“그런 식으로 치면 제 잘못도 있어요. 따지고 보면 내가 아이들을 유람 비행에 데려간 게 원인이었으니까요.”

그렇게 랙스가 고개를 숙이는 것을 로틀이 만류하면 케나가 살며시 손을 들고 면목 없다는 듯 굽실거리는, 고개 숙이기의 악순환이 다시 시작되려던 순간.

말레르가 가차 없이 두 사람의 머리를 쟁반으로 내리쳤다.

“억?!”

“으갸?!”

“자, 이제 둘 다 벌 받았지? 계속 고개만 굽실거려서는 진행이 안 되니 그만들 해.”

살짝 난폭한 배려에 두 사람은 시선을 교환하고 쑥스러운 얼굴로 고개를 끄덕이고서 말레르에게 작은 목소리로 “미안하군.”, “죄송해요.”라고 사과했다.

말레르는 뚱한 얼굴로 쟁반을 좌우로 휘두르며 “이제는 그러지 말라고.”라고 답했다.

촌장은 그들의 대화가 끝나기를 기다렸다가 입을 열었다.

“나는 일단, 울타리를 두껍게 하는 게 좋을 것 같은데 말이지.”

의제를 건너뛰고 결론이 튀어나오자 케나는 당황했다.

그리고 ‘어? 이거 벌써 시작한 거야? 언제부터??’라는 당혹스러운 표정으로 일동의 얼굴을 둘러보았다.

하지만 같은 신참 동료인 랙스도 딱히 의아하지는 않은 눈치였다.

아무래도 갑자기 시작하는 것이 이 마을의 방식인 것 같다고 케나는 억지로 이해했다.

"아니아니, 촌장님. 우선은 출구를 막기보다 밖으로 나갈 이유를 줄여야 하지 않겠습니까."

"리트는 잘 타일러 뒀으니, 앞으로는 안 그럴 텐데 말이지."

"그럼 주술석의 사용법을 사람들에게 미리 알려주는 편이 좋지 않을까?"

봇물 터진 듯, 의견이 마구 난무했다.

케나는 조용히 그것을 듣고 있었다.

그녀는 로틀을 제외하면 이 마을에서 유일한 전투 요원이다.

하지만 그 과잉 전력의 입장에서 뭔가 의견을 내놓으려 한들 자신이 지닌 스킬을 전제로 한 비상식적인 것이 될 수도 있었다.

테이블 위를 오가는 여러 의견을, 만화의 말풍선처럼 머릿속으로 변환하던 중에 로틀이 "케나 너는 어떻게 생각하냐?"라고 물었다.

"……그런 소릴 하신들, 저는 힘을 써서 해결하는 방법밖에 내놓을 수가 없어서요."

일동이 """"힘을 써서?""""라고 되묻자 케나는 자신이 쓸 수 있는 수단을 모조리 늘어놓기 시작했다.

"우선 마을 전체를 결계로 뒤덮는 방법이 있어요. 하지만 이건 제가 아는 사람이 아니면 마을에서 나갈 수도 없게 돼요. 얼굴도 모르는, 불쑥 찾아온 여행자는 당연히 튕겨 나가겠죠. 다음은 병사로 위장한 골렘에게 경비원 역할을 시키는 방법. 이것도 간단한 명령밖에 내릴 수가 없어서 '외적으로부터 지켜라' 라고 말하면 찾아오는 사람이 차례로 골렘의 희생자가 되겠죠. 그리고 스스로 생각할 수 있는 소환수에게 마을 경비를 맡기는 방법이 있는데, 그런 고레벨 소환수는 겉모습이 사람과 완전히 다른 경우가 많아서……."

"잠깐잠깐잠깐잠깐!"

경비에 쓸 만한 아이디어를 생각나는 대로, 손가락을 접어 가며 순서대로 늘어놓자 일동의 얼굴이 갈수록 파랗게 질려 갔다.

랙스가 허둥대며 케나의 사고를 중단시켰다.

"무슨 소리인지 잘은 모르겠지만, 일단 케나 양의 방법이 위험하다는 것만은 알겠군."

"네에……. 위험한가아?"

본인에게 그렇다는 자각이 없으니 더더욱 위험했다.

첫 번째는 무미무취하고 눈에 보이지 않는 투명한 결계로 마을 전체를 뒤덮는 마법이다.

술자가 얼굴을 아는 이는 쉽게 드나들 수 있지만 그 이외의 사람을 모두 튕겨내고 만다.

폐쇄적인 엘프 마을을 외적으로부터 지키기 위해 습득하러 간다는 내용의 퀘스트에서 얻은 것이다.

하지만 이 마법은 【차단 결계】를 습득하기 위한 전제조건인지라 손에 넣은 뒤에도 퀘스트 당시에 한 번 써 본 것이 전부였다.

두 번째는 펠스케이로에서 모험가 길드의 의뢰를 해결할 때 사용했던 록 골렘 등을 만드는 마법이다.

원래는 파티 멤버가 없는 솔로 플레이어가 보조 역할을 맡기고 데리고 다니는, 일회용 전투 골렘을 만들기 위한 마법이었다.

전투용이라 '지켜라' 라든지 '공격해라' 같은 간단한 명령만 내릴 수 있었다.

세계가 현실이 된 후로 조금은 복잡한 명령을 내릴 수 있게 되기는 했지만, 그래도 '외적으로부터 마을을 지켜라' 나 '침입자를 붙잡아라' 정도가 한계다.

외적이 되었건 침입자가 되었건 밖에서 오는 모든 것이 대상이 될 가능성이 있기에 경비원으로 삼기에는 문제가 있었다.

세 번째는 자신이 생각해 둔 소환수를 불러내는 방법이다.

하지만 이쪽은 앞서 말했듯이 그 모습이 문제다.

특별 구역인 천계와 마계에서 얻을 수 있는 것은 흔히 말하는 천사나 악마와 같은 자들이다.

스스로 생각해서 행동하는 것은 좋지만 자신에게 절대적인 자신감이 있는 탓에 모습을 바꾸는 것을 탐탁지 않게 생각한다.

마을 입구에서 이형의 악마가 맞이하거나, 마을 상공에 여러 개의 날개를 펼친 거대한 천사가 떠 있거나 하면 도로를 통행하던 이들이 혼란 상태에 빠질 것이다.

자세한 설명을 들은 촌장 일행은 상상을 훌쩍 뛰어넘는 엄청난 과잉 전력에 넋이 나가 버렸다.

랙스만이 골렘에 관해 설명할 때 눈을 빛내고 있었다.

결국 그 자리에서는 건설적인 의견이 나오지 않아서, 다음 회의로 넘기게 되었다.

일단 마을 내부 순찰은 록시리우스가 자주적으로 하고 있으니, 뭐든 이상한 징조를 느끼면 그에게 알려 달라는 케나의 제안은 받아들여졌다.

그렇게 로틀이 처리할 수 없을 정도로 상황이 심각해지면 케나 일행이 나서겠다는 것이다.

케나는 마을 밖으로 나가는 일이 잦으니, 그 사이에는 록시느와 록시리우스가 무력 대응 요원 노릇을 해야 했다.

소년, 소녀로만 보이는 그들을 차출한다는 말에 부정적인 의견이 나오기도 했지만, 혼 베어를 한 손으로 제압할 수 있는 실력자라고 하니 마지못해 납득했다.

그런 외모를 하고 있어도 두 사람은 케나의 절반인 레벨 550의 강자다.

……라고 한들 그 실력을 어떻게 가늠해야 할지 감이 안 올 것이다.

비교 대상으로 쓰인 혼 베어가 불쌍해질 따름이다.

회합이 끝난 후, 케나는 공중목욕탕으로 향했다.

이번에 아이들에 관한 정보를 가져다준 공로자를 치하하기 위해서다.

“정말로 고마워, 미미리.”

“그만 됐다니까요. 감사 인사는 벌써 몇 번이나 하셨잖아요!”

목욕탕에서 나란히 앉은 케나가 몇 번째인지 모를 정도로 고개를 숙이는 바람에 미미리는 손사래를 쳤다.

미미리가 있는 장소 근처에서 아이들이 세웠던 계획을 재빨리 록시리우스에게 전달하지 않았다면 아이들은 어떻게 되었을까.

화이트 드래곤이 현현했다고는 하나 사라진 후에 무방비 상태가 되어, 또 다른 마물의 공격을 받았을지도 모른다.

그렇게 생각하면 록시리우스 일행은 상당히 아슬아슬하게 현장에 도착했다고 할 수 있었다.

마물이 루카 일행이 해쳤다면, 케나는 분노에 사로잡혀 숲만이 아니라 국토 절반을 불살라 버렸을지도 모르기 때문이다.

그 누구의, 그 무엇의 말도 듣지 않고 끊임없이 파괴를 흩뿌리는 마인이 돼 버렸을지도 모를 일이다.

그런 가능성을 태연한 투로 입에 담는 케나의 모습에 미미리는 진심 어린 안도의 한숨을 한참이나 내쉬었다.

“……다행이야. 알리러 가길 정말로 잘했어~!”

“아니, 농담인데.”

“농담으로 안 들려요! 엄청 무섭다고요!”

욕조 끝으로 피하는 미미리를 보고 케나는 겁을 먹을 만한 짓을 했던가 싶어 고개를 갸웃했다.

이유를 물으니 드래곤 때문이라는 모양이었다.

"그런 커다랗고 하얀 드래곤을 아무런 대가도 없이 사역하는 사람이 안 무서울 리가 없잖아요!"

반쯤 비명에 가까운 목소리로 말하기에 케나는 미미리의 세계와 이곳의 드래곤에 관한 사정에 상당한 괴리가 있음을 깨달았다.

리아데일에서의 드래곤은 【서먼 매직】으로만 존재하고, 야생 드래곤은 일부 예외(퀘스트 관련)를 제외하면 거의 찾아볼 수가 없다.

기껏해야 옛날이야기나 전설에 살짝 등장하는 정도다. 심지어 대부분은 강력한 정의의 사도로 등장한다.

미미리가 있던 세계의 드래곤은 자기중심적이고 방약무인한 존재로, 번번이 사람들에게 막대한 민폐를 끼친다는 모양이다.

인어를 먹으면 수명이 늘어난다는 헛소문을 퍼뜨린 것은 그런 드래곤 중 하나라나 뭐라나.

어떻게 보면 만악의 근원 같은 자들이라는 듯했다.

존재 방식만으로 보면 강력한 힘이라는 요소를 제외하고는 악덕 귀족이나 탐욕스러운 상인과 별반 다를 것이 없는 듯했다.

"에이, 무서워할 것 없다니까."

케나는 겁에 질린 미미리의 앞에서 강도 레벨 1로 화이트 드래곤을 소환했다.

소환진 자체의 크기는 대야 정도였지만 그곳에서 펑, 하고 나타난 것은 한 손으로도 거뜬히 안을 수 있는, 고양이 크기 정도의 하얗고 푹신푹신한 물체였다.

백은색 뿔과 네 개의 날개에는 화이트 드래곤의 모습이 남아 있었지만 굳이 말하자면 귀엽게 축소된, 아장아장 걷는 봉제 인형 같은 생물이었다.

심지어 "먀아~." 하고 울었다.

그 귀여운 외모에 미미리는 눈을 빛내며 숨어 있던 바위 뒤에서 순식간에 뛰쳐나왔다.

"뭐야, 이거. 귀여워!"

"그치, 그치?"

눈 깜짝할 새에 미미리의 품에 안기게 된 화이트 드래곤은 고개를 갸웃하고서 "먀아~."라고 울었다.

눈이 하트마크로 변한 미미리는 깜찍하게 생긴 화이트 드래곤에게 뺨을 비볐다.

케나가 만족스럽게 고개를 끄덕이던 참에, 머리카락 안에서 뛰쳐나온 요정이 찰싹 달라붙었다.

아무래도 대항하려는 것 같았는데, 문제의 화이트 드래곤은 요정과 눈이 마주친 순간부터 허겁지겁 그 자리에서 도망치려고 몸부림을 쳤다.

"어, 어라? 왜, 왜 그래?"

"글쎄, 나도 잘은……."

자랑거리인 날개를 구사하려 했지만, 자신을 구속한 손 안에서 뱀장어처럼 빠져나가려니 드래곤으로서는 상당히 굴욕적이었으리라.

얼마쯤 몸부림을 치던 화이트 드래곤은 미미리의 손 안에서 탈출하기는 어렵겠다고 판단했는지, 자신을 구성하는 마력을 방출해서 급속도로 존재감을 희석시켰다.

"어?! 뭐야?!"

화이트 드래곤이 소환자인 케나의 뜻을 거역하고 그 자리에서의 탈출을 택했다는 사실에 깜짝 놀랐다.

그리고 소환수가 모종의 이유로 요정을 두려워하고 있다는 사실을 알게 되었다.

그로부터 며칠 후.

소환수가 요정을 무서워하는 이유는 잘 모르겠지만, 이것저것 소환해서 대면시켜 본 결과. 높은 수준의 의지를 지닌 소환수 중 몇이 반응한다는 사실은 알 수 있었다.

근본적인 원인은 도통 알 수가 없으니 오푸스에게 물어보는 수밖에 없을 듯했다.

"아~아, 뭔가 샛길로 빠졌던 것 같지만 일단 케이릭한테 가보실까~."

“대부분은 케나 님이 아가씨한테 끈질기게 들러붙은 탓이 아닌가요?”

“…………”

허리에서 뚜둑뚜둑 소리를 내며 스트레칭을 하며 혼잣말을 늘어놓던 케나에게, 주인을 주인이라 생각하지 않는 듯한 록시느의 독설이 꽂혔다.

케나가 허리를 쭉 편 자세에서 뻣뻣하게 굳어, 끼기기긱 하고 깡통 장난감처럼 고개를 돌리자 록시느는 아무렇지도 않은 얼굴로 고개를 숙였다.

“죄송합니다. 말실수를 했네요.”

그리고 농담으로 넘길 수 있을 때 사과해 두었다.

농담으로 흘려 넘길 수 있는 수준까지는 괜찮지만, 진짜로 뚜껑이 열린 주인을 적으로 돌리면 록시느 일행이 이길 가능성은 없었다.

케나는 뚱한 눈으로 “뭐어, 됐어.”라고 말하며 땅이 꺼질 듯 깊——은 한숨을 쉬었다.

살짝 밉살스러운 부하라고 생각하면 대충 마음을 다잡을 수 있다.

케나 일행의 뒤를 쫓듯, 록시리우스를 대동하고 밖으로 나온 루카의 머리를 쓰다듬었다.

그녀는 지금부터 리트, 라템과 함께 공중목욕탕을 청소할 예정이다.

지난번에 사고를 쳤던 일로, 촌장이 실행범인 라템과 리트에게 벌을 내렸다.

그것이 바로 공중목욕탕 청소다.

아직까지 언제까지 하라는 말이 없어서, 거의 무기한으로 계속하게 될 것 같았지만.

하지만 여탕 쪽은 미미리의 자택을 겸하고 있는 면도 있어서 언제나 청결했다.

그래서 루카 일행은 남탕의 몸 씻는 곳 근처를 주로 청소했다.

양쪽 모두 욕조라고 해야 할지, 목욕물에는 【정화 마법】이 걸려 있는지라 청소 범위에서 제외되어 있었다.

두 사람 모두 루카가 없었다면 분명 목숨을 잃었으리라는 사실을 너무도 잘 알기에 반성하는 뜻에서 열심히 청소하고 있다는 듯했다.

아무리 그래도 아이들 둘이서는 어려운 부분도 있을 것 같아, 감독 역할을 겸해 록시리우스도 도울 예정이다.

루카는 자신은 말리지도 않았다는 이유로 자책감을 느껴서 스스로 그 일을 돕고 있었다.

그녀의 목에는 케나가 말끔하게 수리한 펜던트가 걸려 있다.

또한 【소환 강도 레벨 9】의 화이트 드래곤은 짧은 시간 동안 존재를 유지하는 것이 고작이라 개량이 이루어졌다.

지금은 【소환 강도 레벨 6】으로 사이즈를 줄여서 브라운 드래곤을 담아 두었다.

그렇게 했음에도 거기에서 출현하는 것은 레벨 660의 괴물급이 될 테지만.

회복, 결계 쪽 능력을 지닌 화이트 드래곤의 전투 능력은 용족 중 최하 수준이다.

하지만 유일한 공격 수단인 그 프리즘 버스터가 레벨의 영향 덕분에 그 정도의 위력을 발휘했다.

만약 범위 공격에 특화된 블랙 드래곤이 같은 레벨로 출현했다면 도로 동쪽 토지는 거대한 구덩이가 되었을지도 모르는 일이다.

뿔이 돋아난 갈색 안킬로사우르스 같은 모습을 한 브라운 드래곤도 공격력은 낮지만 수호 능력은 용족 중에서도 최고 수준이었다.

생각 없이 최대 레벨로 소환한 화이트 드래곤은 거대한 탓에 의도치 않게 마을 사람들에게 또렷하게 목격당하고 말았다.

소란을 일으킨 일을 반성하는 뜻에서 이번에는 이동식 크레인 차량 정도 되는 크기의 것을 펜던트에 담았다.

그렇게 해도 그 험상궂은 얼굴을 보면 사람들은 혼란에 빠지겠지만.

'적당히' 라는 개념을 모르는 사람이 하는 일은 늘 그런 식이었다.

"그럼~ 잠깐 헬슈펠까지 다녀오려고 하는데……."

"응, 괜찮, 아. 케나, 엄마가…… 걱, 정, 할 짓, 안할……게."

"이번에는 저희도 잘 감시하고 있을 테니, 안심하십시오."

루카가 힘껏 고개를 끄덕이자 록시리우스가 공손하게 머리를 숙였다.

딸의 '엄마' 라는 말에 감동한 케나가 확 끌어안자, 이제 적응이 좀 된 루카는 쓴웃음을 지어 웃어넘겼다.

위기는 아이를 성장시키는 법이다. 루카는 제 손으로 자신의 목을 조르고 있는 듯한 기분이 들어서 어쩔까 싶었지만, 걱정을 끼치지 않으려 노력하는 자신의 태도가 케나의 모성애를 자극한다는 사실을 알고 체념하는 경지에 도달한 것이다.

케나가 발치에 퍼진 보라색【전이】마법진에서 솟아오르는 빛에 휩싸여 그 자리에서 사라졌다.

"후우." 하고 한숨을 쉬는 루카의 모습에 록시리우스뿐 아니라 현관에서 배웅하고 있던 록시느도 웃음을 터뜨렸다.

"수고하셨습니다, 아가씨."

"케나, 엄마……. 믿어, 줬으면, 좋겠는데……."

"어쩔 수 없죠. 그 일이 일어난 지 얼마 되지 않았으니까요. 오히려 아가씨께서 인정해 주신 것이 기쁩니다. 주인님은 가족이라는 것에 집착하고 계시거든요."

"……그렇, 구나."

루카는 왕도에서 만났던 스카르고와 카타츠를 떠올렸다.

의붓오빠이기는 했지만, 자식이 자신의 곁을 떠나 독립해서 쓸쓸한 걸까, 라는 생각이 들었다.

사실 케나의 집착은 현실에 있었을 때부터 가지고 있던 것이라, 루카와 록시느가 생각하는 것과는 전혀 달랐지만.

헬슈펠로 향할 때 목표로 지정한 서문 쪽으로 날아가자, 문지기 병사는 의아하다는 눈치였다.

합동 토벌대가 이제 막 귀환한 참이라 여행자나 상인들도 통상로를 지나는 데 회의적인 듯했다.

그런데 그쪽에서 위기감이라고는 전혀 찾아볼 수 없는 여성이 혼자서 나타났으니 경계할 만도 하지 않은가.

오랜만에 사람들의 통행이 잦은 도시로 나온 탓에 마음이 들뜬 케나는 사카이 상회로 향하기 전에 시장으로 발길을 옮겼다.

록시느가 부탁한 식재료를 사들이고, 특이한 물건이 없는지 한 바퀴 둘러보았다.

형형색색의 채소며 과일.

그 자리에서 해체한 거대 민물고기.

좋은 냄새가 나는 냄비를 휘적거리는 부인.

바구니에 담긴, 닭만큼이나 커다란 달걀 모양 버섯.

대부분이 음식이었지만 드문드문 의자며 선반, 그릇 등의 식기류, 사리(sari)와 비슷한 옷과 장신구, 신발 등 온갖 물건도 팔고 있었다.

그중 한 노점에서 상당히 왜곡된 불상 비스무리한 것을 팔고 있는 것을 봤을 때는 빠른 걸음으로 지나치기로 했다.

아무리 봐도 이전에 왔을 때 에리네가 팔았던 목조 불상의 영향을 받은 물건이었다.

그러고 나서 노점에서 수프를 구입하고, 구운 과자를 보고 군침을 흘렸다.

루카 일행에게 줄 선물로 스무 개 이상의 꼬치구이를 주문하자, 노점 아저씨가 하나를 덤으로 줬다.

그렇게 쇼핑을 하고서야 사카이 상회로 걸음을 옮겼다.

여전히 작업원과 손님이 북적이는 사카이 상회 앞거리로 꼬치구이를 먹으며 다가간 케나는 오랜만에 보는 얼굴을 향해 말을 붙였다.

"야호~ 코랄!"

"엉? 케나 아니냐? 이런 곳에는 어쩐 일이냐?"

이전에 건네준 대검을 짊어진 코랄과 그의 동료 네 명은 어쩐지 넋이 나간 듯 보였지만 안도한 표정을 짓더니 케나와 인사를 나누었다.

"꽤나 비싼 걸 먹는구만. 뭐 짭짤한 건수라도 잡았나 보지?"

"어, 이 꼬치구이 유명해?"

"이것 봐, 모르고 산 거야? 어이가 없어서 원."

코랄은 과수원을 헤집어놓는 일이 많은 볼래트의 고기를 쓴 것이라고 설명했다.

볼래트라는 것은 영양분을 몸이 아니라 토끼처럼 둥그런 꼬리에 저장해서 한 달 정도를 지낼 수 있는 동물이라고 한다.

상당히 날쌔서 대대로 전문 기술을 전승하는 함정 사냥꾼이 포획 의뢰를 받는다나 뭐라나.

꼬리는 스펀지 같은 구조로 되어 있어서, 건조해 고급 브러시 같은 아이템을 만든다는 모양이다.

과일이 주식이라 고기 자체에 단맛이 배어 있어, 제법 고급 고기로 취급되고 있다는 듯했다.

"헤에~."

"뭐가 또 '헤에~' 야! 기껏 설명해 줬더니만."

"근데 사카이 상회에는 어쩐 일이야?"

"아아, 그냥 좀. 길드에 호위 의뢰가 붙었기에 우리가 받기는, 했는데……. 사람이 너무 많아서 누구한테 말을 해야 책임자를 만날 수 있을지 도통 모르겠어."

"호오~ 호위라~."

아무래도 의뢰를 받기는 했지만, 책임자가 누구인지 알 수가 없어 난감해하던 참에 만난 모양이다.

확실히 여러 종족이 뒤섞여 있어 누가 작업원이고 누가 손님인지 전혀 구분이 되지 않았다.

케나는 사람들을 슥 둘러보고서 주판을 튕기고 있는 워캣에게 "저기요~." 하고 다가갔다.

"아아, 네. 무슨 일이신지?"

"이즈쿠 있나요? 케나가 왔다고 전해 주시겠어요?"

"작은 주인어른 말씀이신가요……. 네, 잠시만 기다리십시오. 어쩌면 오래 기다리셔야 할지도 모르는데, 괜찮으신지?"

"네, 괜찮고말고요. 상황이 이러니 그 정도는 각오해야죠."

워캣 점원은 고개 숙여 인사하고서 가게 안으로 들어갔다.

말은 그렇게 했지만, 이즈쿠라면 케나를 기다리게 할 리가 없다.

다 알고서 한 말이었다.

코랄 일행은 창고가 늘어선 길 반대쪽에서 기다리고 있었다.

빈번하게 넣고 뺄 필요가 없는 물건이 수납된 구획인지, 작업원들은 거리낌 없이 그들의 눈앞을 통과했다.

손을 흔들며 코랄 일행에게 다가간 케나는 "일단 작은 주인을 불렀어요."라고 전했다.

순간 코랄의 동료들은 당황해서 요상한 표정을 지었다.

일개 모험가가 대륙 구석구석에 영향력을 미치고 있는 사카이 상회의 작은 주인을 지명해서 불러낼 수 있다는 사실에 당황한 얼굴이었다.

하지만 그 모험가(케나)와 동료(코랄) 중 한 명은, 그 정도는 아무것도 아니라는 듯 대화를 이어 갔다.

"여기 자주 오나 보지?"

"뭐어, 그럭저럭. 연줄이 있다는 건 참 좋은 것 같아."

"에에잇, 이 행운 부르주아 같으니!"

"믿을 건 역시 손자밖에 없다니까~."

"뭐라는 거야……. 근데 최근에는 펠스케이로에 도통 안 보이던데. 뭐 하고 지냈냐?"

"이 근처에서 술장사라도 해 볼까 해서~. 위스키랑 맥주뿐이지만."

"호호오, 위스키라. 좀 내놔 봐."

"맡겨놨어?! 마시고 싶거든 직접 만들면 되잖아."

"엉? 만들 수 있을 리가 없잖아. 그건 대규모 증류기 같은 걸 소유한 공장이 있어야 만들 수 있으니까."

"아하. 네가 크래프트 스킬이라는 이름의 가능성을 모조리 버리고 살아왔다는 건 알겠어."

"뭐야, 그런 스킬이 있었어?! 좀 알려줘."

"싫어."

"생각도 안 해 보고 거절해?!"

화기애애한 대화가 위스키를 맛있게 마시는 법으로 발전해, 코랄이 '~년산'이 얼마나 맛있는지를 설명하기 시작하자 케나는 흠흠, 하고 진지하게 들으며 중요한 부분을 키에게 기억시켰다.

그러다 보니 젊으면서도 그럭저럭 관록이 있어 보이는 엘프 남성이 거리 맞은편에 있던 케나에게 다가와 고개 숙여 인사했다.

등 뒤에서는 연락을 취해 준 워캣 점원이 믿을 수가 없는 광경을 본 듯한 표정으로 서 있었다.

사정을 모르는 일개 점원으로서는 작은 주인어른이 이름만 듣고 다른 일을 뒤로 미뤄 두고 이곳을 찾은 이유를 짐작조차

할 수 없을 것이다.

"기다리게 해서 죄송합니다, 증조할머님. 오늘은 어떤 일로 오셨는지요?"

"오랜만이야, 이즈쿠. 일부러 나오라고 해서 미안해. 케이릭 있어?"

"아, 네. 아버님은 평소처럼 안에 계십니다만……?"

"이즈쿠한테 볼일이 있는 건 여기 있는 모험가 다섯 명이야. 길드에서 의뢰를 받았다던데."

"아…… 아아, 네. 이렇게 찾아와 주셔서 감사합니다."

이즈쿠는 잠시 김샌다는 듯한 표정을 짓는가 싶었더니 곧바로 상인으로서의 얼굴로 돌아와 요상한 표정을 짓고 있는 코랄의 파티에게 예의 바르게 고개를 숙였다.

무언가를 기대했던 듯한 눈치여서 케나는 쓴웃음을 지었다.

의뢰하는 쪽이 저렇게까지 저자세를 취하는 것이 우습기도 했지만.

이즈쿠는 등 뒤에 멀뚱히 서 있던 워캣 점원에게 코볼트 심부름꾼을 부르라고 전했다.

아무래도 그쪽이 이즈쿠 다음으로 서열이 높은 자인 모양이다.

케나의 안내를 그에게 맡긴 후, 이즈쿠는 코랄 일행을 데리고 의뢰에 관한 이야기를 하기 위해 안으로 들어갔다.

케나가 안내를 받아 향한 곳은 일전에 왔던, 시간이 느릿하게 흐르는 듯한 케이릭의 방이었다.

손자는 놀란 얼굴로 할머니를 맞아들였다.

"이게 누구십니까. 할머님 아니십니까. 오늘은 어떤 용건으로 오셨는지요?"

"돌이랑 보리 화물은 잘 받았어. 상품을 인가해 준 것치고는 조치가 꽤 빠른 것 같은데, 위스키랑 맥주는 그대로 만들기 시작해도 될까?"

"네에, 정말이지 좋은 술이었습니다. 친구 몇 명과 시음회를 해 보니 평판이 좋기는 했지만, 맛이 좀 진하더군요."

"아~ 그건 아까 들은 이야기인데, 물이나 얼음을 타서 먹는 거라더라고~. 그리고 위스키 쪽은 오래 묵히면 맛과 향이 진해진다나 봐. 1년, 5년, 10년이랬던가?"

"과연, 그러한 부류의 음료였습니까. 그나저나 할머님은 그쪽에 관한 지식이 별로 없으셨나 봅니다?"

"아아, 지금 의뢰 때문에 이즈쿠를 찾아온 모험가 친구인 코랄한테 들은 얘기니까 자세한 이야기는 그쪽에 물어봐."

애초에 미성년인 케나가 술이 무엇인지 알 리가 없었다.

알려 줄 만한 친구는 많았지만 그 친구들도 본인이 화제를 꺼내지 않는 한 알려 줄 방도가 없었을 것이다.

오호라, 과연, 이라고 중얼거리며 케이릭은 근처에 있던 종이에 몇 문장을 갈겨썼다.

헬슈펠에 두 통의 상품을 운송하고 마을로 돌아온 랙스에게 케나는 대량의 보리를 받았다.

아무리 그래도 둘 곳이 없어서 아이템 박스 안에 던져놓은 후, 추가로 창고를 지어야만 했다.

이쪽은 서두를 필요가 없는지라 마을 목공들에게 지어 달라고 했다.

겸사겸사 그 창고에는 지하층을 만들어, 그곳에 위스키통을 보존해 둘 예정이다.

그리고 장기 보존 쪽은 습도나 온도를 관리하는 데 능숙한 인재가 많은 사카이 상회 쪽이 좋을 듯했다.

맥주는 재료만 있으면 그 자리에서 얼마든지 작성이 가능하니 수주 생산을 할 예정이다.

문제는 돌이다.

간이 술식이 담긴 그것에 마력을 보급하면 일반인이라도 간단히 다룰 수 있는 흉기가 된다.

관문을 습격한 술사가 가지고 있던 파이어볼 스태프처럼.

"그나저나 그 짧은 시간에 마운석을 그렇게나 모은 게 용하네. 감탄했어."

"할머님께서 말씀하셨던 방법을 사용했습니다. 돌을 파는 아이들을 찾아가 충분한 사례를 치르고 돌이 나온 장소를 알려 달라고 한 다음, 마력을 감지하는 데 능한 술자를 모아서 탐색하니 쉽게 광맥을 찾을 수 있었지요."

"그냥 돈을 뿌렸다는 얘기로만 들리는데……."

"……그렇게 말씀하시면 할 말은 없죠."

정곡을 찔린 것이 부끄러운지 케이릭은 고개를 홱 돌리고서 답했다.

"이번에는 이것의 용도에 관해 얘기하려고 온 거거든?"

그에 관한 상담이 오늘 방문의 주목적이었다.

케나는 일단 시험 삼아 견본품으로 만든, 직경 3센티미터 크기 정도의 구슬 몇 개를 테이블 위에 내놓았다.

"이것은……?"

"네가 보낸 돌을 가공, 작성한 물건이야. 이런 식으로 사용해."

간결한 설명과 함께 손가락을 딱, 하고 튕겼다.

그러자 구슬 하나에서 투광기처럼 위쪽을 향해 뿜어진 빛이 천장을 새하얗게 물들였고, 케이릭은 놀란 눈으로 그것을 바라보았다.

방사되는 방향이 항상 일정하도록 설정한 【부가백색광 Lv.5 : 라이트】를 담아 둔 것이다.

원통 등에 넣어 두면 손전등 같은 역할을 할 수 있는 마도구다.

MP를 넘치도록 부어 두었으니 이렇게 켜 두어도 며칠 정도는 지속될 것이다.

마운석 자체도 주변 공간에서 조금씩 마력을 흡수하는지라 마력이 완전히 떨어져도 시간이 지나면 재가동할 거다.

"나는 이런 물건을 천장에 박아서, 실내를 밝히는 용도로 썼으면 하는데……. 넌 그 이외의 사용법을 생각하고 있니?"

"아, 아니. 할머님, 저를 죽음의 상인 같은 것으로 착각하신 것 아닙니까?! 저는 그냥 빛나는 물건만으로 충분합니다!"

할머니의 말을 들은 케이릭은 억울함을 감추지 못하고 몸을 파르르 떨더니, 손짓 발짓을 섞어가며 오해를 풀기 시작했다.

물론 그러한 공격계 마도구 생산도 고려하지 않은 것은 아니었다.

하지만 그는 광원으로 판매할 궁리를 하고 있었던지라, 여기서 할머니의 화를 살 만한 행동을 하는 것은 피하고 싶었다.

케나도 일단 확인차 떠본 것이기는 했지만, 당황한 케이릭의 태도를 보고 그럴 가능성은 없다는 사실을 깨닫고 "농담이야."라고 말하며 진지한 태도를 거두었다.

"노노노노, 놀라게 하지 좀 마십시오. ……후우."

"아하하, 미안해. 그럼 수중에 있는 것 중 몇 개를 이거랑 같은 광원체로 가공할게. 완성된 건 이리로 보내면 될까?"

"음~ 글쎄요. 가능하면 상단 같은 것을 통해 운송해 주시겠습니까? 할머님이 술법으로 사용하는 순간 이동은 매우 흥미롭지만, 가능하면 통상로 활성화를 위해 그러한 일을 하는 사람에게 맡겨 주십시오."

"호오~ 그래그래~. 확실히 내가 가진 스킬 중에는 수십 명이 할 일을 순식간에 끝낼 수 있는 게 있기는 하지만, 거꾸로 생각하면 그만큼 사람이 할 일이 없어진다는 뜻이니까~. 하지만 내가 하는 편이 비용은 절감될 텐데……."

"외람되지만 이 사카이 상회는 그렇게 자잘한 비용으로 기울어질 정도로 여유가 없지 않습니다. 얕잡아 보지 말아 주셨으면 하는군요."

"아~ 그래그래. 일은 전문가에게 맡겨라 이거지? 응. 그렇다면 그렇게 할게."

그대로 운송 비용에 관해 케이릭과 교섭을 계속했다.

안면이 있는 에리네의 상단에 맡기면 사카이 상회 쪽에서 착불로 운송 비용을 치러 주겠다는 등의 이야기를 주고받았다. 그리고 최근 근황에 관한 이야기도 했다.

"헤에~ 헬슈펠은 동쪽 관문을 주둔지로 개조하려 하고 있구나~."

"서쪽에서 흘러든 도적에게 한 번 무너졌었으니까요. 국경이 사이에 있다고는 해도 근처에 할머님이 기거하시는 마을도 있으니. 물론 할머님의 존재는 나라의 상층부가 알고 있지만, 공공연히 밝힐 수 없는 이상 대비는 필요합니다. 자재 반송을 맡은 우리 사카이 상회의 대표와 나라의 중진, 펠스케이로의 사자가 관문에서 회담한다는 모양이더군요."

"아아, 그래서 코랄네가 온 거구나. 근데 호위는 나라의 중진을 따라가는 기사에게 맡겨도 되지 않아?"

"할머님. 조금 전에도 말씀드렸듯이 돈이란 것은 돌고 돌아야 하는 법입니다."

"그렇구나………. 정 그렇다면 운송이 가능한 물건을 만드는 수밖에 없으려나."

무난한 물건을 상상하던 케나는 정원을 보고 햇빛에 오렌지색이 섞이기 시작했음을 깨달았다.

헬슈펠로 날아온 것이 점심시간 전이었고, 시장을 둘러보며 노점에서 점심 식사를 하고서 이곳에 왔다고 한다.

해가 지기 전에 돌아가겠다고는 했지만, 케나는 루카가 걱정되어서 슬슬 대화를 마치고 돌아가기로 했다.

그리고 그것이 걱정이 아니라 그립다는 감정이라는 사실을 깨닫고 팔불출 같은 자기 모습에 쓴웃음을 지었다.

"오늘은 이쯤에서 실례할게. 갑자기 왔는데 정성껏 대접해 줘서 고마워, 케이릭."

"그러고 보니 여자아이를 거두었다고 하셨지요. 많이 불안해하고 있을 테니, 어서 돌아가 주십시오. 앞으로도 저희가 도울 수 있는 일이 있으면 거리낌 없이 말씀해 주시고요."

"아, 하하하……."

사실 불안해하고 있는 사람은 케이릭이 생각한 것과 다른 사람이었지만.

딱딱한 미소로 그 자리를 떠나려던 케나는 집을 만들 때 부탁하려고 했던 것이 있었음을 떠올리고 입을 열었다.

"맞다, 케이릭."

"왜 그러십니까, 할머님?"

"이쪽으로 상단을 보낼 때는 양이랑 닭도 좀 보내 줄래?"

"아아, 네, 알겠습니다. 대금은 착불로 받으라고 해 두겠습니다."

"응, 미안해~. 그럼 나중에 보자."

생물은 아이템 박스에 들어가지 않는 데다 파티 등록도 안 돼서 【전송】으로 가지고 갈 수가 없기 때문이다.

아닌 게 아니라 아직도 파티 등록 시스템이 어떻게 되었는지 알지 못했다.

게임에서는 각 플레이어에게 요청을 해서 상대측이 받아들이면 파티 결성이 가능했다.

현재 알게 된 플레이어와 일반인의 차이는 통지를 받을 수 있는가 없는가뿐이다.

살짝 진지하게 바라면 개선되는 것 같은 시스템적인 요소는 그야말로 의문의 결정체였다.

플레이어를 식별하고 있는 것 역시 그 의문의 결정체였지만 그쪽도 무엇이 통괄하고 있는지, 시스템의 중추는 어디에 존재하고 있는지 도통 알 수가 없다.

그 불분명한 것에 의존하지 않으면 아무것도 할 수가 없는 것이 플레이어의 딜레마라 할 수 있으리라.

그 자리에서 그대로 정원 쪽으로 나간 케나는 손자에게 바이바이, 하고 손을 흔들고서 보라색 빛과 함께 모습을 감췄다.

따라서 손을 흔들던 케이릭은 할머니가 사라진 장소를 바라보았다.

보라색 빛으로 옮게 표시되었던 마법진은 빛의 입자가 되어 흔적도 없이 사라졌다.

"여전히 사라졌다가 나타났다가 바쁜 분이시군. 어디, 우선은 술을 맛있게 마시는 방법부터 알아 볼까? 광원 쪽은 우선 아는 귀족에게 권해 보기로 하고, 할머님께서는 '외등(外燈)' 이라는 것으로 써 보는 게 어떠냐고 하셨지?"

아들에게 모험가에 관한 정보를 듣고, 할머니에게 들은 일에 관해 자세히 질문했다.

그리고 상단을 꾸려서 가축을 구입했다.

한 가족이 소비하려면 어느 정도가 필요할까? 그런 생각을 하고 있자니 사카이 상회를 설립했을 당시의 일이 떠올랐다.

지금은 아들이 꾸려나가고 있어서 새로운 장사를 검토하는 일 정도밖에 할 것이 없었지만.

할머니에게 받은 의뢰는 과거를 돌이켜 보게 할 정도로 즐거웠다.

앞날을 생각하다 들뜬 마음을 가라앉히며, 케이릭은 아들의 방을 방문했다.

에필로그

순식간에 손자가 눈앞에 있던 곳에서 집 앞으로 풍경이 전환되었다.

익숙하다고 할 정도로 오래 살지는 않은 탓에 아직 신선하다는 느낌이 앞서 위화감이 조금 들었지만.

하늘의 절반 정도가 오렌지색으로 바뀐 마을. 각 집의 굴뚝에서는 저녁 준비를 하고 있는지 연기가 오르고 있었다.

그리고 이제는 익숙해진, 향긋한 수프 냄새도 풍겨왔다.

"말레르 씨네 여관 식사에 꽤나 익숙해졌네."

여관에서 내놓는 요리는 이 마을에서는 흔한 요리였지만 생각을 하자마자, 배가 내놓으라는 듯 꼬르륵 소리를 냈다.

"하지만 케나 님, 우리 집 요리 맛에도 정을 붙여 주시지 않으면 제가 섭섭한데요."

지붕보다 높은 곳을 바라보며 허기를 부추기는 냄새를 맡고 있었더니 록시느가 현관문을 열며 맞이해 주었다.

록시느 일행은 이웃 부인들에게 부탁해서 이 마을 전통 가정 요리를 배워 왔다는 모양이었다.

기본적으로【쿠킹 스킬】으로 만드는 것은 재료가 비싼 요리가 많다.

마을에서는 구할 수 없는 재료를 찾아 펠스케이로나 헬슈펠로 【전이】해서 장을 보는 것도 품이 이만저만 드는 것이 아니다.

매번 요리를 만들 때마다 그렇게 낭비하다 보면 아무리 돈이 많아도 언젠가는 바닥이 날 거다.

“어서 오세요, 케나 님. 회의는 무사히 끝나셨나요?”

“아아, 응. 대충. 케이릭한테 양이랑 닭을 보내 달라고 부탁했으니, 만약 내가 없을 때 도착하면 받아줘.”

“네, 알겠어요. 수고하셨어요.”

사 온 식재료를 건네고 집 안을 들여다보니 몹시도 조용했다.

요리를 하고 있는 듯한 냄새도 안 나거니와 루카가 마중을 나올 낌새도 없었다.

고개를 갸웃하고 있자 록시느가 여관 쪽을 가리키며 설명해 주었다.

“아가씨라면 여관에 계셔요. 그 얼간이도 따라갔으니 문제 없을 거예요.”

“여관?”

“네, 펠스케이로에서 귀한 사람이 왔다나 뭐라나.”

“귀한 사람? 그거랑 루카랑 무슨…… 상관…….”

말을 하다 보니 조금 전에 비슷한 이야기를 케이릭에게 들었다는 사실이 떠올랐다

관문을 주둔지로 만드는 문제를 두고 이웃 나라와의 회합을 위해 펠스케이로에서 사자가 방문한다고 했었다.

사자로 보낼 후보 중에서 루카를 만나고 싶을 법한 사람은, 아직 루카를 만나지 못한 마이마이가 유력했다.

하지만 학원장인 마이마이가 자신의 일을 내팽개치고 이런 변경까지 올까?

어쨌든 가 보면 알 일이라는 생각에 여관으로 가다 보니, 랙스 공무점 근처에 그것이 세워져 있었다.

금과 은으로 장식된, 그리폰과 드래곤 등의 세공품이 눈에 띄는 호화현란한 마차가.

그리고 지난번 원정 때 보았던 말 여섯 필도 그 근처에 있었다.

말들은 옆에 산더미처럼 쌓인 여물에 고개를 처박고 있었다.

게임이었던 시절에는 말을 돌보는 마구간이 있었지만, 그것이 있던 장소에는 잡초가 요란하게 자기주장을 하고 있는 공터만이 펼쳐져 있었다.

"저런 벼락부자 티를 내는 물건을 끌고 온 걸 보면 마이마이는 아니네, 응."

『아뇨, 나라의 대표로서 온 것이라면, 어느 정도의 허영심은 필요하지 않을지요.』

해설처럼 키가 덧붙인 말을 듣고서야 '아하' 하고 납득이 되었다.

어찌 되었건 성가시기만 한 귀족은 상대하고 싶지 않다고 생각하며 서둘러 여관으로 향했다.

하지만 이곳에서 관문까지는 하루가 걸린다지만, 헬슈펠에서 관문까지는 9일이 걸릴 터다.

8일이나 자리를 비울 수 있다니, 사자도 참 한가한가 보네~ 라는 생각이 들어서 케나는 어이가 없었다.

……하지만 다음 순간, 여관에서 나온 인물을 본 그녀의 표정이 굳어 버렸다.

좌우로 튀어나온 귀를 지닌 엘프 남성.

고위 신관직이라는 것을 나타내는 푸른 법의에 주신인 빛의 신의 증표가 금실로 수놓아져 있다.

꼼꼼하게 손질한 듯한 긴 금발.

달콤한 미소로 어떤 여성도 포로로 만드는 미남.

그 뇌쇄적인 미소는 어째서인지 주로 가족에게 향하고 있었다.

다름이 아니라 케나의 머릿속에서도 상위 문제아로 분류되는 장남, 스카르고였다.

그 등 뒤에는 단정하게 기사 갑옷을 입은, 잘 생기지도 못 생기지도 않은 경호원들이 따르고 있었다.

루카와 록시리우스를 대동하고 여관에서 나온 스카르고는 케나가 시야에 들어온 순간 '빛났다'.

'점묘화 배경'에서 눈물을 '폭발'시키며 폴~짝! 폴~짝! 수상쩍은 걸음걸이로 접근해, 꿇어앉은 자세로 좌아아악~! 하고 케나의 발치를 향해 미끄러졌다.

"어머니임~! 만나고 싶었습니드아~!"

그리고 두 팔을 벌려 황홀한 얼굴로 기쁨을 표출했다.

동시에 주변에 '푸른 장미를 흐드러지게 꽃피우고' 그 배경에는 '꽃말은 영원한 사랑' 이라는(완전히 잘못된) 자막을 끊임없이 흘려보냈다.

케나의 왼손을 잡아 손등에 쪼옥~ 하고 키스를 했다.

당사자인 어머니는 아들이 접근하기 시작했을 즈음부터 넋이 나가 새하얗게 질려 있었지만, 뒤늦게 재기동에 성공했다.

멍하니 보고 있던 루카와 표정이 그대로인 록시리우스의 귀에는 어디선가 '뚜욱~' 이라는 소리가 들리는 것만 같았다.

"다, 다녀오셨……어요. 케나, 엄, 엄마……."

"응, 다녀왔어, 루카."

어째서인지 쭈뼛거리는 루카를 꼭 끌어안으며 케나는 안도했다.

그리고 주머니에서 꺼낸 물건을 딸의 손바닥에 올려놓았다.

빨강, 파랑, 녹색을 띤 작은 수정 조각을 보자, 루카의 얼굴이 환해졌다.

"세 개 있으니까 리트, 라템 군이랑 나눠 가져."

"……응. 고맙습니다, 케나…… 엄마."

저녁놀이 드리운 가운데, 손을 잡고 귀갓길에 오른 모습은 매우 훈훈해 보였다.

그런 상황에서 제3자가 눈치도 없이 "저, 저어~?" 라고 말을 걸려던 순간, 록시리우스가 잽싸게 사이에 끼어들어 제지했다.

말쑥하게 집사복을 입은 고양이 귀 소년에게서 강렬한 위압감이 뿜어져 나와, 스카르고는 입을 멍하니 벌리고 호위 기사들은 "윽." 하고 얼어붙었다.

"주인님은 바쁘십니다. 용무가 있다면 제게 말씀하시지요."

그중 한 명이 근위기사의 명예를 지키기 위해 물었다.

"대, 대사제님은 어떻게 할까요?"

그 자리에 있던 일동의 시선이 옆으로 이동했다.

그리고 감격의 눈물을 흘리는 것이라고 봐줄 수도 있을 것 같은, 저팔계에게서 시선이 멈췄다.

법의를 입었지만, 머리 부분에는 오크 같은 돼지 머리가 얹어져 있었다.

"내버려 두면 되지 않을지요."

록시리우스는 어깨를 으쓱하며 쌀쌀맞게 말하고는 발걸음을 돌려 주인의 뒤를 따랐다.

남겨진 호위 기사 여섯 명은 넋이 나가 서로의 얼굴을 쳐다볼 수밖에 없었다.

리아데일의 대지에서

WORLD OF LEADALE

특별 단편

기사가 된 날

"어……?"

눈앞에 펼쳐진 광경을 보고 그는 눈을 비볐다.

잘못 본 건가 싶었지만 눈에 보이는 광경에는 변화가 없어서, 그는 풋풋한 냄새를 한껏 들이쉬고서 주변을 둘러보았다.

그의 등 뒤에는 길이 이어져 있고, 앞에도 길이 이어져 있다.

폭은 성인 열 명이 나란히 늘어설 수 있을 정도였지만 포장은 되지 않았다.

사람들이 발을 디뎌 굳어진 흙길이 훤히 드러나 있다.

그리고 길의 좌우는 안쪽이 보이지 않을 정도로 무성하게 자란 나무로 뒤덮여 있었다.

조금 전부터 맡고 있는, 산뜻한 냄새의 근원지가 분명했다.

그는 문득 자신의 집 근처에 이런 곳이 있었던가? 하고 생각하다가 무심하게 고개를 끄덕였다.

"뭐야, 꿈인가? 하하하하하하."

그 후, 1분 남짓을 웃고만 있었다.

아무도 딴죽을 걸어 주지 않았지만, 그렇게 마냥 웃고 있을 수는 없는 일이었다.

그렇게 숨을 고른 후, 다시 한번 주변을 둘러보고 자신의 차림새를 확인하고서 "진짜 뭔데, 이거?" 라고 중얼거렸다.
목소리는 떨리고, 다소 쉬어 있었다.
성분으로 말하자면 놀라움 40퍼센트에 당혹감 30퍼센트, 울고 싶은 마음 16퍼센트에 고함을 치고 싶은 마음 14퍼센트 정도이리라.
한마디로 말하자면 숲에 둘러싸인 길 한복판에서 리아데일의 아바타 모습으로 서 있었다.
캐릭터 아바타 이름 : 샤이닝세이버는 "환장하겠네……." 라고 한 번 더 중얼거리고서 비실비실 주저앉았다.

돌이켜 보면 한순간에 풍경이 전환되기 전에 그는 마지막 플레이를 즐기고 있었을 터다.
12월 31일. VRMMO 리아데일의 서비스 종료일.
한탄하는 자. 아쉬워하는 자. 웃는 자. 우는 자. 분통해하는 자. 기타 등등…….
리아데일이라는 대지 곳곳에서 플레이어들은 여러 가지 감정을 토해냈다.
갑작스러운 발표 후 서비스를 종료하기까지 걸린 시간은 불과 한 달.
너무도 뜬금없었다.
조(兆) 단위의 자산을 가진 실업가 플레이어도 종료라는 문자를 뒤집지 못했다.

공식 게시판에서는 자금을 공모해서 '우리끼리 리아데일 Ⅱ를 만들자!' 라는 글이 줄을 잇고 있었다.

자산가라고 밝힌 프렌드가 그 일에 손을 댈까 고민하는 것을 길드 멤버가 모두 나서 만류하는 광경은 그저 서글플 따름이었다.

그래서 그는 자신에게 익숙한 적국(赤國)의 수도까지 걸음을 옮겨, 자유 파티에 끼어 여기저기서 사냥을 하고 있었다.

이 게임이 내일까지 이어질지도 모른다는 환상을 품은 채.

현실에서는 날짜가 바뀔 시간에 급조된 파티 멤버들과 가벼운 인사를 주고받으며 헤어질 예정이었다.

"그럼 또 보자고~."

"또 어디선가 뵙죠."

"오오, 샤이. 다음에는 좀 더 묵직한 무기로 붙자고."

"어머, 저질."

"일일이 꼬투리 좀 안 잡으면 안 될까. 왜 이딴 녀석이 게임은 잘하는 건지 원."

"평소 언동과 성격은 게임 실력과 상관없을걸요, 아마도."

"하다못해 마지막은 은색 고리의 마녀랑 한번 붙어 보고 싶었는데……."

"그렇게 끝까지 흉흉한 만담을 하고 싶냐!"

"리아데일 최후의 날이 따로 없겠군……."

"무섭거든?!"

그런 떠들썩한 분위기 속에서 로그아웃했을 텐데…….

로그아웃한 순간까지는 괜찮았지만, 정신이 들어 보니 자신이 서 있는 것은 집의 침대가 아니라 녹음이 우거진 길 한복판이었다.

그리고 자기 모습은 현실의 인간이 아니라 아바타인 샤이닝 세이버의 그것이었다.

어떻게 된 상황인지 도무지 모르겠다.

시험 삼아 가지고 있던 대검으로 자신의 팔뚝을 베어 보았는데, 불에 댄 듯한 고통과 거기서 흘러나온 붉은 피의 맛은 진짜였다.

그 즉시 두 번 다시 하지 않겠다고 맹세했다.

그만한 고통이, 아이템 박스에서 꺼낸 포션을 썼을 뿐인데 말끔하게 사라졌다.

게임 속 아바타가 자신이 되다니, 무슨 애니메이션인가 싶었다.

그러느라 땅바닥에 주저앉아 있었던 덕분에 멀리서 땅울림 같은 것이 일어났다는 사실을 알 수 있었다.

땅에 귀(?)를 대고 어디서 들리는 것인지를 느꼈다.

애초에 푸른 하늘이 펼쳐져 있기는 하지만 태양이 보이지 않는 상태에서 과학 문명에 절어 살던 사림이 방향을 특정할 수 있을 리가 없었다.

무언가가 다가오고 있는 것이라면 땅바닥에 주저앉은 자신이 걸리적거리지 않을까 싶어서 일어났다.

그때 상대는 누구인지나 해를 끼치는 마물일지도 모른다는 생각은 그 머릿속에 없었다.

그것은 그가 현재 상황에 매우 당황했다는 증거였다.

머지않아 길의 저편에서 스무 명 정도 되는 집단이 모습을 드러냈다.

갑옷을 입고 말을 탄 이들이다.

기마가 이 정도 숫자로 달리는 것을 보고 있자니 그도 이런저런 것들을 알아챌 수 있었다.

남성이 많지만 여성이 없는 것은 아니었고, 다들 같은 하얀 갑옷을 걸치고 있었다.

선두에서 달리던 남성이 그를 발견함과 동시에 집단은 그 자리에서 급정지했다.

모두가 당혹스러운 얼굴로 그를 바라보고 있다.

그러던 중에 집단 중 선두에서 달리고 있던 남자가 말에서 내리고, 허리에 찬 물건에 손을 얹은 채 앞으로 걸어 나왔다.

아무래도 그 남자가 그 집단의 대표자인 모양이다.

그 뒤에서는 남성의 동료들이 검을 뽑거나 창을 겨누거나 해서 삼엄한 분위기를 자아내고 있었다.

그의 입장에서는 얽히면 매우 귀찮아질 것 같은 집단이라 그냥 넘길 수 있으면 감지덕지일 것 같았다.

그렇건만 상황은 그에게 그렇게 쉽게 안식을 허락해 주지 않을 듯했다.

임전 태세에 돌입한 상태로 그에게서 20미터 정도 떨어진 곳에서 멈춰 선 남성은 30대 정도 되어 보였다. 그는 굳은 얼굴로 입을 열었다.

"누구냐! 이곳이 왕의 허가 없이는 지날 수 없는 길이라는 것을 알고 들어선 거냐?"

"뭐……? 어?"

도통 무슨 소릴 하는 것인지 알 수가 없어 멍하니 있던 중에 남자가 허리에 차고 있던 칼을 스릉, 하고 뽑았다.

동시에 그에게서 엄청난 압박감이 밀려들었다.

상황을 파악하기도 전에 첫 번째 마을 사람과 만나, 대처 방법도 알기 전에 적의를 보내오면 누구든 위축되어 꼼짝도 할 수가 없게 될 것이다.

바싹 마른입으로는 목소리를 내기도 쉽지 않았다.

벌벌 떨리는 팔로는 자신을 지키기 위해 칼을 뽑을 엄두도 나지 않았다.

도마 위에 오른 생선이나 다름없었다.

무저항 상태로 칼을 맞기 직전. 그는 어느샌가 자신이 남성의 얼굴이 아니라 발치를 보고 있다는 사실을 깨달았다.

아무래도 겁에 질려 다리가 풀리고 만 모양이다.

나중에 그가 밝힌 감상은 오줌을 지리지 않은 게 다행이라는 것이었다.

"훗."

머리 위에서 웃음소리가 들렸다.

"아무래도 도적이나 암살자와 관련된 자는 아닌 것 같구만."

남자가 조금 전에 비해 어느 정도 다정해진 목소리로 말했다.

떨리는 몸을 채찍질해서 고개를 들어 보니 씨익 웃고 있는 남자의 얼굴이 눈에 들어왔다.

"이런 겁쟁이가 폐하의 목숨을 노릴 것 같지는 않지만, 규칙상 어쩔 수 없지."

남성은 어느샌가 거리를 좁힌 동료들을 향해 "이 녀석을 연행해서 감옥에 처넣어라."라고 말했다.

그렇게 그는 무기와 방어구를 빼앗기고 밧줄로 꽁꽁 묶이고 눈가리개를 한 채 연행되었고, 정신이 들어 보니 감옥의 주민이 되어 있었다.

길 한복판에서 정신을 차리고서 두 시간 남짓 만에.

"뭐야, 이 급전개는……."

달리 무슨 말을 하겠는가?

눈앞에 가로와 세로로 교차된 무기질적인 쇠창살을 보니, 무거운 사슬이 몸을 옭아매기라도 한 듯 모든 것이 귀찮아졌다.

'이제 틀렸어, 다 끝이야.' 따위의 부정적인 생각에 빠져, 콱 그냥 땅속에 묻히고 싶어졌다.

"감옥에 갇힌 사람의 심정을 이제 좀 알겠네."라고 중얼거리고 나니, 신기하게도 말이 술술 나왔다.

"그나저나 이너웨어란 건 벗을 수도 있는 거였군."

자신의 몸을 내려다보니 단련한 적도 없건만 딱딱한 근육질 육체가 곧바로 눈에 들어왔다.

비실비실한 현실의 몸과는 정반대라 도무지 자기 자신이라는 것이 믿기지가 않았다.

팔 바깥쪽에는 큼지막한 비늘이 뒤덮여 있고, 안쪽에는 눈에 보이지 않을 정도로 자잘한 비늘이 사람의 피부처럼 맨들맨들했다.

게임에서는 남녀를 불문하고 최소한의 이너웨어가 몸을 감싸고 있었다.

몸의 민감한 부분은 실루엣을 보여 주는 데서 그치는 등, 자세한 형태까지는 알지 못하도록 조치가 이루어졌을 터다.

하지만 현재 그는 팬티 한 장 차림이 되어 있었다.

게임에서는 하려고 해도 절대로 할 수 없었던 일이다.

그것이 새삼스럽게 이곳이 게임이 아니라는 사실을 실감케 해 주었다.

"그나저나, 심심하군."

그는 감옥에 비치된 딱딱한 침대에 벌렁 드러누워, 시큼한 냄새가 나는 실내를 둘러보며 중얼거렸다.

똑바로 누우려다가 꼬리가 걸리적거린다는 사실을 깨닫고 옆으로 눕는 자세로 바꾸었다.

뒤통수에는 뿔이 있어서 인간이었을 때처럼 대자로 눕지는 못했지만, 드래고이드의 육체는 그래도 불편함을 느끼지 못하니 다행이었다.

물건이 없다는 관점에서 보면 현실에 있는 자신의 방도 감옥과 다를 것이 없었다는 생각이 새삼 들었다.

그곳은 돌아가서 자고, 게임만 하는 공간이었기 때문이다.

기분은 암울했지만, 마음은 편했다.

옥졸이 "이거라도 받아라."라는 말과 함께 건네준 모포를 뒤집어쓴 채, 내일부터 있을 심문에 솔직하게 답하자고 생각했다.

그리고 다음 날.

억지로 일어난 이른 아침, 몇몇 기사의 감시 속에서 심문이 이루어졌다.

아무래도 그들은 이 나라의 기사였던 모양이다.

처음에는 아비타라고 하는 기사단장님이 직접 그를 심문할 예정이었지만, 온화한 청년 같은 부단장님이 "업무가 쌓였습니다."라는 말과 함께 단장님을 쫓아냈다.

정석대로 이름을 묻는 것부터 시작해서 "어디서 왔지?", "왜 그러한 곳에 있었지?", "직업은?", "사는 곳은?" 등등.

개인 정보부터 내력에 이르기까지 많은 것들을 물었다.

아무리 그래도 현실의 사정까지 이야기하면 자신까지 혼란에 빠질 것이 뻔할 듯해서, 아바타 쪽의 정보를 건네기로 했다.

하지만 답할 수 있는 것이 그리 많지는 않았다.

이름은 샤이닝세이버. 직업은 모험가.

이력이 될 만한 것이 거의 없어서 종잇장처럼 얄팍한 존재라는 실감만 더해졌다.

하지만 사정을 이야기할수록 그는 질문에 질문으로 답하는 경우가 많아져, 기사들을 당혹하게 했다.

예를 들자면 출신지. '창국 아우르제리에' 라고 답하자 "그 나라는 200년도 전에 멸망했다."는 말이 돌아왔다.

다른 나라는 어떻게 되었느냐고 묻자 "지금은 세 나라밖에 없다. 상식이 아니냐."라는 답이 돌아와, 그는 어안이 벙벙해질 수밖에 없었다.

세상 물정에 둔한, 어디선가 온 촌뜨기라는 평가를 받고 그날은 두 시간도 안 돼서 감옥으로 돌아왔다.

"환장하겠네……."

몇 번째인지는 모르겠지만, 이곳에 있는 동안은 그렇게 중얼거리는 것이 버릇이 될 것 같았다.

지금 자신이 있는 이곳은 리아데일이라는 대륙의 중앙에 위치한 펠스케이로라는 나라의 왕도다.

그 성의 감옥 안이다.

그의 죄목은 무단으로 왕도와 왕도를 잇는 직결로에 침입한, 침입죄다.

자세한 사정 설명까지는 듣지는 못했지만, 예를 들자면 정부 전용기에 무단으로 침입한 것이나 다름이 없는 일이리라.

더욱이 게임에 있었던 일곱 개의 나라가 이곳에서는 존재하지 않는다는 모양이다.

대신 북쪽의 헬슈펠, 남쪽의 오우타로퀘스, 중앙의 펠스케이로. 이렇게 셋으로 통합되었다고 한다.

심지어 일곱 개의 나라가 있었던 과거로부터 200년 이상의 세월이 흘렀다나 뭐라나.

그는 로그아웃한 그 짧은 암흑 속에서 시간 여행자처럼 시간과 공간을 뛰어넘은 모양이다.

"게임이었던 세계가 현실이 된 걸로도 모자라서, 시대까지 뛰어넘다니. 신선놀음에 도낏자루 썩는지 모른다는 게 이런 경우를 두고 말하는 거려나……."

과연 그 예시가 맞는지 어떤지는 모를 일이지만, 그의 머릿속에는 이 현상에 맞는 적절한 표현이 존재하지 않았다.

그렇게 비슷한 질문이 며칠 동안 반복되었다.

그리고 또 그다음 날.

그는 몸에 맞도록 조정된 가죽 갑옷을 장착하고, 목검을 들고 연병장 구석에 서 있었다.

"영문을 모르겠네……."

느닷없이 기사단장님이 찾아오고 감옥에서 풀려났다 싶었더니 옷과 갑옷과 검을 건네주었다.

낑낑대며 그것으로 갈아입었다.

게임이었을 때는 아이템 박스 안에 넣고, 터치만 하면 순식간에 갈아입을 수 있었기에 실제로 입으려니 당연히 고생할 수밖에 없었다.

하지만 그는 이 시점에서는 스테이터스를 확인하지 않았기에 아이템 박스를 평범하게 사용할 수 있다는 사실도 몰랐다.

그렇게 기사단장님에게 끌려간 곳은 평소 가던 방이 아니라 밖이었다.

눈앞에는 기사들이 가벼운 장비를 걸친 채 그와 마찬가지로 나무로 된 검과 방패를 들고 정렬해 있었다.

현재 상황을 받아들이지 못하고 멍하니 있는 그의 앞에서 기사단장님이 자신을 이렇게 끌고 나온 취지를 설명했다.

"이건 네 죄에 대한 벌이다. 알겠냐?"

"벌……?"

아무리 보아도 기사단이 총출동해서 자신을 두들겨 패려는 구도로만 보였다.

벌은 무슨, 집단 구타 아닌가? 라고 생각했다.

"뭔가 착각하고 있는 것 같은데, 그런 거 아니다."

"지금부터 당신을 실컷 두들겨 패는 그런 형벌은 아닙니다."

죽은 생선 같은 눈을 하고 있던 그를 보다 못해 단장님과 부단장님이 그의 생각을 부정해 주었다.

"오늘부터 너는 견습 기사로서 우리의 동료가 되는 거다."

"엉? ……뭐어어어어어어어?!"

"우선은 종자로 들이게 되겠지만, 얼마나 싸울 수 있는지 시험해 보려는 거죠. 모험가라고 했으니 칼은 그럭저럭 쓰실 테죠?"

뱃속에서 얼빠진 목소리가 나왔다.

정렬한 기사 중 며칠 동안 심문을 하며 얼굴을 마주쳤던 이들 몇 명은 '놀랄 만도 하지' 라고 말하는 듯한 표정으로 고개를 끄덕이기도 했다.

아무래도 벌로 나라를 위해 일하라는 뜻인 것 같다.

"이런 건 광산 노예 같은 걸로 보내는 게 보통 아니야?" 라고 물어보니 이 대륙에 노예 제도는 없다는 모양이다.

그런 것을 운용하고 있다는 사실이 알려지면 대사교님이 불벼락을 내린다고 한다. 말뿐만 아니라 물리적인 벼락이 떨어진다나 뭐라나.

게다가 광산은 드워프나 그들과 인연이 있는 자들이 사는 곳, 헬슈펠의 영지에나 있고 펠스케이로에 그런 환경은 없다는 듯했다.

"우선은 실제로 붙어 보죠. 한 사람씩 상대하는 겁니다."

"이, 이 인원수를 전부 다 말입니까……?"

"네. 그러면 버릇이나 고칠 부분을 알 수 있을 테니까요."

부단장은 정렬해 있던 기사들을 가리키며 말했다.

대략 오십 명 전후.

품새 연습을 하기에는 다소 많은 인원이다.

그럼에도 자신의 레벨은 427이니 번거롭기는 해도 고생스럽지는 않을 것이라 생각하고 각오를 굳혔다.

늘어서 있던 기사 중 가장 끝에서 앞으로 나온 기사와 마주 본 채 목검을 겨누었다.

부단장의 "시작!"이라는 날카로운 호령과 함께 그와 기사는 검을 마주쳤다.

결과부터 말하자면 그는 완패했다.

레벨은 높고 드래고이드라는 관점에서 말하자면 파워도 있고 방어력도 높았다.

하지만 그가 일반적인 기사보다 나은 점은 그것뿐이었다.

다시 말해서 기술이 전혀 없었던 것이다.

리아데일에서는 각 종족의 공격 모션이 기본적으로 정해져 있고, 거기에 검술 소프트를 다운로드해서 사용하는 것이 주류였다.

그것은 이름 있는 검술 도장이 제공한 데이터에 실제로 칼을 다뤄 본 적이 있는 자들의 모션은 물론이고 오리지널로 적당한 모션을 조합해서 만드는, 그쪽 분야의 전문가가 보면 사도(邪道)라고 깎아내릴 만한 것까지 다종다양했다.

일반인이 거기서 진짜 검술을 구분하기는 매우 어렵다.

그도 그 요상한 것들의 영향을 받은 사람 중 하나인 탓에, 실제로 몸을 움직여 보니 제대로 검을 휘두를 수가 없었다.

대전 상대와 기사단장, 부단장은 연민 어린 눈빛을 보냈고 기사단원들은 얼굴을 손으로 가린 채 하늘을 볼 정도로 어이없어 했다.

그런 경위로, 그는 검의 역량을 헤아리는 단계에서 연병장 둘레를 뺑뺑이 도는 단계로 격하되었다.

"……그런 상황에서 3년 만에 기사단장이 된 게 용하네."

주문하는 소리가 어지럽게 오가고, 웃음소리와 고함 소리가 여기저기서 들려오는 주점 안에서 케나는 진심으로 샤이닝세이버의 불운을 위로해 주었다.

"아~ 얘는 체력 하나만큼은 좋았거든. 요령을 익히고 나니 아주 그냥 척척 해내더구만."

한 손에는 술잔, 또 한 손에는 꼬치구이 몇 개를 움켜쥔 아비타가 샤이닝세이버에게 어깨동무를 했다.

사복이라고는 하나 꼬치에 묻은 소스가 당장이라도 떨어질 것 같은 광경에 케나가 눈살을 찌푸렸다.

"그랬죠. 가르치는 보람은 있었습니다. 가르치는 보람은……."

당시의 부단장이자 현재는 '불꽃창 용병단'의 부단장이 그립다는 듯 눈을 가늘게 뜨고서 잔을 기울였다.

두 사람 사이에 낀 샤이닝세이버는 맥주잔을 손에 들고 납득이 안 된다는 얼굴을 한 채 케나를 뚱한 눈으로 쳐다보았다.

"이봐, 케나. 왜 이 두 사람이 아무렇지도 않게 이 자리에 낀 거지……?"

"어? 왜긴. 아까 저쪽에서 말을 걸어와서 흐름상?"

케나와 비번이었던 샤이닝세이버가 왕도에서 우연히 만난 것이 점심 무렵이었다.

그 후 한가하다는 이유로 샤이닝세이버가 케나의 쇼핑에 어울려 주었고.

그 답례라면서 이번에는 케나가 샤이닝세이버를 술자리에 부른 것이다.

애초에 그런 친근한 모습을 남들에게 보인 탓에 현재 기사단 안에서는 '케나는 샤이닝세이버 단장의 약혼자다' 라는 밑도 끝도 없는 소문이 발이라도 달린 듯 빠르게 퍼지고 있었다.

그녀가 지인에게 들은 대중 주점으로 향해, 혼잡한 가게 안에서 자리를 확보하자 샤이닝세이버의 좌우에 아비타와 부단장이 나타났다.

그 후로 무뚝뚝한 표정만 짓고 있는 샤이닝세이버는 내버려 둔 채, 아비타가 샤이닝세이버를 만났던 과거의 이야기를 하기 시작했다.

그리고 부단장이 중간중간 과장된 장면을 정정해 가며, 샤이닝세이버가 기사단에 입단한 경위를 케나에게 말해 주고 있었던 것이다.

그 이야기를 듣는 당사자는 당시 품었던 감정을 돌이켜보며, 중간중간 끼어드는 우스갯소리를 멍하니 듣고 있었다.

그렇게 겨우 이야기가 일단락된 참에 두 사람이 있는 이유를 케나에게 물어본 것이다.

"이것 봐, 샤이닝. 왜 그렇게 짜증이 난 거냐, 응? 이 가게를 아가씨한테 알려 준 게 누군지 알아?"

샤이닝세이버는 "역시 그랬구만?!" 이라고 외치며 테이블을 내리쳤다.

원래는 미성년자였던 케나가 이런 주점을 잘 알 리가 없다고 생각했기 때문이다.

게다가 그 교우관계를 생각해 보면 술자리를 함께할 사람도 왕도에서는 코랄 정도밖에 없을 것이다.

일단은 아이들도 후보에 넣을 수 있겠지만, 스카르고를 필두로 한 주변 인물들이 자주 가는 곳은 귀족 전용 고급 요리점이니까 그렇지는 않을 것이다.

"케나 넌 아이들이랑 주점에 안 가냐?" 라고 묻자 "카타츠하고 노점에서 꼬치구이 같은 걸 자주 먹기는 해. 스카르고는 교회 집무실에서 차를 같이 하는 정도고, 마이마이랑은 비슷한 걸 해 본 적이 없네." 라는 답변이 돌아왔다.

애초에 케나의 생활 기반은 변경 마을인지라 이렇게 왕도에 있는 일 자체가 드물었다.

이 옛 상사는 술에 취한 척 케나를 성희롱하려다가 부단장에게 간접적인 제지를 당하거나, 본인에게 쌀쌀맞게 무시당하고는 했다.

그런 광경을 보고 있자니 최근 3년 동안의 고된 수행이 주마등처럼 떠올라서 그저 한숨만 나왔다.

문득 시선이 느껴져서 고개를 들어 보니 부단장이 전에 없이 진지한 얼굴로 그를 바라보고 있었다.

"후회되십니까? 그때 저희 말에 넘어온 걸."

검술, 예의범절, 일반상식, 그리고 기사단장으로 취임했을 때의 일.

객관적으로 봤을 때는 너무 일이 잘 풀렸다고도 할 수 있었고, 3년이라는 세월 역시 그 몸에 또렷하게 새겨져 있었다.

그 농후한 시간 속에서 후회를 한 적은 한두 번이 아니었다.

하지만 그렇기에 '그' 가 아니라 '샤이닝세이버' 라는 자신을 확립할 수 있었다.

"아뇨, 전혀."

딱 잘라 대답한 후, 샤이닝세이버는 부단장과 잔을 맞댔다.

〈4권에서 계속〉

리아데일의 대지에서

WORLD OF LEADALE

등장인물 소개

WORLD OF LEADALE

Character Data

3

Character Data

쿠올케

인간 여성 경전사.

성별을 속이고 여캐를 사용한 탓에 현재는 육체와 정신의 치명적인 괴리가 있는 듯하다. 신체 정보를 수집해서 캐릭터를 만드는 시스템을 우회하는 프로그램을 사용한 듯하지만, 수정하기에는 이미 늦었다. 무전취식을 하고 주점에서 강제 노동을 하던 중에 엑시즈와 만나 의기투합해서 모험가가 되었다. 아직 정신적으로는 남성인 상태이다.

Character Data

엑시즈

회색 드래고이드.

이름 표기가 Xxxxxxxxxxxxx라서 엑스즈를 줄여 엑시즈라는 이름을 쓰고 있다. 주캐는 크림치즈 길드 소속의 타르타로스. 때때로 근접 공격 전문의 부계정, 엑시즈로 스트레스를 해소하고 있었던 듯하다. 세계가 현실이 됐을 때는 게임이었던 시절의 돈을 실체화 할 수 있다는 사실을 알지 못해서 주점에서 허드렛일을 했었다. 쿠올케와 만난 것도 그럴 때였다.

후기

안녕하십니까, 좋은 밤입니다, 좋은 아침입니다.

저자 Ceez입니다. 이렇게 『리아데일의 대지에서』 3권을 찾아주셔서 정말 감사합니다. 돌이켜 보니 2권과 3권 사이에 많은 일들이 있었던 것 같아 매우 놀라울 따름입니다. 데뷔하기 전 10년 동안의 일상에서도 이렇게까지 이벤트가 어지럽게 일어난 적은 없었는데 말이죠(슬퍼라). 만화화가 시작되고 '신작 라이트노벨 총선거 2019'의 랭킹에도 실리고, 생방송에서 서적이 소개되고, 멜론 북스에서 열리는 이벤트 경품(텐마소 님의 그림이)으로 걸리기도 한다더군요. 최근 몇 달 동안 집 밖에서 케나를 몇 번이나 봤는지 모릅니다! 후덜덜. 제가 저자이기는 하지만 겁나서 똑바로 쳐다볼 수가 없어요…….

이번에도 7년 전의문장을 편집하고 있자니 이때는 이런 느낌이었고~ 이때는~ 같은 식으로 추억이 차례차례 되살아나서 키보드를 두들기는 손가락이 이끄는 대로 마구 덧붙여 썼습니다. 그런 탓에 인터넷 소설 연재 사이트인 '소설가가 되자' 쪽과는 문장이 많이 다를 겁니다. 하지만 지난 권에 떡밥을 뿌려 뒀던 그 사람이 나오지 않은 것이 아쉽군요. 살짝 실수했습니다. 절단 신공 실패네요(대앵~).

이번에는 가필 수정 마감과 본업의 자격 시험이 겹쳐서 난리도 아니었습니다. 바둑 만화처럼 다면기(多面棋) 같은 짓은 못 하다 보니. 그렇게 요령이 좋지는 않다고요! 손이 느린 건 제 잘못입니다만.

끝으로 편집자님. 이번에도 마감을 질질 끌어서 죄송합니다. 일러스트레이터 텐마소 님도 밀린 일정에 맞춰 주셔서 감사합니다. 만화를 담당하고 계신 츠키미 다시오 님도 매번 캐릭터를 매력적으로 그려 주셔서 감사합니다. 그리고 출판 관계자 여러분도 항상 정말 감사합니다!

Ceez

2권 만에 뵙습니다. 삽화 담당 텐마소입니다.
이번 커버는 파랗습니다.
1권과 겹쳤다는 생각이 들기도 하지만
바다니까 무리해서 차별화하는 것보다
겹쳐도 좋다는 정신으로 파랗게 했습니다.
앞으로는 노랑이나 빨강이나 녹색으로
늘어놓으면 알록달록하게 만들면
즐거울지도 모르겠습니다.
그러면 다음에 또 봐요.

리아데일의 대지에서 3

2023년 12월 15일 제1판 인쇄
2023년 12월 20일 제1판 발행

지음 Ceez | **일러스트** 텐마소

옮김 정대식

발행 영상출판미디어(주)
등록번호 제 2002-000003호
주소 07551 서울특별시 강서구 양천로 570 NH서울타워 19층
대표전화 02-2013-5665

ISBN 979-11-380-3884-3
ISBN 979-11-6524-096-7 (세트)

RIADEIRU NO DAICHI NITE Vol. 3
©Ceez 2019
First published in Japan in 2019 by KADOKAWA CORPORATION, Tokyo.
Korean translation rights arranged with KADOKAWA CORPORATION, Tokyo.

이 책의 한국어판 저작권은 영상출판미디어(주)에 있습니다.
저작권법으로 한국 내에서 보호를 받는 저작물이므로 무단 전재와 무단 복제를 금합니다.

구매 시 파손된 도서는 구매처에서 교환하실 수 있습니다.
기타 불편사항, 문의사항이 있으신 독자님께서는 노블엔진 홈페이지
[http://novelengine.com] 에서 Q&A 게시판을 이용해 주시기 바랍니다.